메스를 든 사냥꾼

메스를 든 사냥꾼

최이도 장편소설

해피북스투유

차례

2023년 7월 17일

세현은 겉옷을 벗어 바닥에 던져두고 손을 소독했다. 스크럽복을 두르자 까칠한 표면이 주는 느낌에 안 그래도 예민해진 신경이 더 곤두섰다. 끈을 뒤로 돌려 허리 쪽에 작게 리본을 묶었다. 몇 번을 해 익숙해진 손가락이 머리보다 더 빠르게 움직였다.

세현은 피곤에 절어있는 하품을 두어 번 내뱉고는 면담실 문을 열었다. 문 옆에 대충 밀어둔 슬리퍼로 갈아 신고 고개를 들자 먼저 와있던 손님과 눈이 마주쳤다. 남자는 가볍게 고개를 숙여 인사를 건넸다.

"아침부터 고생 많으십니다."

세현은 새벽까지 일하느라 피곤함이 붙은 얼굴을 마스크 안에 숨기고 앞에 서있는 남자의 인상착의를 빠르게 살폈다. 사복을 입은 젊은 남성. 이 더위에도 목 끝까지 단추를 채우고 있었다. 예의 바르게 신분증 목걸이를 걸고 온 걸 보니 말단 순경이나 이제 막 진급한 경장 정도는 돼 보였다.

"안녕하세요. 형사과 강력팀 정정현 경위입니다."

의외의 대답이었다. 세현은 자료를 건네는 공손한 손 주인에게 가볍게 고개를 까닥해 인사를 대신했다. 정현은 멍해 보이는 인상과는 다르게 분위기를 해치지 않는 법을 아는지 빠르게 목에 건 신분증을 벗어 내밀었다.

"용천경찰서 소속입니다. 오늘 새벽에 발견된 변사체 때문에 찾아왔습니다."

신분증 사진 속 정현은 이미 정복을 입고 있었다. 자세히 보니 경찰복과는 다른 복식이었다. 외관상 나이와 어울리지 않게 경위라고 소개했으니 졸업 후 바로 임직된 재수 없는 경찰대학 출신 중 한 명이 틀림없었다. 그러니 졸업 앨범에나 들어갔을 법한 사진을 골랐겠지. 세현은 마음속으로 혀를 끌끌 차며 자료를 받아 자리에 앉았다.

정현은 세현의 못마땅해하는 기류를 읽은 것인지 맞은편에서 바른 자세로 가만히 서있었다. 세현은 습관처럼 팔걸이에 하중을 가하며 자료를 넘기다 말고 답답하다는 눈빛으로 정현에게 앉으라 신호했다. 그러자 그는 기다렸다는 듯이 사건 개요부터 늘어놓았다.

"새벽 4시 47분에 변사체가 발견됐다는 신고가 들어와 출동했습니다. 사건 현장이 인근 주민들 왕래가 잦은 곳이기도 하고 변사체 상태가 워낙 심각해서…….”

손을 풀던 세현은 의아하다는 표정으로 첫마디를 뗐다.

“발견이 늦은 겁니까? 관리가 잘못된 겁니까?”

“둘 다 아닙니다. 발견은 빨랐는데 사체 유기 장소가 좀 특이해서…….”

“특이하다고요?”

받아치는 목소리에 짜증이 배어있었다. 사실 세현이 어제 점심부터 지금까지 한 검안만 벌써 열 건이 넘었다. 화장실 갈 틈도 없을 만큼 주말 내내 일이 밀려있었다. 하루를 꼬박 새우고 이제 좀 쉬나 했더니 대뜸 소장에게서 변사체 하나를 부검해 달라는 부탁이 떨어져 발이 묶였다. 저녁을 거른 탓에 날카로워진 신경을 가다듬을 틈도 없이 쫓기듯 면담실로 들어왔다.

“사체가 발견된 장소 인근에 원룸이 많습니다. 대학교 근처라 학생들이 살기도 하고 터미널도 가까워서 사람들 왕래가 잦은 곳이었습니다.”

세현은 상대의 온순한 반응에도 마스크를 더 위로 바짝 추켜올려 방어적인 자세를 유지하며 계속 말해보라 손짓했다.

“대학교 정문 쪽에 샛길이 있었습니다. 샛길 옆으로는 작은 논이 있고요. 땅 주인이 벼농사 지으면서 그 옆에서 깻잎을 키웠답니다. 사체는 그 안에서 발견됐습니다.”

사진을 넘겨 보던 세현은 문득 어제 점심에 조사관이 챙겨준

참치김밥 사이에 끼어있던 말라빠진 깻잎이 생각났다. 종일 김밥 반 줄에 샷을 추가한 아메리카노를 제외하고 아무것도 먹지 못했다. 이런 날은 꼭 지독할 정도로 일이 밀렸다.

검안하는 달이면 한 달에 대략 80구의 사체를 맡는다. 하루에 평균 두 명에서 세 명꼴로 매일매일 죽는 사람이 나온다는 뜻이다. 이유를 말하면 끝도 없겠지만, 국과수에 7년 동안 몸을 담그고 있으니 사체보다는 배부르다고 먹다 버린 김밥 반 줄이 더 눈에 아른거리는 건 어쩔 수 없는 일이다.

"어제 비 왔어요?"

"많이 왔습니다. 바람도 불었고요. 무게를 못 이기고 깻잎밭이 쓰러지면서 더 빨리 발견된 것 같습니다."

'같습니다.'

세현은 멍하니 책상 위 머그잔으로 시선을 옮겼다. 경찰들 입에서 나오는 말 중 가장 마음에 들지 않는 말이었다. 한여름 발에 채듯 들어오는 평범한 변사체와 무책임한 형사의 지루한 조합은 부검을 시작하기 전부터 세현을 질리게 했다.

"그래요. 부패가 심하다고 적혀있네요."

"부패보다 더 큰 문제는 사체 훼손입니다. 발견 당시에 육안으로도 확인할 수 있을 만큼 굉장히 심했습니다. 그런데 오히려 현장은 이상하리만치 깔끔하게 정리되어 있었어요. 게다가 사체를 덮고 있던 비닐이……."

세현은 갑자기 책상 위로 탁 소리를 내며 파일철을 올렸다.

그 소리에 놀란 정현이 자연스럽게 입을 다물었다. 다른 법의관들은 경찰과의 면담에 많은 시간을 할애해 현장 사진을 같이 훑어보며 사건을 이해하려 노력한다지만, 세현은 유독 부검 전 읽는 수사 기록을 질색했다.

"사망 추정 시각은 사흘 전, 이건 현장 감식으로 예측한 거라 확실한 건 부검해야 나옵니다. 외력에 의한 사체 개방 흔적은 있지만, 구더기 때문에 사후 손상이 심해 명확한 사인 불명. 이외에 더 하실 말씀 있어요?"

"그리고 개방 자국 근처에서 정체 모를 무언가가 미세하게 붙어있는 것 같던데 그쪽도 주의해서……."

세현은 머그잔을 들어 안에 들어있는 내용물을 제대로 확인도 하지 않은 채 그대로 입에 털어 넣고 일어났다.

"그건 제가 직접 확인해 보고 판단하는 걸로 하죠."

신발을 갈아 신으려는 세현의 뒤로 나지막한 음성이 들렸다.

"그 사체 이상한 게 한둘이 아닙니다."

세현은 대수롭지 않다는 듯이 어깨를 으쓱했다.

"이상하지 않았으면 형사님이 이른 아침부터 절 찾아오지도 않았겠죠?"

"알겠습니다. 그럼…… 기다리고 있겠습니다."

정현은 조금 전 세현이 던지다시피 버려둔 자료를 조심스럽게 세현의 손에 밀어 넣어주었다.

형사들과 면담하다 보면 가끔 병적으로 사건에 집착하는 형사를 만나곤 했다. 어떤 형사는 소리를 고래고래 지르며 당장 부검 감정서를 가져다 바치라고 으름장을 놓기도 했고, 눈물을 글썽이며 간청하는 사람도 있었다. 그러나 세현이 부검실에 들어간 순간부터 그들이 할 수 있는 건 없었다. 그저 좁은 면담실 문이 다시 열리기를 두 손 모아 기다리는 것뿐이었다.

세현은 비웃음을 삼키며 낚아채듯 자료를 받아 들고 고개를 숙였다. 귀에 걸쳐둔 머리가 커튼처럼 내려와 세현의 구겨진 표정을 가려주었다. 신발을 갈아 신고 면담실 밖으로 향한 세현이 부검실 문을 열었다.

세현이 들어서자 장난스럽게 웃고 있던 법의조사관 둘이 소스라치게 놀랐다. 세현이 담당 법의관으로 들어올 거란 귀띔을 받지 못한 건지 허둥대며 숙이는 고개에 당황한 기색이 역력했다.

한 걸음 더 안으로 들어서자 바닥부터 비릿한 냄새가 올라왔다. 세현은 아슬아슬하게 손가락에 걸린 파일철을 부검대 위에 던지듯 내려놓았다. 여전히 피로가 풀리지 않았는지 고개를 옆으로 늘리며 스트레칭을 하다 제일 앞에 서있는 남자 조사관을 지목해 물었다.

"어디로 가요?"

"오늘은 A 부검대에서 진행할 거라고 하셨습니다."

"여기서요?"

"네……?"

"죄송합니다. 빠르게 준비하겠습니다."

여자 조사관이 변명을 늘어놓으려는 남자 조사관의 팔을 뒤로 당겨 조용히 시켰다. 세현은 그런 그녀를 향해 싱긋 웃어 보이고는 물을 세게 틀어 구석구석 손을 씻었다. 강한 수압에 옆에서 얼쩡거리던 조사관의 스크럽복 가슴팍까지 물이 튀었다. 세현은 허둥대며 뒤로 물러서는 조사관의 행동에도 아랑곳하지 않고 같은 수압으로 손 씻기를 반복했다. 깊게 파인 스테인리스 싱크대에 세현의 형상이 어지럽게 맺혔다.

부검실에 들어온 지 7년 된 법의관 세현에게 이곳은 집처럼 편했다. 그런데도 가끔은 처음 와본 장소처럼 생소한 느낌을 받기도 했다. 그럴 때 가만히 싱크대를 보고 있으면 큼직한 크기의 채소와 얼음에 뒤엉켜 우수수 떨어지는 비린내 나는 고등어가 들어찬 식당 주방 싱크대가 떠올랐다. 그러다 그 위로 피가 범벅이 된 장기가 쏟아지는 모습이 겹쳐 보였다. 다들 무력하고 차갑게 메말라 있다. 여긴 생명이 붙은 것과는 전혀 어울리지 않는 공간이었다.

세현이 가만히 뒷짐을 지고 서있자 조사관들의 움직임이 분주해지기 시작했다. 메스 손잡이를 두꺼운 천 위에 내려놓자 서로 부딪히며 달그락거렸다. 칼날이 담긴 비닐과 종이가 한데 어우러져 바스락거리는 소리가 들렸다. 세현이 부검실에서 제일 좋아하는 소리였다.

기껏해야 고작 18센티미터도 안 되는 길이의 막대가 세현의 손안에서 전능함을 얻는다. 세현은 그저 가만히 들고 있기만 하면 된다. 그러면 메스는 기다렸다는 듯 힘차게 달려들어 피부를 벗겨내고, 뼈와 살을 가르고 혈관을 찢는다.

문이 열리는 소리에 조사관 두 명이 황급히 카트를 받아서 안으로 끌어왔다. 세현은 움직임에 맞춰 흔들거리는 비닐 끄트머리에 시선을 빼앗겼다. 이제 곧 저 비닐이 벗겨지면 변사체는 오롯이 세현의 차지가 된다. 조사관 한 명이 재빨리 달려와 라텍스 장갑의 입구를 넓게 열어젖혔다. 세현이 느긋하게 오른손을 집어넣고 나머지 한쪽을 받아 들고는 부검대로 걸어갔다.

그 사이 비닐로 덮인 사체가 천천히 가운데로 옮겨졌다. 세현은 한 발 더 가까이 다가가 바퀴가 달린 철제 부검대가 뿜어내는 냉기를 느꼈다. 부식한 사체에서 나는 냄새가 마스크를 뚫고 들어왔다.

"어휴."

비닐을 벗기던 조사관은 꽤 충격받은 표정이었다.

"얼굴 사진 먼저 찍읍시다."

만만치 않은 사체에 누구 하나 좀처럼 다가올 생각을 하지 않고 머뭇거렸다.

"사진 안 찍어요?"

세현의 단호한 음성에 그제야 정신을 차린 조사관이 황급히 발판을 밟고 올라서서 줌을 당겼다. 부검실 안 사람들은 너나없이 입을 닫았고 찰칵거리는 카메라 소리만 고요를 메웠다.

신입 조사관 하나는 바짝 졸라맨 마스크가 얼굴을 압박해 숨

쉬기 힘들어 보였다. 다른 조사관은 표정을 숨기려고 애썼지만 이미 미간에 힘이 들어가 있어 그가 마스크 뒤로 얼마나 인상을 쓰고 있는지 쉽게 가늠할 수 있었다. 또 한 명은 사체를 똑바로 마주 볼 자신이 없는지 애꿎은 보관 용기 뚜껑을 열었다 닫았다 하며 의미 없는 행동을 반복했다.

세현은 우스꽝스러운 꼴들에 입에서 헛웃음이 튀어나오려는 걸 겨우 참았다. 그리고 능숙하게 사체의 머리카락 안으로 손을 넣어 두피 쪽에 상처가 나있는지 확인한 후 다시 사진을 찍으라 지시했다.

조사관들은 최선을 다해 세현의 명령을 따르려 하면서도 또 한편으로는 사체와의 거리를 유지하기 위해 안간힘을 썼다. 남들에게는 짜증스러울 수도 있는 상황이지만 세현은 오히려 이런 환경을 더 선호했다. 다른 사람이 일하는 걸 지켜보며 답답해할 바에는 차라리 쳐다보기도 꺼리는 사체가 겁쟁이들을 저 멀리 내쫓아 주는 게 작업하기에도 훨씬 편했다.

"우측 눈, 볼, 아래턱까지 구더기 침식. 얼굴 사진 찍으세요."

"네, 찍었습니다."

사체의 얼굴 부분을 유심히 살피던 세현은 금세 심드렁해졌다. 부패가 심한 변사체. 외력에 의한 손상이 있다 했으니 대충 사망 시간을 가늠해 적어두고 피해자 주변을 조사해 그 시간대에 마지막으로 접촉했을 유력 용의자를 찾아 검거하면 될 일이었다. 곧 얼마 지나지 않아 상대의 변심한 마음에 상처받았다는 비슷한 또래의 남자가 엉엉 울며 경찰서에 출두하고 재판으로 넘겨져 사건은 마무리될 것이다.

메스를 쥐기도 전에 바싹 말라버린 궁금증에 흥미를 잃은 세현은 당장이라도 감정서를 휘갈겨 쓰고 퇴근하고 싶은 마음이 굴뚝같았다. 세현은 본격적인 부검을 위해 비닐을 벗기라고 손짓했다. 바스락거리는 소리와 함께 비닐이 벗겨지자 분주히 움직이던 조사관의 숨소리가 일제히 수그러들었다.

변사체의 훼손 정도는 미리 들었던 것처럼 심각했다. 그러나 그들이 놀란 것은 그 때문이 아니었다. 비닐을 걷던 조사관이 엉거주춤 뒤로 물러서다 팔로 용기를 쳤다. 철제 트레이가 바닥에 떨어져 나는 소리가 울부짖는 짐승의 것과 흡사했다. 부검실 안에 살아있는 자들은 아무 말도 할 수 없었다.

세현은 긴장을 감추려고 팔짱을 낀 채 가만히 사체를 들여다봤다. 흥분한 혈관이 쿵쾅거리며 움직이는 소리가 들렸다.

나이는 20대 초중반. 성별은 여자. 유기된 장소가 대학교 근처라고 했으니 신원은 이미 파악됐을 수도 있다. 세현은 부검대 앞으로 더 바짝 붙었다. 부패가 심한 상태라 외표 검사로 얻을 수 있는 정보는 별로 없었다. 원래대로라면 절개하고 본격적으로 부검을 시작해야 하지만, 이미 열려있었기 때문에 이번엔 그럴 필요가 없었다.

사체는 가슴 밑에서 시작해 배꼽까지 길게 개방성 손상이 나 있었다. 누군가 갈라놓은 흔적이었다. 그뿐만 아니라 오른쪽 정

강이 쪽에도 십자로 삐딱하게 잘라낸 부분이 있었고 두 손바닥
역시 피부를 박리한 자국이 남아있었다. 피부조직이 바깥을 향
해 말려있는 걸 보니 절개 후 꽤 시간이 지난 모양이었다.

세현은 가만히 갈라진 틈 사이로 손을 넣으려다 주춤했다. 붉
게 물든 실 가닥이 세현의 손가락에 맞춰 하늘거리고 있었다. 세
현은 자기도 모르게 실소를 터트렸다. 누군가 사체를 실로 꿰매
두었다.

세현은 피로 물든 실을 손가락으로 살며시 잡아당겼다. 장기
의 위치를 표시라도 해둔 것처럼 엑스자로 실이 꿰매진 피부 끝
이 팽팽하게 당겨졌다. 손끝이 작게 떨렸다. 세현은 황급히 실에
서 손을 뗐다. 순간 온몸에 피가 돌아 등 뒤가 뜨겁게 달궈졌다.
떨림이 멈추지 않았다.

세현은 사체에서 단 한 순간도 눈을 뗄 수 없었다. 이건 그냥
변사체가 아니었다. 핀셋으로 눈꺼풀을 뒤집자 안구 위로 피가
방울방울 맺혀있었다. 세현은 결심이 선 듯 이미 반쯤 뭉개져 있
는 눈동자를 뚫어지게 바라보았다.

"칼 줘봐요."

메스를 쥔 손목을 가볍게 풀고 다시 날이 안쪽으로 향하게 잡
았다. 제일 먼저 향한 곳은 선명하게 액살의 흔적이 남아있는 목
이었다. 손가락 끝 모양이 교차해서 찍혀있는 걸 보니 뒤에서 목
을 졸랐을 것이다. 목을 절개해 근육을 들어내자 예상대로 후두
연골 중 가장 큰 갑상연골 왼쪽 부분이 부러져 있고 출혈이 보

였다.

먼저 이 흔적이 사망 전에 생긴 것인지, 사망 후에 생긴 것인지 구분해야만 했다. 세현은 근육을 자르다 말고 의아한 표정으로 사체의 상반신과 얼굴 부분을 번갈아 가며 확인했다. 이상하게 사체의 얼굴 쪽 부패가 유독 심각했다.

"사체 발견했을 때 상태 어땠어요?"

"농업용 비닐로 꼼꼼하게 밀봉되어 있었습니다."

"농업용 비닐이요?"

조사관이 펼쳐준 현장 사진을 보고도 세현은 여전히 의문이 풀리지 않았는지 있는 대로 미간에 힘을 준 채 부검대로 고개를 돌렸다. 목 연골을 감싸는 근육 주변에 맺힌 작은 물집을 얇게 절개하자 피가 나왔다. 죽음의 신호가 뇌까지 전달되기 전에 누군가 빠르고 정확하게 뼈를 분질렀을 것이다.

"잇몸이랑 안구 쪽에 일혈점* 있고, 물집 절개 시 출혈. 경부 압박은 사망 전이라고 적으세요."

인상을 풀지 않고 중얼거리던 세현의 시선이 멀쩡한 왼쪽과는 달리 피부가 전부 벗겨져 뼈가 드러난 오른쪽 정강이로 향했다. 세현은 옆에서 그녀의 말을 받아 적고 있던 조사관에게 손짓했다.

"와서 냄새 맡아보세요."

---

* 내출혈로 인해 피부에 얼룩지게 나타난 점

18

"어……. 약간 알싸하게 소독약 냄새가 나는데요."

다른 조사관 둘이 머리를 맞대고 동그랗게 모여 번갈아 가며 냄새를 맡고는 앞서 말한 조사관의 의견에 동의한다는 뜻으로 고개를 끄덕였다. 세현은 유독 소독약 냄새가 심하게 나는 오른쪽 정강이를 주의 깊게 살피더니 메스 끝으로 미세한 청록색 실뭉치를 걷어냈다. 싱크대 구석에 처박혀 있는 수세미와 같은 색깔이었다.

조사관 한 명이 검체를 담는 접시를 빠르게 들이밀었다. 세현은 다른 조사관에게 메스를 넘겨주고 조금 전부터 의미 없이 찰칵대는 셔터 소리가 거슬려 원하는 부위를 정확히 짚어주었다.

세현은 가위를 들고 잠시 숨을 들이마셨다. 피부조직의 손상을 최대한 피하려고 꿰매진 실을 하나하나씩 세심하게 끊었다. 하도 온몸에 힘을 주고 있어서 그런지 이가 아파져 왔다. 작업을 마친 세현은 가볍게 목을 풀고 한 걸음 뒤로 물러났다.

자꾸만 앞서 나가려는 생각을 감출 필요가 있었다. 두 눈 가득 담기는 사체를 객관적으로 받아들이려 노력하자 이상하게 어딘가 익숙한 기분이 들었다. 경찰은 사체 훼손이 심하다고 했지만, 사실 세현은 이걸 훼손이라고 불러야 할지 고민이 됐다.

낯설지 않다고 느낀 이유는 장기를 다 들쑤시고 신경을 잡아떼어 늘려놓은 이 변사체가 유독 의과대 본과 1학년 여름방학 때 지겹도록 본 해부용 시체와 닮아있었기 때문이었다. 세현은 혹시나 하는 마음에 장기를 붙들고 있는 근막과 결합조직을 유심히 살폈다. 조사관들은 서로 눈치를 살피며 세현의 다음 명령이 떨어지길 기다렸다.

세현은 무언가 생각난 듯 사건 현장이 담긴 수사 기록을 집어들다, 가만히 옆에 서있는 조사관들을 발견하고 귀찮다는 듯 손을 휘저었다.

"뭐 해요? 약물 검사하게 장기조직이랑 검체 수집하세요."

세현의 말이 끝나자마자 개수대로 떨어지는 물소리로 부검실이 시끄러워졌다. 세현은 벽에 걸린 시계로 자연스럽게 눈을 돌렸다. 평소보다 시간을 더 초과했다. 그래서인지 정체 모를 조급함이 슬며시 고개를 들이밀었다. 분명 처음 보는 사체였다. 학교에서 6년, 인턴으로 1년, 레지던트로 1년 반 그리고 국과수에서 7년간의 기억을 전부 헤집어 봐도 기억나는 게 없는데, 짜증날 정도로 낯이 익었다.

"저…… 과장님. 여기 좀 보셔야 할 것 같은데."

조사관의 부름에 세현은 마음의 준비를 마친 사람처럼 의연하게 다가가려 했지만, 오늘따라 몸이 제멋대로 엇나가 걸음이 부자연스러웠다. 세현이 걸쭉하게 차오른 핏물 안 깊숙한 곳으로 손을 넣자 익숙한 것이 만져졌다. 이미 누군가 먼저 장기를 적출한 흔적이었다. 그 위로 또 실 몇 가닥이 대롱대롱 매달려 있었다. 세현의 눈빛이 요동쳤다.

지금보다 더 어리고 현명하던 때 비슷한 사체를 봤던 순간이 기억 위로 스멀스멀 떠올랐다. 세현은 뒷걸음질로 부검실을 빠져나왔다. 피 묻은 장갑과 스크럽복을 바닥에 엉망으로 벗어두고 달렸다. 기억 위에 기억을 덧발라 둔 자국에서 부스러기가 떨어져 나와 세현이 도망치듯 남기고 간 발자국 위로 소복이 쌓였다.

* * *

물이 솟아나는 샘물이라는 뜻의 용천(湧泉)은 이름 그대로 일급수 하천을 끼고 발전한 평화로운 도시로, 서울에서 자가용을 타고 55분 정도 달리면 도착할 수 있다. 장점이라고는 공기가 맑고 서울과 접근성이 좋다는 것뿐이었는데, 근처 도시 경쟁에 밀려 지하철역을 뺏긴 탓에 그마저도 이젠 낡은 영광이었다.

안온한 도시를 슬로건으로 걸고 주변 환경 조성에 심혈을 기울여도 인구수는 야속하게 제자리걸음이었다. 근처 도시에 빼곡히 들어선 지하철역과 달리 용천시는 터미널 증축 공사 계획만 몇 년째인, 도시라고 부르기엔 애매하고 또 시골이라고 칭하기엔 어색한 소도시였다.

그 반증으로 점심시간임에도 중심지 상가에는 콘크리트에 갇힌 지열을 피해 기웃거리는 몇몇 행인을 제외하고는 한산한 기운만 감돌았다. 세현은 가만히 창가에 머리를 기대고 창문 너머로 추적추적 내리는 빗방울을 눈으로 따라갔다.

분명 조금 전 라디오에서 장마가 지나갔다는 뉴스를 들었는데, 꿀렁거리며 하늘을 덮는 먹구름과 그 뒤에 숨은 뙤약볕의 습도는 아직 끝이 아니라는 듯 마지막 발악을 했다.

도착 10분 전. 전면 유리창을 닦는 와이퍼 소리가 빨라진 걸 보니 빗방울이 한 겹 더 굵어진 모양이었다. 세현은 의미 없이 핸드폰 홈 버튼을 반복해서 누르다 그마저도 시시해져 바지 주머니에 욱여넣었다. 안 그래도 작은 주머니에 손바닥만 한 크기의 핸드폰이 들어차니 옷이 피부와 더 밀착해 답답한 기분이 들었다.

저 멀리 두 날개를 활짝 편 참수리가 눈에 들어오자 세현은 인상을 썼다. 이상하게 저 엠블럼은 아무리 자주 봐도 적응이 되지 않았다. 날카로운 눈으로 세심하게 살피고 신속하게 대처하는 경찰의 자세를 강조하려고 썼다지만, 참수리가 썩은 고기를 즐겨 먹는다는 건 아무도 몰랐나 보다. 세현은 참수리의 날개가 보이지 않을 때까지 노려봤다.

도착 2분 전. 세현은 다시 습관처럼 핸드폰 음량 버튼을 올렸다 내렸다 했다. 어설프게 방송국을 흉내 낸 건물 위로 안테나가 불쑥 솟은 게 보였다. 좌회전 신호를 받은 경찰차가 학교 옆 주차장으로 미끄러져 들어갔다.

세현은 차가 완전히 멈추기도 전에 문을 벌컥 열어 둥그렇게 쳐진 경찰통제선으로 직진했다. 경계를 서던 의경에게 가로막히자 신분증을 귀찮다는 듯 휘둘러 주고 경찰통제선을 뚫고 들어갔다.

7월의 논과 밭은 태풍이 핥고 지나간 자국이 고스란히 남아 있었다. 그 옆으로는 문제의 그 깻잎밭이 내리던 비에 그새 더 무너져 바닥까지 내려앉아 있었다. 거침없이 현장으로 걸어가다 보니 비에 뭉친 흙덩이가 신발과 슬랙스에 엉망으로 튀었다. 세현은 짜증스럽게 흙을 털면서도 현장에서 눈을 떼지 않았다.

"현장은 어느 정도 정리된 건가요?"

"아뇨. 발견 당시 그대로 둔 겁니다."

"깨끗하네요."

이리저리 흩어진 벼 이삭과 깻잎, 사체 수습을 위해 다녀간 수사관들의 발자취와 고여있는 흙탕물까지. 세현의 말과는 다르게 사건 현장은 한눈에 봐도 너저분한 느낌이 난무했다. 세현은 증거물 표시를 위해 세워둔 팻말을 뚱한 표정으로 바라보았다. 그러자 정현은 수사 기록에서 사체 발견 당시 촬영한 사진을 꺼내 보여주었다.

"이게 피해자 소지품입니다. 가방 하나가 다예요. 범인은 여기에 손도 대지 않았습니다. 현장이 필요 이상으로 깨끗한 걸 보면 아마 이게 첫 살인은 아닐 겁니다."

"이유는요?"

"만약 절도범이 우발적으로 저지른 살인이었다면 반드시 그 전의 절도 습관이 남았을 겁니다. 소지품을 뒤진다거나 현금을 가져간다거나. 돈을 훔치던 손으로 사람의 목숨을 끊었으니 감정의 동요가 심하게 일어나 당연히 현장도 너저분해질 수밖에 없죠. 여기."

정현은 사체가 발견된 자리에서 한 뼘 정도 떨어진 곳에 난 족적을 가리키며 말했다.

"이 신발, 논밭 주인아저씨가 깜박하고 어젯밤에 벗어두고 간 거랍니다. 범인은 여기서 이 신발로 갈아 신고 사체를 유기했어요. 아무리 계획적으로 유기했다 하더라도 첫 살인 현장에서 발견한 물건을 유동적으로 다루긴 어렵죠."

세현은 무신경한 표정으로 정현의 이야기를 듣다 말고 뒷주머니에서 장갑을 꺼내 깻잎 몇 장을 떼고 바닥에서 흙을 퍼 비닐봉지에 챙겼다.

"그건 왜……?"

"비닐에 흙이 많이 묻어있었으니까 토양 검사해서 이 논밭이 실제 유기 장소가 맞는지 또 다른 장소에 머물지 않았는지 확인해 볼 겁니다. 증거품 목록은 조사했어요?"

"아직 진행 중입니다."

"제 명함입니다. 조사 끝나면 증거품 목록 바로 보내주세요."

정현이 명함을 유심히 살피는 사이 세현은 이미 저 멀리서 비탈을 오르고 있었다. 정현은 그녀가 뒤로 넘어질까 염려해 재빨리 따라가 등을 받쳐주려 했지만, 세현은 주변에 발을 지탱할 곳을 능숙하게 찾아내 혼자 힘으로 올라갔다. 체형이나 분위기로 봐서는 딱히 운동신경이 탁월할 것 같진 않았는데, 어딘지 모르게 느껴지는 악착같은 모습이 다른 사람에게 도움받는 걸 싫어

하는 성격이라고 대변하고 있었다.

세현은 경찰통제선이 둘러싸인 곳을 벗어나 길을 따라 천천히 걸었다. 학교 앞 샛길이라 그런지 정현이 했던 말처럼 낮에는 인적이 드물지 않았지만, 듬성듬성 설치된 가로등 수를 헤아리면 저녁에는 또 어떻게 될지 모르는 길이었다. 게다가 도심에서 떨어진 외진 곳에 세워진 학교라 주변에 논밭이 많았다.

세현은 논밭 옆으로 작게 난 농수로에 가까이 다가갔다. 여기서 물을 받아내기는 힘들어 보였다. 세현은 다시 처음 들어선 샛길과 만나는 큰길을 따라 주차장 옆에 붙어있는 정문까지 내려갔다. 범인은 CCTV가 사방에 깔린 학교 내부 중 유일한 사각지대를 기가 막히게 찾아 사체를 유기했다. 아마도 사전에 몇 번이고 이곳을 찾아 주변 지리를 완벽하게 파악해 두었을 것이다.

"피해자 신원 확인됐어요?"

세현은 자신의 뒤를 졸졸 따라다니던 정현을 그제야 발견한 것처럼 태연하게 말을 건넸다.

"아직입니다. 피해자가 신분증을 소지하고 있지 않았고 핸드폰도 비를 맞아서 먹통이라 신원 확인은 증거품 조사하면서 같이 진행해야 할 것 같습니다."

"직접 손을 사용해서 목을 조르는 액살을 살해 방법으로 택했으니까 DNA 증거가 발견될 확률이 높아요. 분석해 보면 피의자 특정에 도움 될 겁니다. 그럼 앞으로 수사는 어떻게 진행할 계획인가요?"

정현은 갑자기 이야기의 주제가 수사 방향으로 넘어가 당황했지만, 최대한 지금 넘길 수 있는 정보를 깔끔하게 정리해 대답했다.

"원칙대로 할 겁니다. 일단 사건 현장 인근 조사 진행할 거고요. 최초 발견자 진술서 토대로 그 주변 시간대별 목격자 탐문 조사도 하고, 틈틈이 순찰할 생각입니다."

"CCTV는요?"

세현의 간결한 물음에 자신만만하던 정현의 말문이 막혔다.

"없으니까 목격자 찾고 있는 거죠?"

정현은 세현의 눈빛이 자신을 향해있다는 것을 알아차리고서 구구절절 변명을 늘어놓았다.

"그게……. 보셔서 아시겠지만, 저 샛길에는 CCTV를 설치할 만한 가로등이 없습니다. 길이 좁아 차가 들어갈 수 없으니까 당연히 블랙박스 증거도 없고……."

"그럼 정문 앞 삼거리에 설치된 CCTV 조회해 봤어요?"

"네?"

"사체 운반에 차량을 사용했을 거고, 유기 장소를 보니 여기가 오솔길 초입에 있는 논밭이라 정문에서 올라와서 바로 이 인근에 차량을 정차했을 텐데 그러면 정문으로 들어오기 전 좌회전 신호등에 부착된 CCTV에 찍혔겠죠."

"어……. 네. 그렇죠……?"

세현은 얼빠진 정현의 반응이 시원찮다는 듯 흘겨보고는 다시 정문으로 발길을 돌렸다. 멍하니 서서 조금 전 대화를 복기하던 정현은 서둘러 세현을 따라가 붙잡았다.

"저기, 서 과장님. 잠시만요. 이제 경찰서로 가실 겁니까?"

"제가 왜요? 국과수로 복귀할 겁니다."

시간을 확인하니 벌써 오전 10시가 훌쩍 넘었다. 정현 역시 경찰서로 복귀해야 한다고 생각하면서도 짧은 시간 안에 현장 파악을 끝내고 새로운 증거까지 제시한 세현을 이대로 보내기 아쉬웠다.

"모셔다드리겠습니다!"

그동안 정현은 자신이 꽤 센스 있는 사람이라 생각했는데, 그 잠깐 사이 머리를 굴려 나온 멘트가 고작 이것뿐이라는 사실에 좌절했다.

"서울까지요?"

역시나 조잡한 멘트에 대한 세현의 평가는 박했다.

"용천은 처음이잖아요. 터미널까지 배웅해 드리겠습니다."

누군가 신호등 음성 서비스 안내 버튼을 눌러둔 것인지 파란 불이 켜지며 시끄럽게 삐빅거리는 소리가 났다. 세현은 주머니에 들어있는 핸드폰을 꺼내 전화를 받다 말고 정현을 바라보았다.

"저 용천 처음 아니에요."

세현은 순식간에 횡단보도를 건너고 바로 이어지는 골목길 사이로 모습을 감추었다. 정현은 멀어져 가는 세현의 뒷모습을 멍하니 바라보다 뒷주머니에서 울리는 진동에 다급히 전화를 받았다.

— 내 말 맞지?

선우의 목소리를 들으니 그제야 긴장이 풀린 건지 정현은 피식 웃음을 터트렸다.

"네. 이제 믿을게요."

정현은 차를 세워둔 주차장으로 들뜬 발걸음을 옮겼다. 선우는 경찰대학 2년 선배로 같이 유도 동아리 활동을 하며 알게 된 사이다. 정현이 몇 번이고 학교에 적응을 못 해 그만두려 할 때마다 옆에서 끈질기게 설득하고 지지해 준 몇 안 되는 소중한 인연이었다. 선우는 유능하지만 필요 이상으로 원리원칙을 중시하는 성격 때문에 조직에서 자꾸만 배제되는 정현을 안타깝게 여겨 학교에서부터 과할 정도로 뒤를 봐주곤 했었다.

그도 그럴 것이 정현은 대학 졸업 후 곧장 로스쿨에 진학하라는 아버지 성화에 시달리다 몰래 경찰대학 입학시험에 지원해 덜컥 합격 통보까지 받은 케이스였다. 사법연수원에서 만나 결혼까지 골인한 판사 부부 밑에서 외동아들로 순탄하게 산 그의 19년 인생 첫 반항이었다.

정현은 경찰대학을 졸업하고 전경대 소대장을 거쳐 수사지원팀에서 2년의 연수를 채우고 곧바로 용천경찰서 형사과로 지원했다. 큼직한 사건을 맡아 해결하는 게 일상인 형사과는 책임감 강한 정현의 성격과 잘 맞았다.

문제는 그가 용천경찰서 강력팀 팀장 자리에 앉고 나서부터 시작됐다. 호기롭게 밀어붙인 용천대학교와 협약한 범죄 예방 사업이 초반부터 삐걱대더니, 설상가상으로 대학가 주변에서 강력 범죄까지 발생했다.

그 소식을 들은 선우는 곧장 6개월 전 화제의 염산 테러 사건 해결에 큰 도움을 주었던 세현에 관한 정보를 넘겨주었다. 실제로 만난 세현은 선우에게 들었던 설명보다 더 대단한 사람이었다. 현장을 파악하는 속도도 빨랐고, 예기치 않게 발생할 수 있는 변수까지 고려해 다른 각도로 증거를 찾아내는 모습은 가히 놀라웠다. 범죄에 반응하는 감각 자체가 남달랐다.

― 그러니까 현장 조사할 때 옆에 딱 붙어있어. 그 사람 일 진짜 잘하더라. 증거가 제 발로 걸어오는 수준이라니까. 대신 성격이 둥글둥글한 편은 아니라 네가 먼저 가서 말 더 붙여보고 그래.

"알았어요. 어쨌거나 사건이 복잡해 보여서 걱정 많았는데 한시름 놨습니다."

― 잘됐지, 뭐. 수사 진행 상황은 좀 어때?

"사체 훼손이 심하다 보니까 아직 이렇다 저렇다 판단할 단계는 아닌 것 같아요."

― 얼마나 심한데 그래?

정현은 경찰차에서 멀리 떨어진 곳으로 걸음을 옮겨 핸드폰에 대고 속삭였다.

"사체를 절개한 다음에 실로 꿰매졌더라고요."

― 꿰맸다고? 수술할 때처럼?

"아니, 약간…… 실을 매달아 놓은 것처럼요."

— 그건 또 뭐야? 신종 미친놈이네.

"현장에 증거 하나 없이요."

정현은 누군가 자신을 부르는 소리에 놀라 뒤를 돌았다. 의경 하나가 멀찍이 서서 정현의 눈치를 보고 있었다. 정현은 그에게 가까이 다가오라 신호했다.

"저 이제 들어가 볼게요. 선배, 일단 조용히. 무슨 말인지 알죠?"

— 내가 이걸 누구한테 말하냐. 쓸데없는 걱정하지 말고 수사나 잘해. 이런 사건은 같이 일하는 팀원들이랑 합이 잘 맞아야하는 거 알지? 네가 나이가 어리니까 먼저 스스럼없이 다가가고, 어? 뻣뻣하게 굴지 말라고.

선우의 잔소리에 정현은 실눈을 뜨며 핸드폰을 귓가에서 멀리 떨어트렸다. 차 문을 열자 전에 맡아보지 못한 시원한 향이나 자연스럽게 세현이 사라진 골목으로 고개가 돌아갔다. 대낮의 이 낯선 도시에서 그녀는 어디로 간 것일까? 그녀는 분명 용천이 처음이 아니라고 했다.

* * *

경찰서가 보이는 골목 앞에서 택시를 멈춘 세현은 만일을 대비해 더 가까이 다가서지 않기로 했다. 용천경찰서 앞에는 작은 하천이 흘렀고 그 뒤로는 빌라 단지가 자리했다. 세현은 하천가에 서서 그 너머의 지형을 살피고 경찰서 반대편에 위치한 상가를 훑어봤다. 동네 미용실에서 나온 주인이 건조대를 꺼내 수건을 널고 있었다. 그 옆으로 유리창에 생고기를 인쇄한 스티커가 덕지덕지 붙은 정육점이 보였고, 미용실과 정육점 사이에 작은 골목이 숨어있었다.

세현은 천천히 그 골목을 따라 들어갔다. 길은 좁았으며, 한여름의 습기가 돌벽에 내려앉았다. 밑바닥에서부터 짙은 녹색의 이끼가 올라와 돌벽의 갈라진 균열을 듬성듬성 메웠다. 문득 옛날 생각이 났다. 세현이 어릴 적 살던 집도 이렇게 지저분한 담장에 페인트가 벗겨진 파란색 대문이었다. 감성에 젖기엔 별 볼 일 없는 과거라 세현은 골목을 빠르게 통과했다.

사람도 겨우 지나갈 것 같은 도로에 차들이 지그재그로 바싹 붙여 주차한 모습이 눈에 들어왔다. 작은 골목이 끝나는 지점과 맞물린 도로 어귀에 호주산 불고기를 조리하는 식당이 있었다. 식당에서 2층으로 올라가는 계단을 다육 식물로 휘황찬란하게 장식해 놨다. 세현은 식당 앞에 붙여둔 메뉴판을 기웃거리며 부재중으로 표시된 번호로 다시 전화를 걸었다.

"여보세요? 지금 앞에 도착했습니다."

"학생!"

하늘에서 뚝 하고 목소리가 떨어졌다. 고개를 들자 앞머리를 뒤로 전부 넘겨 큼직한 집게핀으로 고정한 중년의 여자가 손을 흔들며 올라오라고 신호했다. 세현은 가파른 계단을 비틀거리며 오르다 난간을 잡으려 손을 뻗었다. 그러다 난간에 고여있는 녹물에 인상을 구기고 손등으로 벽을 짚고 천천히 올라갔다.

"어서 와요. 경찰서 있는 쪽으로 왔어요? 잘 찾아왔네. 여기가 골목이 좁아서 잘 안 보여요. 저기 큰길로 돌아와도 되는데, 앞으로는 그리로 와요."

여자는 세현을 처음 봤으면서 필요 이상으로 반가운 척을 했다. 세현이 말없이 반쯤 열려있는 문을 밀고 들어가자 여자는 더 격양된 목소리로 빠르게 말을 이었다.

"큰길로 나가면 바로 정류장도 있고, 조금 걸어가면 강변 옆에 산책길도 있어서 사람들도 많이 다녀요. 시내에 사는 것보다 조용하고 편하다니까."

혼자 살기에 방이 많은 편이었지만, 원룸보다 가격이 저렴한 데는 이유가 있었다. 상권이 죽다 못해 난도질당한 이 구석진 골목 끝에는 사람 사는 흔적을 찾아볼 수 없었다. 세현의 빳빳한 태도에 조급해진 건지 불고깃집 주인은 한때 이곳처럼 장사하기 좋은 곳이 없었다고 넋두리를 늘어놓았다.

큰 도로로 나가기 전에 있는 불이 꺼진 8층짜리 건물은 용천에서 꽤 유명한 절이었다. 1층을 갤러리로 쓰며 외지인과의 화합에 성공한 불당이 어느 날 특경법으로 줄줄이 포승줄에 묶여간 스님들 때문에 저당권이 설정된 모양이었다. 그 후 치열한 법정 공방이 오가다 한 해 두 해 그렇게 시간이 흘렀다고 했다.

얼마 전 경매에 헐값으로 팔려나갔다는 소문도 있었고, 어떤 땅 부자가 넘치는 신앙심으로 교회에 기증했다는 말들이 나돌았지만, 한번 무너진 믿음은 쉽게 일어설 생각이 없어 보였다.

눈치 빠른 상인들은 서둘러 마을을 떠났지만 가진 거라고는 불고깃집과 그 위에 아슬아슬하게 얹어진 집 한 채뿐인 중년의 부부는 자녀들이 독립하자 노후 자금을 털어 가게를 리모델링해 윗집을 전세로 내놓았다.

세현이 밑이 누렇게 물든 커튼을 걷자 볕 사이로 먼지가 날아다녔다. 창 너머로 날개를 펄럭이는 참수리가 보였다. 눈높이가 딱 맞았다.

"오늘 바로 들어갈 수 있어요?"

여자는 뜻밖의 물음에 놀라며 세현의 눈치를 몇 번이고 살폈다. 충동적인 결정이 필연적으로 후회와 가깝다는 걸 알지만, 세현에게는 앞으로 예정된 전투에 대비할 요새가 필요했다. 이름도 얼굴도 모르는 사체 하나에 행동이 좌우되는 건 여전히 불쾌했지만, 누구의 솜씨인지 알아차린 지금, 세현에게 남은 선택지는 없었다.

사실 세현은 오늘 새벽 변사체를 마주했던 순간부터 이 어이없는 상황을 어떻게 받아들여야 할지 계속 고민했다. 오래전 자신의 손에 목숨줄이 끊긴 사람이 살아있다는 사실로도 충분히 벅찬데, 그가 다시 살인을 시작했다는 결론에 이르자 누가 목구멍 끝까지 빵을 집어넣은 것처럼 숨이 막혔다.

세현은 주머니에서 삐져나온 공무원증을 꺼내 지그시 바라보았다. 딱딱한 플라스틱 케이스 끝이 깨지고 손때가 묻어 바래있다. 세현은 미소를 머금고 있는 자신의 증명사진에 조소를 보냈다.

반사회성 인격장애를 앓고 있는 세현은 타인의 감정이나 고통에 공감할 수 없는 사람이다. 다른 법의관들처럼 일하기에도 정상 범주 밖으로 한참이나 벗어나 있었다. 그러나 세현은 자신을 제외한 다른 살아있는 사람에게는 도통 관심이 없어 죽은 자들을 가까이하는 법의관을 천직으로 여기곤 했다. 하지만 피비린내와 장기 썩은 냄새가 진동하는 부검실에서 평생을 처박혀 살다 사무실 책상에서 맞이할 과로사까지 세현과 어울리는 건 아니었다.

그래서 세현은 1년 차부터 조금 다른 법의관이 되기로 결심했다. 사건이 들어오면 해결하기 전까지 현장을 떠나지 않았다. 증거가 없을수록 밤을 새웠고, 부패가 심할수록 부검실에 붙어 살았다.

처음 서울과학수사연구소에 지원한 이유 역시 사건이 많았기 때문이다. 1년 차부터 욕이란 욕은 다 먹어가며 들어오는 부검에 모조리 참여했다. 심지어 부검실에서 사체의 피가 범벅된 장갑으로 뺨을 후려 맞고도 그 상태로 끝까지 부검실을 지켰다.

그렇게 딱 6년을 일하니 세현을 알아봐 주는 사람이 생겼다. 그 인지도에 힘입어 종종 시사 범죄 프로그램에 나가 인터뷰도 해주고 아주 가끔 학교에서 법의학 특강도 하니, 이젠 어떤 사건을 맡아도 기사에 세현의 이름이 같이 붙었다. 5년 전 사망한 백골 사체 사건을 해결한 서세현 법의관, 집단 암매장 사건을 해결했던 그 법의관.

그러나 단 하나뿐인 국과수 최고 권력자의 자리에 앉기 위해서는 조금 더 현명한 접근이 필요했다. 일을 더 많이 하고 그 절반을 떼어 위로 올렸다. 처음에는 부담스러워하던 소장은 이제 곤란한 사건이 생길 때마다 세현의 핸드폰 번호를 눌렀다.

서울로 들어오는 사건 중 세현의 손을 거치지 않은 게 몇 건이나 될까. 그러니 세현의 국과수였다. 올가을, 골치 아픈 사건을 더 해결해 확실한 인정을 받고 소장이 써주는 전근 추천서를 들고 본원으로 갈 예정이었다. 그 때문에, 이 사체는 세현에게 정말로 중요했다. 그동안 공들여 쌓아 올린 탑의 정상을 빛내줄 최고의 장식품이었지만 문제는 선물을 들고 온 사람의 정체였다.

난간을 잡으려던 세현의 손이 멈칫하고 뒤로 물러났다. 다른 손가락에 비해 유독 짧은 세현의 오른손 새끼손가락은 그의 것과 똑 닮았다. 잔인한 유전의 법칙이었다.

그의 이름은 윤조균. 과거에 그가 죽이고 유기한 사체가 아마도 전국에 여섯 구는 더 있을 것이다.

세현은 눈가 주변을 지그시 누르며 생일까지 딱 이틀 밤이 남았던 그날을 떠올렸다. 평소처럼 두들겨 맞던 엄마가 피를 질질 흘리고 쓰러졌던 그날 밤, 세현은 바닥을 깨끗이 닦아서 치웠다. 이대로 다른 사람들 눈에 띄기라도 하는 날에는 이번 생일도 그냥 지나갈 것 같았기 때문이다. 자신의 일생을 뒤집는 선택이 얼마나 찰나의 순간에 결정되었는지 회상할 때면 세현은 감탄이 절로 나왔다.

그 후, 세현은 종종 그와 함께 여행을 떠나곤 했는데 그 전에 반드시 화물칸에 딱 맞게 비닐을 깔고 양동이 가득 물을 받아 두어야 했다. 그다음으로 조균이 시키는 대로 조수석 창문을 열어 길을 물어보거나 가는 길이니 태워주겠다고 남에게 호의를 베풀었다. 집에 돌아갈 때가 되면 화물칸에서는 비린내가 진동했다. 밤이 되면 환기를 시키려고 문을 열어두는데도 끈적하게 달라붙은 피 냄새는 탑차 주위를 배회하며 떠날 기미가 보이지 않았다.

아직도 세현은 머릿속으로 그가 좋아하던 순서를 하나도 틀리지 않고 읊어낼 자신이 있었다. 절단은 무조건 칼날을 직각으로 찔러 넣을 것, 적출할 때는 직접 손을 사용하고, 피부는 보이는 즉시 박리한다. 조균은 사람을 죽이는 연쇄 살인마였고 세현은 그 사체를 치우는 딸이었다.

세현은 습관적으로 새끼손톱을 입에 가져다 댔다. 옆에 삐져나온 살갗이 거슬려 앞니로 잡아 뜯었다. 휑하니 뜯긴 자국이 점점 아려오기 시작했다. 그렇게 생각을 거듭할수록 어디선가 자꾸 패착의 수가 튀어나왔다. 조균의 정체가 세상에 밝혀지는 순간 세현의 삶이 흘러갈 길은 딱 한 가닥뿐이다.

연쇄 살인마의 딸이 메스를 잡는 것을 그냥 두고 볼 사람이 도대체 어디 있겠는가. 세현은 이미 과부하 된 머릿속으로 계속 계산기를 돌렸다. 조균이 산 채로 경찰에 체포돼서는 안 된다. 그렇다고 그가 더 소란을 피우는 것도 가만히 두고 볼 수는 없었다.

폭염에도 똑같은 티셔츠를 3일 연속 입던 어릴 적 세현은 이미 죽고 없다. 세현이 원하는 건 그럴싸한 집이나 버는 족족 통장에 쌓이는 월급 따위가 아니었다. 남에게 아쉬운 소리를 하지 않고도 내 집처럼 편히 앉아있을 수 있는 회식 자리와 말실수를 하고도 상대에게 도리어 사과를 받는 삶이었다. 조균과 세현의 관계가 들통나는 순간 세현이 쌓아온 모든 수고는 물거품이 될 것이다.

세현은 아래로 떨어져 본 적이 없어 내려가는 방법을 몰랐지만, 이번만큼은 조균의 숨이 끊어질 때까지 깊은 곳으로 잠수해 볼 생각이었다. 한 번 해봤으니 두 번은 쉬웠다. 다만, 세현에게는 조균의 정체와 그녀의 과거까지 모조리 들통나고도 살아남을 수 있는 아가미가 필요했다.

어디선가 조균의 부릅뜬 눈동자가 굴러가는 소리가 들리는 것 같아 세현은 부어오른 손톱 주변을 다시 이로 잘근잘근 물어뜯었다. 이미 과거와 연결된 고리는 모두 불태웠다. 애초에 출생 신고가 제대로 되어있지 않아서 이름을 바꾸는 것도 생년월일을 선택하기도 모두 쉬웠다. 그가 떠나기 전 마지막으로 남기고 간 유산이라고 생각하며 기꺼이 새로운 삶을 받아들였다.

아무리 생부라 할지라도 이름과 생년월일, 사는 곳에 생김새까지도 바꿔버린 세현을 무슨 수로 알아차린단 말인가. 여기까지 생각이 미치자 세현은 슬슬 자신감이 차올랐다.

커튼 옆으로 주인이 새마을금고에서 받아 걸어둔 달력에 만개한 벚꽃이 보였다. 세현은 종이를 여러 겹 잡아 찢고 7월 페이지를 폈다. 벌써 7월도 절반이나 지나갔다. 세현은 마트에서 당분간 먹을 음식과 물을 주문할 생각이었다. 그전에 일단 먼저 불부터 밝힐 필요가 있어 보였다.

7월 18일

종일 비가 쏟아질 것처럼 날씨가 우중충했다. 습도가 높아 에어컨을 틀고 싶어도 저번 주부터 이유 모를 고장 상태라 강력팀 사람 모두가 정현의 집에서 가져온 선풍기 한 대에 의지한 채 여름을 버텨내고 있었다.

사체가 발견되고 난 직후 퍼진 기사 하나로 정확히 이틀 만에 무능한 용천경찰서에 대한 비난글과 하루빨리 용의자를 특정하라고 독촉하는 후속 기사들이 수십 개씩 쏟아졌고, 댓글과 공감 수가 빠르게 올라갔다. 분명 이러다 얼마 안 가 시들해질 거라는 강력팀의 터줏대감 창진의 말과는 다르게 사체 훼손에 일반 가정에서 사용하는 실이 쓰였다는 정보와 함께 헤드라인에 '재단사'라는 단어가 등장하면서 다시 여론의 관심이 뜨겁게 불타올랐다. 어제는 그 기자의 신상이 온라인 커뮤니티에 떠돌면서 언론사에서 그를 퇴출하라는 글이 실시간 인기글이 되었다.

가장 큰 문제는 사체에서 발견한 증거가 하나도 없다는 사실이었다. 당장 브리핑을 하라고 협박하는 언론사들을 잠재울 만한 뾰족한 수가 경찰 측에는 남아있지 않았다.

사실 정현도 국과수에서 받은 감정서를 처음 읽었을 때 거하게 얻어맞은 것처럼 정신이 멍했다. 감정서 맨 밑에는 세현의 서명이 또렷하게 들어가 있었다. 훼손이 극심한 사체에서 DNA 증거가 하나도 발견되지 않았다는 사실을 받아들이는 게 쉽지 않았다. 그뿐만 아니라 약물 반응을 비롯한 마약, 독극물 반응에서조차 얻을 수 있는 정보가 하나도 없었다.

그렇다고 신체 어느 부위에도 둔기에 맞은 외상조차 없었고 급습을 당했다고 생각되는 자국도 없었다. 타박상 하나 없이 범인은 어떻게 피해자를 유인했나. 정현은 종일 같은 질문을 끊임없이 반복했다.

다행히 그 난리에도 피해자 신원은 생각했던 것보다 빠르게 밝혀졌다. 피해자는 스물여섯 살로 용천대학교 행정학과 휴학생이었다. 증거품인 문제집을 보고 경찰 공무원 시험을 준비하던 학생이었을 거라 짐작하며 조사를 계속했다.

과 특성상 공무원 시험을 준비하는 동기들이 많아서인지, 휴학기간이 길어서인지 그녀를 알아보는 학과 사람이 없어 평소 행적을 밝히는 데 어려움이 있었지만, 다행히 최근 같이 기상 스터디에 참여한 학생 덕분에 겨우 일상 스케줄을 파악할 수 있었다.

그다음 비를 맞아 먹통이 된 핸드폰을 복구해 피해자의 유일한 가족인 삼촌의 연락처를 찾아 부고를 전했다. 평소 서로 안부 연락도 잘 하지 않는 관계라 피해자 신원 확인을 비롯한 모든 절차가 속전속결로 끝이 났다.

들리는 소문에 의하면 광역수사대에서는 전담 수사팀을 꾸릴지 말지 아직도 따져보는 중이라고 했다. 여론의 관심이 집중되는 사건은 인기가 좋지만 해결할 수 없다면 그대로 기피 대상으로 취급된다. 정현은 이해가 가면서도 이런 식으로 가시적인 성과에만 집착하는 조직에 실망할 때가 있었다.

정현이 한숨을 쉬다 피해자 원룸 입구 앞에서 불편한 자세로 신발 끈을 묶고 있는 세현을 발견해 그 앞에 차를 주차했다.

"오셨어요?"

정현이 내리자 세현은 허리를 세우고 먼저 인사를 건넸다. 어색하게 웃는 세현의 입꼬리로 그녀가 얼마나 당황했는지 단박에 짐작할 수 있었다.

"그동안 기자들이 몇 번 찾아왔었나 봅니다. 원룸 주인분이 이것 때문에 계속 스트레스받는다고 그러셨어요. 그래서 저희가 가기 전에 미리 연락드려야 문 열어주세요."

세현은 입으로는 괜찮다고 말하면서도 구겨진 미간을 풀 생각은 없어 보였다. 세현은 피해자가 살던 원룸을 확인하고 싶다며 다시 용천을 찾아왔다. 그런데 시작도 전에 원룸 주인과 약간의 말다툼이 있었던 건지 문전박대를 당하고 당혹스러운 목소리로 정현에게 도움을 청해왔다. 원래 법의관이 이렇게 현장에 자주 방문하나 싶다가도 DNA 증거가 나오지 않았으니 그쪽에서도 나름대로 위기감을 느끼겠다는 생각이 들었다.

정현은 전에 원룸 주인에게 미리 받아둔 도어록 비밀번호를 입력하고 문을 열었다. 세현은 머리를 단정하게 뒤로 묶고 덧신을 신고 장갑을 착용한 후 성큼성큼 실내로 걸어 들어갔다. 엊그제 출동했던 과학수사대는 피해자의 지문과 머리카락 수집에 열중이었는데, 세현은 애초에 관심도 없었다는 듯이 곧바로 서랍을 뒤져 찾은 다이어리를 정독하기 시작했다.

정현은 가만히 서있기 민망해 세현을 따라 선반에 꽂힌 노트를 꺼내 대충 넘겨 보다 궁금함을 참을 수 없어 입을 열었다.

"혹시 찾고 계신 정보 알려주시면 저도 그쪽에 집중해서 보도록 하겠습니다."

"피해자가 평소에 앓고 있던 지병은 없었는지, 신체적 특징은 무엇이었는지 살펴보려고요. 저는 신경 쓰지 마시고 형사님이 확인하고 싶었던 거 알아서 보시면 될 것 같습니다."

세현은 그 말을 끝으로 선반에 있는 노트를 책상 위로 전부 어지럽게 흩트려 놓더니, 자기만의 순서를 정해 읽어나가기 시작했다. 정현은 멀찌감치 떨어진 채 세현의 뒷모습을 바라보았다. 문득 그녀가 자신과 함께 출동한 형사 같다는 생각이 들었다.

세현은 그렇게 숨을 죽이고 몇십 분을 더 읽다 갑자기 자리를 박차고 나갔다. 정현은 어질러진 현장을 정리하고 서둘러 세현을 따라나섰다. 먼저 내려간 세현은 원룸 밖에 서서 주변 건물을 훑어보고 있었다. 정현은 어색한 분위기를 풀어보려 말을 건넸다.

"기사 보셨습니까?"

"봤죠. 여기저기서 난리라."

"경찰서 분위기 장난 아닙니다. 저는 보고하러 다니느라 바쁘고요."

"언론에 노출되면 수사에 진전 있을 것 같던데, 아니에요?"

세현의 목소리에는 악의가 담겨있지 않았지만 묘하게 정현의 심기를 자극했다.

"언론에서 지금 이렇게 난리 피우는 거 범인 자극해서 또 다른 피해자가 나오길 기다리자는 말밖에 더 됩니까?"

정현은 의도치 않게 날카로워진 목소리를 가다듬었다. 그 뒤로 말을 덧붙이고 싶었지만, 자신을 보고 있다고 생각한 세현의 시선이 어딘지 모르게 어긋났다.

"그럼 범인이 나타날 때 잡으면 되죠."

"진심이세요? 그게 말처럼 쉽습니까?"

어색한 분위기를 풀어보려 시작한 대화인데 안일하게 짝이 없는 세현의 대답에 정현의 말투는 점점 더 냉랭해졌다. 그동안 끊임없이 부딪쳤던 형사과의 대화 방식과 똑같았다. 용천에서 태어나 평생을 그곳에서 살아온 토박이가 대부분인 형사과 강력팀은 고향 땅에서 시끄러운 사건이 생기는 게 싫은 건지 변사체가 발견된 새벽부터 지금까지 적극적으로 협조할 생각이 전혀 없어 보였다.

정현은 여기서 더 팀에 대한 불만을 말하면 자기 얼굴에 침 뱉기밖에 안 될 것 같아 망설이던 입을 닫았다. 그 모습에 세현이 기다렸다는 듯이 말을 받았다.

"CCTV는 조회해 봤어요?"

"그건……. 확인해 보니까 학교 후문 신호등에 설치된 CCTV가 한 대 더 있었습니다. 또 샛길을 벗어나면 바로 있는 원룸 단지 쪽 골목에 주차 중이던 차량 블랙박스 영상까지 같이 수거해서 시간이 더 걸릴 것 같습니다. 그리고 정확히 어떤 차를 찾아야 할지 몰라서 우왕좌왕했던 것도 좀 있고요."

갑작스러운 질문에 당황한 정현은 말을 마치고 힐끗 옆으로 시선을 돌렸다. 세현은 생각에 잠긴 듯 팔짱을 끼고 원룸 입구를 뚫어져라 바라보고 있었다.

"차체가 큰 차량부터 살펴보는 건 어때요?"

"네?"

뒤에서 갑자기 빵 하고 울리는 클랙슨 소리에 정현은 깜짝 놀라며 뒤로 비켜섰다. 급하게 물러서느라 경찰차 후방 범퍼에 무릎을 찧었다. 정현은 탄식을 내뱉다 세현의 눈치를 살피고는 조용히 입을 다물었다. 언제 거기까지 간 건지 세현은 원룸 입구에 서서 우편함을 바라보고 있었다.

"사체에 억지로 몸을 변형한 흔적이 없었어요. 살해한 이후

훼손하던 단계에서 들것에 눕혀 그대로 옮겨진 것처럼요."

정현은 주머니에 항상 지니고 다니는 조그만 수첩을 꺼내서 저번에 CCTV를 보고 메모해 둔 페이지를 뒤적였다.

"방금 하신 차량 이야기 관련해서 말인데요. 학교 안으로 스타렉스 같은 승합차가 많이 드나들었습니다."

세현은 정현의 대답에 다시 생각에 잠긴 듯 피해자가 살던 호수의 텅 빈 우편함을 이유 없이 열었다 닫았다. 아파트 담벼락을 타고 넘어온 나뭇가지가 바람에 흔들리며 둘 사이의 정적에 불규칙한 신호를 보냈다.

"그럼 승합차부터 시작해서 택배 차량까지 같이 보는 건 어때요?"

"택배 차량이요? 아! 탑차 종류 말씀하시는 겁니까?"

"네, 뒤에 화물칸 달린 거요. 학교에 드나들기도 자연스럽고 사체를 보관할 공간도 충분하잖아요."

정현은 반대편 주머니에서 볼펜을 꺼내 세현의 말을 한 글자도 빠짐없이 전부 받아 적었다. 할 말을 끝낸 세현은 더 볼일 없는지 꾸벅 고개를 숙이고 정현을 지나쳐 갔다. 정현은 이번에도 세현을 급하게 불러 세웠다.

"모셔다드리겠습니다."

"걸어갈 겁니다."

"서울까지요?"

조금 전 실랑이를 의식한 정현이 분위기를 바꿔보겠다고 과장해서 톤을 높였다.

"원래 용천이 제 본가예요."

세현의 시큰둥한 눈빛에서 정현은 곧바로 후회가 밀려왔다. 그래도 자연스럽게 대화를 이어갈 수 있어 다행이라고 생각했다.

"아, 그래서 그때…… 그럼 그 근처에 내려드리겠습니다."

"괜찮습니다."

세현은 오늘도 어김없이 정현의 제안을 단호하게 거절했지만, 정현 역시 이번만큼은 그녀를 놓치고 싶지 않았다.

"그럼 용천에서 출퇴근하시는 겁니까?"

"그런 셈이죠."

"힘드시겠습니다."

"통근 버스 있어서 괜찮아요."

걸어 내려가는 세현의 뒤를 따르며 열심히 말을 붙여도 무의미한 대화만 반복됐다. 정현은 이제 그녀를 잡아둘 대화거리가 다 떨어졌다는 것을 알면서도 왠지 모르게 미련이 남았다.

사건이 언론에 퍼진 날부터 지금까지 정현은 경찰서에서 제대로 목소리를 내본 적 없었다. 강력팀과 함께 사건 이야기를 하려고 시도하면 다들 손사래 치며 서로 떠밀기 바빴다. 부족한 일손을 충원해 줄 생각은 없으면서 광수대가 오기 전에는 손 하나 까닥하지 말라며 윽박지르는 서장까지 혼자서 감당하기에는 버거운 일들의 연속이었다.

세현은 더 할 말 없으면 가보라는 눈짓으로 정현에게 인사를 건넸다. 망설임 없이 걸어가는 세현의 뒷모습을 바라보던 정현은 고민 끝에 입을 뗐다.

"그때 제가 했던 말 기억하세요? 범인 초범 아닌 것 같다고 했던 거요."

아까까지 멍해 보이던 세현의 눈동자에 희미한 빛이 깃들었다.

"과거 용천시에서 일어났던 미제 살인 사건을 검토해 볼 생각입니다."

"용천시 미제 살인 사건이요?"

정현은 다시 돌아선 세현의 모습에 묘한 안도감을 느꼈다. 동시에 머릿속에서 시끄럽게 경고음이 울렸다. 이번이 세현과 두 번째 만남이다. 정현은 그 사실을 몇 번이고 반복해서 되뇌었다. 그런데 세현의 진득한 시선을 넘기기에는 역부족이었다. 오랜만에 자신의 의견에 귀를 기울여 주는 사람을 만나서인지 정현은 목소리에 거듭 힘이 들어가면서 말을 이어나갔다.

"사체를 훼손하는 방식이 잔혹한 걸 보면서 어쩌면 그동안 범죄를 저지르지 못해 쌓인 분노를 표출한 걸 수도 있다고 생각했습니다. 그리고 외지인이 익숙하지 않은 환경에서 사체 훼손이 심한 범행을 저지르는 것도 심리적으로 부담이 클 거고요. 그래서 용천시에서 동종 전과로 사법기관에 체포된 전력이 있거나 미수로 형을 살았을 경우까지 같이 확인할 겁니다. 공범 가능성 역시 배제하지 않을 거고요."

말을 마친 정현은 그제야 세현이 자신의 신발코와 바로 맞닿을 거리까지 와있다는 걸 알아차렸다. 당황하지 않으려고 노력했지만, 얼굴이 화끈해지는 것까지 막을 수 없었다.

"필요하면 자료 같이 찾아봐 드릴게요."

뜻밖의 호의에 정현의 눈이 동그랗게 떠졌다.

"진짜요?"

"국과수에 부검 감정서 남아있는지 내일 가서 확인해 보죠."

"어……. 그러면 저야 감사하죠. 정말 감사합니다."

"형사님은 차량 수색부터 해보세요. 같이 조사하면 금방 풀리겠죠."

세현이 덤덤한 목소리로 말한 '같이'라는 단어가 정현의 마음 깊숙한 곳까지 묵직하게 내려왔다. 정현은 그동안 자신이 꽤 오랫동안 용천에 고립된 채 발버둥 쳐왔다는 사실을 깨달았다. 2인 1조로 움직이는 것이 수사의 기본이었지만, 이 사건을 맡고 난 후부터는 탐문도, 잠복도, 현장 조사도 모조리 혼자서 짊어져야 하는 몫이었다. 말을 마친 세현이 자리를 뜨다 말고 멍하니 서있던 정현의 어깨를 툭 치며 말했다.

"또 봐요."

정현과 눈이 마주치자 세현은 싱긋 웃으며 다시 가던 길을 걸어갔다. 그 모습에 굳어있던 정현의 입꼬리가 조금씩 들썩였다. 세현이 의외로 웃음이 잘 어울리는 입매를 가졌다고 생각했다. 정현은 슬며시 번지는 미소에 입을 때리며 경찰차에 올라탔다.

7월 19일

세현은 이면지 뒤에 그동안의 일을 정리한 메모를 작성했다. 사체를 오래 개복해 두었기에 쪽지문* 하나라도 나오지 않을까 싶어 다시 달라붙어 이 잡듯이 뒤졌지만, 성과는 없었다. 양 과장이 있는 유전자 분석과에도 성범죄 시도가 있었는지 몇 번이고 확인해 달라 했지만, 결과는 항상 같았다.

이대로 가만히 있을 수 없어 퇴근 후 바로 용천으로 내려갔다. 다시 사건 현장을 찾아가도 봤고, 피해자가 다녔던 대학도 기웃거렸지만, 확실히 경찰이 아닌 이상 얻을 수 있는 정보는 한정되어 있었다. 별문제 없을 거라 생각하며 방문한 피해자의 원룸에서는 처음 보는 사람에게 상스러운 욕까지 들었다.

* 일부분만 남은 조각난 지문 자국

경황없는 와중에 눈을 깜박거리며 면담실에 멍청하게 서있던 정현이 번뜩 떠올랐다. 국과수 부검 의뢰에 아침부터 혼자 주뼛거리던 젊은 경위. 원래 2인 1조로 움직이는 집단임에도 혼자 돌아다니는 이유를 그의 굳은 표정으로 쉽게 짐작할 수 있었다.

지방에서 일어난 화제성 있는 사건과 열정 넘치고 나이 어린 지휘관의 조합은 보수적인 경찰 조직에서 쉽게 받아들여지지 않을 것이다. 어제 말을 아끼던 정현은 분명 용천경찰서에서 고립되고 있는 게 틀림없었다.

세현은 왠지 정현을 만난 게 운명이 아닐까 하는 시답잖은 생각마저 들었다. 그는 젊다 못해 어렸다. 경험은 부족하면서 원칙을 중요시했고 자신의 부족함을 채우기 위해 쓸데없이 부지런했다. 용천경찰서는 퇴직 후 받을 훈장 하나에 목을 걸고 하루하루를 사는 인간들로 득실거리는 곳이다. 그런 곳에서 정현을 발견하다니. 이미 싸움의 승기가 세현의 쪽으로 기울고 있다는 예감이 들었다.

예상대로 정현은 피해자의 원룸을 살펴보고 싶다는 세현의 부탁에 한걸음에 달려와 의심 없이 문을 열어주었다. 세현은 피해자와 조균과의 연결점을 찾기 위해 피해자가 생전에 남긴 기록을 꼼꼼히 살펴봤지만, 아쉽게도 성과는 없었다.

점심을 대충 때운 탓인지 아직 저녁이 한참 남았는데 벌써부터 배가 고팠다. 팔자에도 없는 장거리 통근 생활을 시작해 새벽까지 일하다 집으로 돌아가서 뜬눈으로 아침을 맞는 일상이 반복되었다. 세현은 서랍을 뒤져 찾은 에너지바 하나를 씹어 먹으며 어제 정현이 말했던 과거 미제 살인 사건을 검색하려고 사건 조회 시스템에 접속했다.

세현은 기억을 더듬어 1995년부터 5년 단위로 시간을 설정해 빠르게 마우스 휠을 움직이며 한눈에 사건 기록을 읽어갔다. 바쁘게 움직이던 세현의 손가락이 순간 멈칫했다. 1999년 7월에 지금은 용천시로 통합된 하룡군에서 용천으로 가는 국도 갓길에서 토막 난 변사체가 발견되었다. 세현은 다시 빠르게 2000년부터 5년 단위로 시간을 조정해 조회 버튼을 눌렀다. 역시 예상했던 대로 2002년 같은 도로에서 또 토막 사체가 발견되었다.

깔끔하게 정리된 사건 기록을 읽어보니 다 잊어버린 줄 알았던 기억이 새록새록 떠올랐다. 그다지 유쾌한 일은 아니지만, 아무것도 모르고 멍청하게 당하고 있는 것보다는 이쪽이 더 나아 보였다. 세현은 자세를 고쳐 잡고 감정서를 화면 가득 띄웠다. 그당시에 발견된 사체 부위가 한정적이어서 두 사건 모두 절단이 사후에 발생했다는 것만 확인하고 미제로 종결된 사건이었다. 용천시에 기록된 미제 살인 사건 기록은 단 두 건뿐이었다.

세현은 용천시에서 토막 사체가 발견된 다른 사건은 없는지 다시 한번 분류해서 조회해 보았지만 유의미한 결과는 나오지 않았다. 그래서 이번에 용천시 인근 도시까지 범위를 확장해 조회하려 했으나 서울과학수사연구소에서 관할하는 지역 범위를 넘어 접근 권한이 제한됐다. 세현이 짜증스럽게 마우스를 내던졌다.

일단 용천에서 발생한 과거 미제 사건으로는 조균을 범인으로 특정하긴 어려워 보였다. 아직까지는 세현의 정체가 탄로 날 위험은 없었다. 열심히 흔적을 지워대던 과거의 모습이 생각나 씁쓸했지만, 다행인 건 다행이었다.

그래도 아직 안심하기는 일렀다. 두 건을 찾았지만, 다른 지역에도 조균의 살인과 관련된 기록이 더 남아있을 것이다. 하지만 장소를 정한 건 조균이었던 터라 흩어진 기억만으로는 어느 지역인지 특정하기 어려웠다. 문득 1990년 초반까지 대한민국을 시끄럽게 했던 연쇄 살인이 생각났다. 분명 사체가 발견됐을 당시 분위기가 예민했을 텐데 왜 이리도 조용하게 조균의 사건이 마무리된 건지 의문이었다.

그때, 책상에 놓여있던 핸드폰이 시끄럽게 울렸다. 세현은 자리에서 일어나 발신자를 확인했다. 저장되지 않은 번호라 복도 밖 인기척을 먼저 살폈다. 가만히 문틈 사이에 귀를 대자 매미 우는 소리만 새어 들어왔다. 세현은 자세를 풀지 않고 그대로 수신 버튼을 눌러 귓가로 가져갔다.

— 서 과장님, 안녕하십니까! 저 정정현입니다.

세현은 정현의 음성을 확인하고 다시 자리로 돌아왔다. 혹시나 누가 들어올까 염려해 그녀의 눈은 여전히 출입문에 고정되어 있었다.

— 사건 관련해서 드릴 말씀이 있어 연락했습니다.

건너편에서 목소리가 커지자 세현은 볼륨을 줄였다. 너무 예민하게 행동하는 건 아닌가 싶다가도 국과수 안에서 정보를 나눌 때 조심해서 나쁠 건 없었다.

"말씀하세요."

— 혹시 과거 사건 조회해 보셨습니까?

"아직이요. 오전에 부검이 있었어요."

— 아, 바쁘셨구나. 저는 어제저녁부터 계속 보고 있었습니다. 근데 용천시에 미제로 처리된 토막 살인 사건이 있던데 알고 계셨나요?

"토막 살인이요?"

세현은 놀랐다는 인상을 심어주기 위해 최대한 천천히 단어를 뱉었다.

— 1999년이랑 2002년에 용천에서 비슷한 유형의 사체가 발견됐습니다. 둘 다 미제로 종결됐고, 사체 처리 방식이 흡사합니다.

세현은 의자 끝에 걸터앉은 채 다리를 떨었다. 어제 정현이 과거 사건을 살펴보겠다고 말했을 때 예상했던 순간이지만, 생각보다 더 빨리 들통나서인지 기분이 썩 좋지 않았다. 얼마 전 발견된 변사체에서 증거가 나오질 않으니 정현이 자꾸만 과거 사건에 집착하는 듯했다.

그가 말한 미제 토막 살인 사건은 조균의 솜씨다. 아직 나올 사건이 몇 건 더 남았다는 것도 문제였지만, 정현이 이번 변사체에서 조균의 흔적을 찾아낼 때가 진짜 문제의 시작이었다. 하루라도 빨리 증거를 찾아 떠먹여 줘서 정현의 관심을 돌릴 필요가 있어 보였다.

— 용천시 미제 살인 사건은 이 두 건이 전부입니다. 그래서 경기도 인근으로 범위를 확장해 조사할 생각입니다.

"어쩌면 이번 사건과 관련된 미제 사건을 더 발견할 수도 있겠네요. 근데 너무 열심인 거 아니에요? 식사는 챙기면서 하세요?"

— 안 그래도 지금 잠깐 편의점에 들렀습니다.

"아, 편의점. 저번에 보니까 학교 주변에 편의점이 많아 보이던데 차량 CCTV 확인하실 때, 미리 배달 기사분들 신원 확인도 같이 요청해 두는 게 좋아요."

세현은 자연스럽게 현재 일어난 살인 사건으로 정현의 주의를 돌렸다.

— 그런 방법이 있었네요. 안 그래도 대학교 내부 순찰하면서 보니까 편의점도 있고, 식당이랑 카페까지 있어서 식료품을 조달하는 차량이 예상보다 더 많을 것 같습니다. 그리고 정문이랑 후문이 일직선으로 연결되어 있다 보니 건너편 도로로 넘어가려는 시민들도 자주 이용하고요.

"그거 다 보려면 강력팀만으로는 부족할 것 같은데, 위에서 인력 충원해 준다는 말은 없던가요?"

— 당분간은 기대하지 않으려고요. 그래도 서 과장님이 알려주신 게 정말 큰 도움이 됐습니다. 아무것도 모르고 조사하던 때

보다 훨씬 진전 있어요. 정말 감사합니다.

정현이 늘어놓는 수사 진행 상황에서 혹시 얻어 갈 정보가 있을까 싶어 세현은 나긋나긋한 말투를 유지했다. 그러나 정현의 밝은 인사를 끝으로 별다른 수확 없이 전화는 끊어졌다. 세현은 핸드폰을 주머니에 쑤셔 넣으며 짜증스럽게 한숨을 뱉었다. 다시 화면에 시선을 고정하고 스크롤을 내렸다. 처음 변사체를 봤을 때 들었던 불쾌한 감정이 순식간에 목 끝까지 차올랐다. 세현은 답답함을 참지 못하고 가방을 챙겨 밖으로 나갔다.

* * *

세현은 다리 건너편에 서서 경찰서를 바라보았다. 아침까지 멀쩡하던 바퀴 휠이 휘어져 있어 카센터에 들르느라 통근 버스를 놓쳐 길거리에서 꽤 많은 시간을 허비했다. 겨우 예매해서 탄 다음 차는 퇴근길에 막혀 해가 떠있을 때 출발했는데 용천에 도착하니 벌써 저녁 먹을 시간이 훌쩍 지나있었다. 추가로 정보를 발견하지 못한 건지 정현에게도 따로 연락은 없었다.

조균과 관련된 과거 수사 기록을 찾아보고 싶었지만, 법의관이라는 세현의 신분이 발목을 잡았다. 법의관은 경찰이 아니다. 법의관은 변사체가 발견되면 사건의 증거가 될법한 정보를 간추려 알려주는 일, 딱 그 정도가 전부였다. 세현은 혼자서 사건 현장을 갈 수도, 목격자를 만날 수도, 과거 사건 기록을 조회하는 것도 힘든 처지였다.

예전에는 부검에만 집중할 수 있어 깔끔하니 좋다고 생각했는데 지금은 도로 위 방지턱처럼 세현의 전진을 막았다. 세현은 눅눅한 바람에 흩날리는 앞머리를 쓸어 넘기며 생각에 잠겼다. 조균은 도대체 어떻게 살아남았나. 그와 살육은 떼려야 뗄 수 없는 관계라 그가 왜 사람을 죽이고 다니는지는 궁금하지도 않았지만, 그의 생존 여부는 세현에게 정말로 중요한 문제였다.

그날 세현은 분명 조균을 죽였다. 당시 상황을 찬찬히 불러오려 했지만 완벽하게 재현되지 않는 기억에 머리가 지끈거렸다. 세현은 흐트러진 앞머리를 정리하며 생각을 고쳐먹기로 다짐했다. 그래도 피해자의 원룸에서 그녀가 용천경찰서에서 봉사활동을 했다는 증명서를 발견할 수 있었다. 경찰이 며칠째 용천대학교 근처에서 수색 범위를 넓혀도 해답을 찾지 못했던 이유가 어쩌면 조균이 경찰서 인근에서 피해자를 물색했기 때문이라는 생각이 들었다.

작은 단서에 따른 추측이지만 가만히 앉아있을 수 없어 세현은 용천에 도착하자마자 경찰서 주변 CCTV 사각지대를 찾아 골목을 이 잡듯이 뒤졌다. 부검 후 첫 번째 사체가 발견된 당일 8일 전에 사망했다는 추정 시각이 나왔으니 벌써 살인으로부터 10일의 시간이 흘렀다.

지금은 조균이 먹잇감을 발견했을 때 느꼈던 희열을 되살리기 위해 피해자의 발자취가 닿았던 곳을 끊임없이 배회할 시기였다. 조균의 살인 욕구를 잠재우면서도 동시에 끓어넘치게 만드는 행위이기에 어떤 이유로든 생략하지 않을 것이다.

몇 시간째 경찰서 근처를 서성이던 세현은 하나둘 떨어지는 빗방울에 어쩔 수 없이 발길을 돌렸다. 저녁이 되자 가로등 아래 그림자 진 골목은 평소보다 반은 더 좁아 보였다. 파란색 대문 앞에 소주병이 다발로 쌓여있어 그 앞을 지나자 술 냄새가 강하게 코를 자극했다. 세현은 인상을 구기며 희미하게 보이는 가로등 빛에 시선을 고정하며 걸음을 재촉했다. 골목을 벗어나기 더도 말고 덜도 말고 딱 한 걸음 남은 순간에 어떤 냄새가 세현의 코를 강하게 자극했다.

어쩌면 평범한 사람은 태어나 살아가며 생이 다하기 전까지 평생 맡아볼 일 없겠지만, 세현에게는 후각을 넘어 다른 감각으로 뇌에 새겨진 냄새였다. 길고양이 사체에서는 이런 냄새가 나지 않는다.

세현은 본능적으로 주변을 살폈다. 전봇대 밑에 어지럽게 박스가 쌓여있었다. 그중 하나는 세현이 어제 버려둔 것이었다. 세현은 그대로 움직임을 멈춘 채 살며시 발로 상자를 밀어냈다. 하필 이 날씨에 운동화를 세탁해 어쩔 수 없이 신고 온 한 사이즈 큰 로퍼가 발끝에서 떨어져 나가려고 했다. 보이는 것보다 더 겹겹이 쌓인 박스 중 가장 커다란 상자를 치우자 사람 다리가 나왔다.

세현은 내려왔던 골목을 그대로 다시 달려 올라갔다. 심장이 평소보다 훨씬 빨리 뛰어 숨이 넘어갈 것 같았다. 세현은 골목 끝을 벗어나 CCTV를 찾아 고개를 좌우로 돌렸다. 골목 어느 곳에서도 CCTV는 보이지 않았다. 딱 봐도 우범지역 같아 보이는 골목에 CCTV 하나 설치되지 않았다는 사실에 불쑥 화가 치밀었다.

세현은 작은 골목을 벗어나 불고깃집과 맞물려 있는 도로를 천천히 걸으며 주변을 확인했다. 시에서 눈요깃거리로 지어준 정자 앞에 회색의 구형 아반떼가 세워져 있는 게 보였다. 세현은 블랙박스 설치 여부를 확인하고 운전석 유리창에 붙어있는 전화번호를 받아 적었다.

다시 발길을 재촉해 처음 사체를 발견한 곳으로 향한 세현은 여분으로 넣어둔 라텍스 장갑이 분명 있을 거라 확신하며 가방을 뒤졌다. 가방 밑바닥에 구겨질 대로 구겨진 장갑 한 짝이 나왔다. 세현은 이어폰 소독용으로 가지고 다니는 알코올 솜으로 끼고 있던 장갑을 닦았다. 상자 쪽으로 더 가까이 다가가자 사체에서 나는 피 냄새가 강하게 코를 치고 들어왔다.

세현은 사체 위 박스를 하나씩 치운 다음 핸드폰 플래시를 켰다. 지난번에 발견된 사체와 비슷한 정도로 부패한 얼굴이 가장 먼저 눈에 들어왔다. 그다음으로 몸통 부분을 덮고 있는 비닐을 만져보았다. 이번에는 불투명하고 두꺼운 재질의 우비로 사체를 감쌌다. 세현은 여며진 우비 단추를 한 손으로 열어보려고 안간힘을 썼다.

손에 경련이 일어나기 직전에 단추를 풀어서 젖히자 이번에는 목 아래에서부터 배꼽 밑까지 일자로 절개된 자국이 세현을 기다리고 있었다. 세현은 절단면을 살피기 위해 얼굴을 가까이 가져갔다. 이번엔 실로 꿰맨 자국이 없었다. 대신 시도는 했던 건지 피부가 미세하게 찢겨있었다.

세현은 핸드폰을 꺼내 번호를 누르다 말고 잠시 망설였다. 냉각기가 짧다. 세현이 아는 조균은 일 처리 속도가 느려 혼자서 한 달에 두 건을 해결해 낼 재간이 없는 사람이었다. 세현은 시간이 지날수록 자신의 머릿속에서 치열하게 떠오르는 감각에 속고 있는 건 아닐까 하는 의심이 들기 시작했다.

순간 옆으로 치워둔 박스가 무너져 내리는 소리에 세현은 소스라치게 놀라 주저앉았다. 바닥을 짚은 손바닥이 쓰라렸다. 이 사체에서 조균의 소행이 아니라고 할만한 단서를 단 한 개도 골라낼 자신이 없었다. 세현은 고개를 세차게 저으며 빠르게 번호를 눌렀다.

— 112 긴급 신고입니다.

세현의 입이 좀처럼 떨어지지 않았다. 그사이 또 긴장한 건지 손이 미세하게 떨려왔다.

— 여보세요?

전화기 너머로 들리는 목소리에 정신을 차린 세현은 천천히 한 글자씩 뱉었다.

"……제가 지금 변사체 한 구를 발견했는데요."

— 변사체요, 어디서요? 잠시만요……. 계속 말씀하세요.

"여기 경찰서에서 다리 건너 뒤편에 있는 골목이고요. 연희빌딩 쪽으로 걸어 올라오면 돼요. 그 앞에 서있을게요."

— 신고자분 성함이 어떻게 되시죠?

세현은 귀찮은 듯 손을 휘휘 저으며 날벌레를 쫓았다.

— 저 신고자분! 성함이요! 전화 끊지 마시고 이름 말씀해 주세…….

"저 여기 있을 거니까 빨리 사람이나 보내주세요."

— 여보세요? 신고자분!

세현은 전화를 끊고 주위를 빙 둘러보았다. 핸드폰 진동 소리가 몇 번 울리다 다시 조용해졌다. 저녁 9시가 이제 막 지난 시간임에도 가장 가까이 보이는 상가들마저 문을 걸어 잠그고 도시의 빛을 죽이고 있었다.

가늘게 흩뿌리던 빗방울이 다시 굵게 떨어지기 시작했다. 이제 보니 세현은 사체를 숨기기엔 더할 나위 없이 좋은 장소에 살고 있었다. 가만히 우비에 쌓인 변사체를 보고 있던 세현은 자신도 모르게 픽 하고 웃음을 터트렸다. 일이 귀찮게 됐다. 그렇다고 경찰이 이대로 순순히 조균을 잡게 내버려 둘 마음은 없었다. 이번에 그를 만나면 반드시 제대로 숨통을 끊어주리라 다짐했다.

＊＊＊

"또 변사체가 발견됐다고요?"

"네. 방금 신고 들어왔답니다."

"어딥니까?"

"경찰서 다리 건너 뒤편이요."

정현은 석우가 열어준 봉고차 안으로 몸을 던졌다. 집에 도착해 잠깐 의자에 앉아 쉰다는 게 그대로 깜박 잠이 들어버렸다. 자면서 머리를 쥐어뜯기라도 한 건지 안 그래도 숱이 많은 머리가 사방으로 뻗쳐있었다. 저녁부터 자꾸 비가 내려서 습도가 끝을 모르고 높아졌다. 분명 에어컨을 켜두었을 텐데, 긴장해서 그런지 자꾸만 손에 땀이 났다.

"아이씨. 왜 경찰서 근처인데."

혁근의 욕설 섞인 짜증을 끝으로 봉고차 안은 조용해졌다. 차에 오른 지 얼마 지나지 않아 문을 벌컥 열고 하나둘 내렸다. 쏟아지는 빗방울에 사람들이 거의 동시에 우산을 폈다. 어둡고 좁은 골목 안으로 경광등이 번쩍거리자 정신을 차리는 게 더 어려워졌다.

"뭐 하세요?"

혁근이 등을 밀자 멍하니 서있던 정현은 흠칫 놀라며 경찰통제선이 둘러쳐진 곳으로 걸음을 옮겼다. 정현은 석우가 건네준 장갑을 착용하고 노란 선 안으로 몸을 들이밀었다. 먼저 출동한 과학수사대가 현장 사진을 찍고 있었다. 비닐이 바닥에 깔려있다지만 사체가 누워있는 자리에 경사가 진 건지 이미 물웅덩이가 고여있었다.

"비가 많이 오니까 사체 옮길 수 있게 빨리 확인합시다."

정현은 번쩍이는 경광등 때문에 자꾸만 아득해져 가는 정신을 단단히 붙잡으려 했다. 통제선 주변에 서있는 인영이 인근에 사는 주민들인지 안에서 오고 가는 경찰들인지 분간이 잘 가지 않았다. 거기에 사체 주변에서 규칙적으로 터지는 탄식에 비명까지 뒤섞여서 들리니 사건 현장이 더 아수라장으로 변했다. 정현은 석우에게 사체 주변에 있는 일반인들을 물리라고 지시했다.

"신고자 어디 있습니까?"

그다음 신고자를 찾아 주변을 둘러보는데 낯익은 얼굴이 시야에 들어왔다.

"여긴 어떻게……?"

"제가 신고자예요."

"서 과장님이요?"

정현은 놀람과 동시에 이유 모를 안도감을 느꼈다.

"사체 확인했으니까 빨리 옮겨주세요."

자신을 똑바로 바라보는 세현의 안광이 번뜩였다. 덕분에 정현은 조금 전까지 멍했던 정신이 단박에 깨어났다.

"알겠습니다."

정현의 대답에 세현은 고개를 끄덕이며 답하고 다시 사체가 있는 곳으로 인파를 헤치고 들어갔다. 정현은 세현의 뒷모습이 완전히 사라지기 전까지 눈으로 따라가다 석우의 부름에 발걸음을 재촉했다.

* * *

세현은 정현이 준비해 둔 의자에 앉아 손톱을 물어뜯었다. 초조함을 느끼면 자기도 모르게 나오는 고질병이었다. 시계 초침 소리가 세현의 귀를 거슬리게 했다. 사체를 발견한 그 순간부터 빨리 부검하고 싶어 안달이 날 지경이었다.

그때 강력팀 사무실 문이 벌컥 열리더니 나이 들어 보이는 남자가 성큼성큼 안으로 들어왔다. 그 뒤로 정현이 곤란하다는 표정으로 따라붙었다.

"어떻게 된 거야?"

각자 자리를 지키고 있던 형사들이 나이 든 남자의 등장에 놀라며 엉거주춤 일어섰다.

"말씀드렸다시피 방금 변사체가 발견됐다는 신고받고 출동했습니다. 그리고……."

"누가 너한테 물어봤어? 창진이 네가 대답해 봐. 동일범이라니 그게 무슨 소리야?"

남자는 차분하게 대답하는 정현에게 소리를 버럭 지르더니 자신의 앞에 서있던 형사를 지목해 되물었다.

"현장 조사 결과 이틀 전 발견된 변사체와 유기 방법이 흡사
했습니다."

정현은 남자의 눈치를 보면서도 하던 말은 끝까지 마무리했다.

"유기 방법이 흡사하다고 이렇게 바로 확신해도 되는 거야?"

남자의 목청은 입을 벌릴 때마다 어디가 끝인지 모르게 조금
씩 더 커졌다. 듣다 못 한 세현이 자리에서 일어나자 금세 불똥
이 옮겨붙었다.

"당신 뭐야? 기자야? 누가 데려왔어?"

"아. 저분은……."

"동일범 맞아요."

남자는 어처구니없다는 표정으로 세현을 노려봤다. 세현은
마음 가는 대로 내지를 수 있는 남자의 분노가 부러웠다. 그는
아마 변사체로 어수선해진 경찰서의 분위기에도 아랑곳하지 않
고 거침없이 불만을 토해낼 수 있는 자리에 앉은 자일 것이다.

"너 뭐냐고!"

"서울과학수사연구소 소속 법의관입니다. 첫 번째 사체 제가
부검했어요."

"그래서요? 당신 마음대로 이렇게 들어와도 되는 거예요?"

"진술서 때문에 못 가고 있는 건데요."

남자는 예상치 못한 세현의 대답에 짐짓 당황한 눈치였다.

"두 번째 사체 최초 발견자입니다. 그게 현장 근처가 집이라

고……."

노골적으로 세현을 훑어보는 남자가 그녀를 범인으로 몰아갈까 염려한 정현이 빠르게 해명을 덧붙였다.

"동일범이란 말, 그쪽이 책임질 수 있어?"

"부검해 봐야 알죠."

"모방범일 수도 있습니다."

창진이 불쑥 대화에 끼어들었다.

"그래. 모방범 가능성도 배제하면 안 되지. 안 그래도 매일같이 언론에서 떠벌리는데. 지금 우리나라에서 이 사건 범행 수법 모르는 사람도 있어?"

세현은 여기서 굳이 말을 보태가면서까지 싸움에 끼어들고 싶지 않았다. 그때, 저 멀리 복도에서부터 누군가 달음박질치는 소리가 들리더니 문이 벌컥 열렸다. 40대 후반처럼 보이는 경찰 하나가 에이포 종이 한 장을 든 채 숨을 골랐다. 아까 현장에서 이야기를 나눴던 그 경찰이었다.

세현의 시선은 흰 종이에 고정됐다. 의심의 여지 없이 부검 영장일 것이다. 방금 들어온 경찰은 나이 든 남자를 보더니 어쩔 줄 몰라 하며 고개를 숙였다. 그가 일을 망치기 전에 세현이 먼저 선수 칠 필요가 있었다.

"육안으로 확인한 결과만으로 확신할 수 없겠지만, 이 정도 유사성이면 동일범 가능성을 먼저 고려하는 게 합리적이지 않나요? 그리고 첫 번째 사체 발견되고 아직 3일도 안 지난 것 같은데. 그 짧은 시간에 이렇게 빠르게 답습한다고요? 글쎄요. 뭐, 이것도 제가 부검해 보면 알겠죠.”

세현은 정현의 시선이 느껴져 그가 있는 쪽으로 몸을 틀었다. 눈이 마주친 정현의 입꼬리가 미묘하게 비틀리더니 나이 든 남자 쪽으로 고개를 깊숙이 숙여 인사를 건넸다. 남자는 정현의 뒤통수를 의심 가득한 눈으로 바라보았다. 고개를 든 정현은 재빠르게 경찰에게서 영장을 낚아채 세현에게 내밀었다.

“갑시다.”

세현은 재촉하는 손길에 얼떨결에 영장을 받아 들고 정현을 따라 밖으로 나섰다. 닫히는 문 사이로 듣기 싫은 호통이 새어 나왔다. 정현이 엘리베이터를 기다리는 세현에게 계단으로 오라며 손짓했다. 거절하고 싶었는데, 정현은 그새 사라지고 없었다. 그를 따라 계단을 내려가던 세현은 별안간 걸음을 우뚝 멈추는 정현 때문에 하마터면 그의 등에 얼굴을 부딪칠 뻔했다. 세현은 숨을 몰아쉬며 정현의 뒤통수를 신경질적으로 쏘아보았다.

“뭐 해요? 안 가고.”

“과장님이 김 형사님께 영장 신청하라고 하셨습니까?”

평소와 같은 목소리였지만, 돌아보지 않는 등에서 세현의 독단적인 개입을 짚고 넘어가겠다는 의지가 엿보였다.

“여름에 하는 부검은 빠를수록 좋아요. 저 아니었으면 아까 그 사람한테 잡혀서 계속 시간 낭비했을 텐데…….”

“기분 나쁘게 들리신다면 진짜 죄송한데 앞으로는 이렇게 독단적으로 행동하지 말아 주셨으면 좋겠습니다. 영장 신청은 형사과에서 하는 일입니다. 과장님 일은 부검이고요. 수사는 저희가 합니다. 저 강력팀 팀장으로 이런 말 할 자격 있고, 서 과장님도 따라줄 의무 있다고 생각합니다."

세현은 예상치 못한 정현의 책망에 기분이 구겨졌다. 진창에 빠질 뻔한 수사 방향을 바로 잡아줬더니 기껏 한다는 말이 주제넘게 끼어들지 말라니. 말을 마친 정현은 여전히 등을 돌린 채로 가만히 서 있었다. 원래 성격 같아서는 뒤통수라도 휘갈기고 싶었지만, 지금은 아무리 싫어도 정현의 동행이 반드시 필요한 상황이었다.

"사건 해결에 도움을 드리고 싶다는 마음에 선을 넘었네요. 앞으로 주의할게요."

세현은 최선을 다해 풀이 죽은 목소리를 쥐어짜며 말했다. 갑자기 뒤를 돌아본 정현이 곧장 세현과 눈을 맞췄다. 순간 심장이 철렁 내려앉는 느낌에 세현은 급하게 미소를 지었다. 웃음은 언제나 위기를 극복하는 데 도움이 됐다.

"이해해 주셔서 감사합니다."

안심한 표정을 한 정현은 군더더기 없이 감사를 표하고 세현의 보폭에 걸음을 맞췄다. 세현은 곁눈질로 정현을 훔쳐보았다. 방금 계단에서 보인 정현의 감정 변화를 이해하기 어려웠다. 그러는 사이 둘은 정문 앞에 도착했다. 방송국 놈들이 재미난 야식거리를 찾아 신나게 떠들어대는 것인지 정문이 시끄러웠다. 정문으로 나가기 어려워 보였다.

둘은 다시 지하로 내려갔다. 정현이 후문으로 향하는 지하 식당 문을 열고 세현을 안내했다. 세현은 앞서가는 정현의 뒷모습을 뚫어지게 쳐다보았다. 풋내 나는 경찰인 줄 알았더니 의외로 사람을 꿰뚫어 보는 눈을 가졌다. 지름길인 줄 알았는데, 한 발만 잘못 디디면 그대로 미끄러질 낭떠러지였다. 세현은 주머니에 손을 넣어 부검 영장을 몇 번이고 만지작거렸다.

* * *

정현은 멍하니 벽을 응시했다. 그 너머로 사람들이 분주하게 움직이는 소리에 귀를 기울이다가 의자에 몸을 기댔다. 조금 전 경찰서에서 세현에게 무례하게 군 건 아닌가 싶어 후회가 밀려왔지만 이미 뱉은 말을 주워 담을 재간은 없었다. 그렇다고 가만히 물러서서 여유 부리고 있을 상황도 아니었다.

두 번째 사체까지 발견된 이 시점에서 경찰이 해야 할 일은 사건을 해결하는 것뿐이었다. 그러기 위해서는 팀장의 역할이 그 어느 때보다도 가장 중요했다. 위에서 쪼이고 팀에서는 신뢰받지 못해도, 더 열심히 발로 뛰어 작은 단서라도 발견해야 했다.

그러나 아무것도 찾지 못한 채 면담실에 앉아 다 식은 믹스커피로 목을 축이고 있으니, 첫 번째 사건이 발생했던 날로 자꾸만 기억이 거슬러 올라갔다. 그날 새벽, 신고를 받고 사건 현장으로 출동하는 길에 이유 모를 기시감을 느꼈다. 어디서 본 듯한 뒤통수. 신기할 정도로 익숙한 걸음걸이. 급히 차를 세워 주변을 둘러봤지만, 아무도 없었다. 정현은 엄습하는 과거의 기억 때문에 덜컥 겁이 났다. 자신이 형사 자격으로 이곳에 앉아있는 게 한없이 부끄러웠다.

첫 번째 피해자는 경찰 공무원을 준비하던 학생이었다. 그녀의 가방 속에는 손으로 직접 적은 법령집 요약 노트가 들어있었다. 그 노트 맨 앞에는 정성스럽게 프린트된 글귀가 붙어있었다. '미래의 경찰관이여 조국은 그대를 기다립니다.' 조국이 기다리던 전도유망한 경찰관은 차갑게 식은 변사체가 되어 국가의 품으로 돌아왔다.

정현은 무릎 사이에 얼굴을 처박고 머리카락을 어지럽게 헝클어트렸다. 지금 원하는 게 기억을 되살리는 건지 잊으려는 것인지 잘 구별이 되지 않았다. 면담실 문이 열리는 소리에 정현은 벌떡 자리에서 일어났다. 재빨리 시간을 확인하니 정확히 1시간 35분이 소요됐다. 마스크로 반쯤 얼굴을 가렸지만, 그사이 세현은 피곤을 더 묻혀왔다.

"어떻게 됐습니까?"

"지문 발견됐어요."

드디어. 주먹을 불끈 쥔 정현의 입에서 안도의 숨이 쏟아져 나왔다. 그런데 세현의 표정이 한층 싸늘해졌다.

"무슨 일 있습니까?"

"지문은 있는데 주인이 없어요."

"네? 그게 무슨……."

"지문에 맞는 용의자가 없다고요."

"제대로 확인해 본 거 맞습니까?"

"그럼 제가 실수라도 했다는 말씀이세요?"

세현이 마스크를 밑으로 거칠게 잡아 내리자 얼굴이 한눈에 들어왔다. 실핏줄 터진 눈이 꼭 가시덤불 같았다.

"아니…… 그게 가능한 일인지 여쭤본 겁니다."

"일단 다시 검사는 할 겁니다. 결과는 똑같겠지만."

세현이 말을 하다 말고 전화가 걸려 오는 핸드폰을 들고 밖으로 나가려고 하자 정현이 다급하게 그녀의 옷자락을 잡아챘다. 세현은 찰나의 망설임도 없이 정현의 손을 강하게 털어냈다.

"뭐 하세요?"

세현의 눈가에는 그동안 보지 못했던 감정이 서려있었다.

"죄송합니다. 근데 부검 결과 먼저 말씀해 주세요."

"전화 한 통만 받고 다시 들어올게요."

세현의 짜증스러운 대답에 정현은 큰 잘못을 저지른 사람처럼 몸이 움츠러들었지만, 물러서지 않았다. 지금 그에게 가장 중요한 건 부검 결과를 듣는 것이었다.

"업무 중이시잖아요. 급한 전화 아니면 이거 끝내고 받으시는 게 좋을 것 같습니다."

정현은 세현의 시선이 부담스러워 끝내 고개를 돌렸지만 겨우 붙들고 있는 그녀의 옷자락에서 손을 떼진 않았다. 세현은 전화를 끊고 아무 말 없이 자리로 되돌아갔다. 정현은 눈치를 보다 조용히 뒤따라 의자에 앉았다. 종이에 글씨를 끼적이는 볼펜 소리가 그녀의 기분이 얼마나 상했는지 대변해 주고 있었다.

타고난 성질이 까칠한 것인지, 직업상 변한 성격인지 분간이 어려웠지만, 어쨌거나 세현은 탁월한 법의관이었다. 부검을 하는 속도도 빨랐고 현장을 파악하는 시야도 넓었고 무엇보다 증거를 발견해 내는 능력이 뛰어났다. 이렇게 복잡한 사건을 세현이 맡아서 다행이라는 생각이 드는 동시에 모든 일을 혼자서 멋대로 처리하려는 태도가 아쉬웠다.

굳게 입을 닫고 필기에 집중하는 세현은 마치 정현이 같은 공간에 없는 사람처럼 행동했다. 정현은 궁금함을 참지 못하고 고개를 빼 종이에 적힌 글씨를 곁눈질로 읽으려고 했다. 빈 종이에 볼펜똥을 닦아내던 세현이 머리를 들자, 그대로 정현의 턱과 부딪혔다.

정현이 비명을 삼키며 턱을 붙잡았다. 혀를 씹은 건지 입안에서 비릿한 피 맛이 났다. 세현을 바라보자 눈동자에 불이 붙어있었다. 당장이라도 화를 버럭 낼 거라 생각했는데, 세현은 불만이 가득 담긴 목소리로 중얼거리다 다시 필기에 집중했다. 참다못한 정현이 먼저 말을 걸었다.

"죄송합니다."

"괜찮습니다."

기분 나쁜 티를 그렇게 낼 때는 언제고 의외로 세현의 음성에는 변화가 없었다. 세현은 귀찮다는 듯 눈썹을 한 번 추켜세우고는 다시 고개를 숙였다.

"그게 아니라. 범인 못 잡아서요."

세현은 어이없다는 듯이 코웃음을 쳤다.

"그걸 왜 저한테 말해요?"

"피해자분들께는 사죄할 일을 만들지 말았어야 했으니까요. 방금 건 저녁에 초과근무로 고생시켜서 죄송하다는 뜻이었습니다."

세현은 다시 태연하게 글씨를 쓰기 시작했다. 글씨가 워낙 악필이라 잘 알아보긴 힘들었지만, 종이의 끝을 향해 가는 볼펜을 보니 그녀가 준비한 말은 거의 다 끝나가는 듯했다.

"형사님이 이 사건 들고 올 때부터 우린 책임을 나눠 진 거예요. 이거 해결하기 전까지는 나한테 사과하지 마세요."

감정을 뺀 세현의 심드렁한 음성에 정현의 마음은 이상할 정도로 차분해졌다. 가만히 세현의 피 묻은 소매를 보고 있으니 정현은 자꾸만 충동에 사로잡혔다. 현장에서 세현을 만나고 느꼈던 안도감은 착각이 아니었다.

"과장님은 왜 법의관이 되신 거예요?"

세현은 무슨 그런 엉뚱한 질문이 다 있냐는 표정으로 답했다.

"공무원 월급 알잖아요. 사명감 말고 더 있겠어요? 범인 잡으면 속 시원하고 그걸로 조금이나마 사회에 도움이 될까 하는 마음에 계속하는 거죠."

세현의 대답에 정현은 그렇구나, 하며 고개를 돌려 쏟아질 것 같은 감정을 정리하려 했다. 그걸 놓칠 리 없는 세현이 재빨리 정현에게 되물었다.

"그럼 형사님은 사명감 때문에 경찰대학 갔다는 뻔한 소리 말고 좀 더 참신한 답변해 주세요."

"전 학비 면제해 준대서 간 겁니다."

정현은 썰렁하게 웃으며 말끝을 흐렸다. 그러나 세현의 끈질긴 시선을 끝내 이겨내지 못하고 한숨을 크게 내쉬었다.

"나중에 크면 나쁜 짓 하는 사람들 한 명도 빠지지 않고 전부 다 잡고 싶었어요. 경찰만 되면 분명 해낼 수 있을 것 같았는데. 쉽지 않네요."

"공직 생활한 지 얼마 안 됐잖아요. 욕심이 너무 많으시네."

정현은 더 말을 하려다 말고 어깨를 으쓱했다. 세현은 정현의 싱거운 태도에 고개를 숙이고 다시 필기에 집중했다. 정현은 그런 세현의 뒤통수를 조심스럽게 내려다보았다. 국과수에서 나는 눅진한 피 냄새를 맡으니 갈라진 시멘트 바닥 위에 흐트러진 검정 머리카락이 정현의 눈가에 아른거렸다. 정현은 자신의 직감이 가리키고 있는 문을 직접 열어보고 싶었다.

"그때 말씀드린 토막 사체요."

빠르게 글씨를 휘갈기며 내려가던 볼펜이 우뚝 멈췄다.

"왜요? 더 나온 거 있어요?"

"하나 생각나는 게 있어서요. 아마…… 비슷한 범죄가 더 있을 것 같습니다."

세현은 간결하게 온점을 찍고 정현에게 종이를 넘겨주었다. 반 발 빠르게 종이를 넘긴 탓에 책상에도 일자로 죽 볼펜 자국이 묻었다. 세현은 아랑곳하지 않고 다른 종이를 꺼냈다.

"언제요?"

"예전에 학교 다닐 때 듣던 수업 중 대한민국 미제 사건을 조사하는 과제가 있었어요. 그때 저희 조는 경기도 지역에서 발생한 미제 살인 사건을 조사했습니다. 화성 사건은 너무 유명해서 제외하고 다른 사건을 살펴보다가 1999년 9월경에 시흥에서 발견된 토막 사체 기록을 찾아서 발표한 적이 있어요. 9가 많이 들어가서 무섭다고 했던 게 지금도 기억납니다."

"1999년 9월이요. 어떤 사건이었는데요?"

"그 파란 통이라고 말하면 아실까요? 정확한 단어가 생각이 안 나는데 아무튼, 원형 통에 토막 난 사체가 담겨있었습니다."

"아직도 미제로 분류된 사건이에요?"

"네. 근데 피해자 신원 확인은 됐습니다. 신체 부위 전부가 발견된 건 아닌데. 그…… 머리 부분을 찾아서…….."

정현은 사체와 관련된 이야기를 할 때마다 착잡해지는 마음에 차마 말을 다 잇지 못했다.

"궁금한 게 있는데요. 이 사건은 왜 이슈가 안 된 거예요?"

"1990년대 초반까지 화성 연쇄 살인 사건에 거의 200만 명이 넘는 인력이 동원됐는데 결국 범인을 잡지 못했잖아요. 범행 수법이 다르지만, 지역이 가깝다 보니 동일범에 의한 범죄일 수도 있다고 판단해 최대한 조용하게 수사를 진행했던 모양입니다. 피해 발생 지역이 인적이 드물어 제대로 된 목격자도 없고 그 사건 이후로 추가 범죄가 발생하지도 않아 경찰도 별수 없으니 더 이상 말 나오지 않게 속전속결로 사건을 종결한 것 같습니다."

"뭐, 그땐 지금보다 수사 압박이 더 심했으니까 그 말도 일리가 있네요. 그런데 1999년이면 이번에 발생한 살인 사건과는 시간적 거리가 꽤 있어요. 그 후에 일어난 미제 사건이 더 있는지부터 조사해 보는 게 좋겠습니다. 그건 제가 할 테니까 형사님은 당분간 오늘 발생한 살인 사건에 더 집중해 주세요."

세현은 정현에게 건네준 종이를 다시 앞으로 끌어와 필기한 부분을 하나씩 짚어가며 설명했다.

"먼저 분명히 해둘 것은 이번 사건과 이틀 전에 발견된 변사체 모두 동일범의 소행이라는 사실입니다. 날은 다르지만 두 사건 다 사체 손상에 메스가 쓰였고 두 번째 사체에서 실은 발견되지 않았지만 꿰매려고 시도했던 자국이 있어요. 감정서는 정리 끝나는 대로 보내드릴게요. 그나마 다행인 건 그쪽 골목에 불법 주차하는 차량이 많아서 블랙박스 영상 확보는 전보다 쉬울 겁니다. 전에 제가 말했던 차체 큰 차량의 블랙박스 영상과 이번 현장에서 찍힌 영상을 같이 비교해 보세요."

말을 마친 세현은 박자를 타며 볼펜을 딸깍거리기 시작했다. 무어라 종이에 적지만, 조금 전보다 더 엉망으로 휘갈긴 탓에 이번에는 아예 글씨를 알아볼 수 없었다. 정현은 다시 말을 걸려다 시간을 확인하고 머뭇거렸다.

"더 할 말 남았어요?"

망설이던 정현은 세현의 추켜 뜬 눈썹이 더 올라가기 전에 재빨리 덧붙였다.

"……아닙니다. 검사 결과 나오면 알려주세요."

세현은 알았으니 이제 그만 나가보란 식으로 손을 휘저었다.

"그럼 전 이만 가보겠습니다."

정현의 인사에도 세현은 인상을 찌푸린 채 필기에만 집중하고 있었다. 정현은 멋쩍은 듯 세현의 뒤통수에 대고 고개를 숙이고 면담실을 나섰다.

천장이 높고 탁 트인 복도 한가운데에 서있는데 이유 모를 답답함이 찾아왔다. 어둑한 바깥 배경 때문인지 저 멀리 보이는 형광 전등이 깜박이는 게, 마치 내리치는 번개 같았다. 정현은 남겨둔 이야기가 생각나 자꾸만 뒤를 돌아보고 싶었다.

"정 형사님."

갑자기 뒤에서 세현의 목소리가 환청처럼 들려왔다. 정현이 몸을 돌리자 무언가 어깨를 맞고 바닥으로 떨어지며 둔탁한 소리를 냈다.

"뭐 해요. 제대로 안 받고."

정현의 발밑으로 편의점 플라스틱 커피가 제자리에서 빙글 돌고 있었다. 정현은 허리를 숙여 커피를 집었다. 세현은 이미 들어가고 없었지만, 더위에 달아오른 커피의 따뜻한 기운이 손바닥에 가득 찼다. 다시 복도를 걸어가던 정현은 잠시 멈춰 서서 커피에 빨대를 꽂아 한 모금 들이켰다.

7월 20일

"아직 한 분 안 오신 거죠? 조금만 더 기다리겠습니다."

"그냥 시작하면 안 돼요? 바빠 죽겠는데."

세현에게 받아온 부검 감정서를 공유하려고 팀원들을 모았는데, 시작도 전에 혁근이 공격적인 반응을 보였다. 이렇게 실체적인 증거가 없을 때는 형사들끼리 알고 있는 정보를 전부 터놓고 공유해야 한다. 그래야 작은 단서에도 민감하게 반응할 수 있고 그게 결국은 사건을 해결할 실마리가 될 가능성이 크기 때문이다.

"그럼 2차 사건 브리핑 시작하겠습니다."

"누구 마음대로 2차야? 앞으로 변사체 발견되면 순서대로 다 번호 붙여줄래?"

정현은 자꾸 조심성 없이 문을 열어젖히는 서장을 못마땅하다는 듯이 바라보았다.

"두 사건에 겹치는 요소가 많다 보니 동일범이라 가정하고 수사를 진행하는 게 더 효과적이라 판단됩니다."

"네 판단이 뭐라도 돼? 왜 자꾸 동일범으로 몰아가? 이번에는 실인가 뭔가 그거 안 나왔다며. 동일범이라고 수사했는데 아니면 어떻게 할래? 그래서 다른 용의자 놓치면 네가 책임질 거야?"

서장이 물음표를 찍듯이 정현의 어깨를 손가락으로 후벼팠다. 정현은 흥분해서 휘둘러대는 서장의 손을 제지하며 차분한 음성으로 물었다.

"그럼 동일범으로 수사하지 않으려는 의도를 여쭤봐도 되겠습니까?"

순간 왼쪽 귓불 밑으로 강한 충격이 느껴졌다. 정신을 차리고 보니 창진이 서장의 오른팔을 끌어안아 말리고 있었다. 정현은 자신에게 벌어진 상황을 이성적으로 받아들이려고 노력했다.

"이 새끼가. 의도?"

단추가 두어 개 풀린 셔츠 사이로 보이는 서장의 목덜미가 이미 벌겋게 달아올라 있었다. 시간이 지날수록 얼얼해지는 턱이 신경 쓰여 손을 가져다 대자 뜨거운 기운이 느껴졌다.

"형님. 진정하십시오."

창진으로 안 되겠는지 혁근까지 달려들어 서장을 끌어 밖으로 내보냈다. 석우는 눈치를 보더니 정현의 어깨를 다독여 주고 밖으로 따라나섰다.

순식간에 조용해진 강력팀에 정현 혼자 덩그러니 남았다. 갑자기 눈가 주변이 시큰해지며 입에서는 헛웃음이 튀어나왔다. 아파서가 아니라 어안이 벙벙해서였다. 친구가 우스갯소리로 직업까지 있는 어른이 밖에서 우는 건 병원에서 치과 치료받을 때뿐이라고 했는데, 턱을 정통으로 맞았으니 이것도 비슷한 경우로 쳐주고 싶었다.

정현은 턱을 쓰다듬으며 책상 위에 흐트러진 자료를 정리했다. 다들 박차고 나가 흐트러진 의자도 제자리로 돌려놓았다. 서장에게 꼭 사과는 받아내겠다는 마음으로 자리를 지키는 거였지만, 이런 게 다 무슨 소용인가 싶어 기운이 빠졌다. 정현은 자료에 담긴 내용을 천천히 읽어보았다.

정현처럼 31년을 산 두 번째 피해자는 자신의 마지막이 이렇게 되리라고는 단 한 번도 상상하지 못했을 것이다. 그녀는 용천여자중학교에서 기간제로 근무하는 수학 선생님이었다. 발견된 가방에는 퇴근 후 채점하려 챙겨둔 시험지가 들어있었다. 그 밑에 그녀가 학생들에게 조그맣게 써둔 응원의 말을 하나씩 읽어보니 비참한 기분이 들었다.

경찰 일을 하면서 가장 힘든 순간이었다. 고개를 돌려 외면하고 싶었지만, 똑같은 잘못을 반복하는 것을 실수라고 얼버무려서는 안 된다는 걸 잘 알고 있었다.

정현은 자리에서 몸을 일으켰다. 증거를 찾지 못하면 다신 경찰서로 들어오지 않을 작정이었다. 서장이 뭐라고 시비를 걸어도 막을 수 없을 것이다. 정현이 거칠게 유리문을 잡아당기자 서장이 그 앞을 떡하니 막아서고 있었다.

"어디 가? 아직 말 안 끝났으니까 다시 들어가 있어."

한층 누그러진 목소리의 서장은 조금 전 이성을 잃고 손찌검한 것을 민망해하는 것 같았다.

"팀장님, 우리 잠깐 이야기 좀 합시다."

창진이 어디선가 달려와 듣기 좋은 목소리로 정현의 등을 두드리며 달랬다. 정현이 못 이기는 척 다시 안으로 들어가자 기다렸다는 듯이 다가와 속삭였다.

"서장님 약간 욱하시는 면이 있잖아요. 다 우리 팀을 위해서 그러신 건데 너무 뻣뻣하게 굴지 말아요."

말을 마친 창진은 어느새 서장의 등 뒤에 붙어서 정현의 대답을 기다리고 있었다. 정현은 그가 습관적으로 쓰는 '우리 팀을 위해'라는 말에 어떤 의미가 담겨있는 건지 궁금했다.

"일단 인력이 부족하니까 이번 사건은 형사팀이랑 같이 협조해서 수사하는 걸로 해."

"협조요? 형사팀이랑 협조를 어떻게 하라는 말씀입니까?"

"아, 이런 걸 하나하나 설명해 줘야 하나? 강력팀은 얼마 전에 발견한 변사체 범인을 아직도 못 잡았으니까 그 사건에 집중하고, 형사팀이 오늘 발견한 변사체 맡아서 동시에 수사하자고."

정현은 서장에게 얻어맞았을 때보다 더 큰 충격에 몸이 굳었다. 용천경찰서는 형사과 밑으로 강력팀과 형사팀이 있는데, 두

팀이 맡은 업무가 정확하게 분리되어 있다. 형사팀은 일반 폭행 사건이나 주거침입, 절도와 같은 일반 범죄를 담당해서 맡는다. 만약 형사팀이 담당하던 일반 범죄 사건에서 사체가 나오면 그 때부터 강력팀으로 사건이 넘어오는 것이다.

여태 다른 성격의 사건을 담당하던 형사팀에게 변사체 사건을 맡기는 것도 이상했고, 동일범의 소행이라 생각되는 사건을 굳이 두 팀으로 분리해 수사하는 건 더더욱 이해가 가지 않았다. 그냥 강력팀 업무가 많다는 핑계로 사건을 갈라 마치 두 명의 범인이 따로 범행을 저지른 것처럼 보이게 해 언론에서 나오는 잡음을 차단하겠다는 심보로밖에 보이지 않았다.

"네 말대로 만약 동일범이라 확정되면 광수대에서 수사팀 꾸려서 본격적으로 진행할 거야. 그때 증거 하나 못 찾고, 손 놓고 있었다는 소리 듣고 싶어? 힘 합칠 수 있을 때 해야지."

서장은 껄끄러운 일을 시킬 때면 목청이 커지는 버릇이 있었다. 거의 고함을 치듯 말하는 서장을 가만히 지켜보던 정현은 말없이 고개를 끄덕였다. 방금까지 사건으로 복잡하게 얽혀 뿌옇던 머릿속이 시원한 바람을 맞은 듯 선명해졌다. 정현은 갑자기 눈앞에 보이는 책상 위로 팔을 뻗었다. 그러곤 그 위에 올려둔 자료를 죄다 손으로 쓸어서 안아 들었다.

"팀장님!"

황당해하는 서장과 창진을 뒤로하고 곧장 뒷문으로 내달렸다. 정현은 강력팀 문을 활짝 열고 계단을 쉬지 않고 달려 내려갔다. 바닥으로 쏟아질 것 같은 종이를 떨어트리지 않으려고 열 손가락 전부에 힘을 주고 계속 달렸다.

"야! 정정현! 너 어디 가? 야!"

서장의 고성이 경찰서 복도를 시끄럽게 울렸지만, 정현은 뒤도 돌아보지 않고 지하 식당으로 들어갔다. 문을 열자 형사팀이 옹기종기 모여 담배를 피우는 모습이 한눈에 들어왔다. 그중 형사팀 팀장과 눈이 마주쳐 정현은 가볍게 묵례를 하고 다시 후문으로 뛰었다.

정현은 경찰차 문을 거칠게 열고, 들고 있던 자료를 그대로 뒷좌석에 던지듯 넣은 다음 재빨리 운전석에 올랐다.

* * *

조심성 없이 벌컥 열린 문에 준경은 안경을 닦다 화들짝 놀라 몸을 부르르 떨었다.

"하여간 빨라. 뭐 해? 들어와."

세현이 책상까지 한달음에 달려오자, 준경은 부담스럽다는 듯이 들고 있던 종이로 연신 부채질을 하며 뒤로 물러나라고 신호했다.

"근데 아무리 생각해도 서 과장 진짜 대단해. 어떻게 용천까지 갈 생각을 했어?"

"소장님이 부탁하시는데 어떻게 안 간다고 말해요."

"하여간 그 인간, 우리 국과수 인재를 이렇게 막 굴려요."

세현은 준경의 칭찬에 숨겨진 의도가 투명하게 보여서 속으로 코웃음을 쳤다. 준경은 세현보다 나이가 많은 만큼 쌓인 경력역시 무시할 수 없었다. 하지만 세현은 무슨 일이든 그녀에게 지고 싶지 않았다.

그런데 얼마 전, 그녀가 국과수 원장의 아끼는 후배라는 소식이 소장의 귀에 들어가고 나서부터 둘의 처지가 조금씩 뒤바뀌기 시작했다. 어떻게 얻은 가을 전근인데 고작 준경에게 뺏길 순없었다. 세현은 자신보다 10센티미터나 더 큰 준경을 똑바로 올려다보았다. 그리고 준경이 보이지 않는 바닥까지 처박히는 모습을 상상했다. 그날이 곧 멀지 않았다는 걸 알기에 여유롭게 행동할 필요가 있었다.

"그때 제가 조사해 달라고 부탁드린 건 어떻게 됐어요?"

"그 곰팡이 말하는 거지? 사체에서 나온 거!"

세현은 준경이 건넨 감정서를 한 호흡으로 빠르게 읽어 내려갔다. 변사체에서 풍기던 소독약 냄새와 틈새에 껴있던 곰팡이가 부패의 결과라면 나와야 할 게 아직 하나 더 있었다.

"수세미는요?"

"서 과장, 뭐 짐작 가는 거 있구나?"

준경이 잽싸게 세현이 보고 있던 감정서를 도로 뺏어 자신의책상 위로 뒤집어엎어 두었다. 국과수에 있는 모두와 정보를 공유하더라도 유일하게 공유하고 싶지 않은 사람에게 정보를 주는 상황이 짜증 났다.

"짐작은 아니고 합리적인 의심입니다."

"그러니까. 그 합리적 의심을 공유해야 우리 같이 사건을 해결할 수 있지 않겠어? 혼자 말고."

유치하게 감정서를 줄 듯 말 듯 한 장씩 눈앞에서 흔드는 준경 때문에 세현의 눈빛이 차갑게 식어갔다. 세현은 다시 마음을 고쳐먹고 시선을 가다듬었다. 신경 쓰이는 일이 생기면 오히려 차분하고 이성적으로 행동하면 되었다.

"의과대 본과 1학년 여름방학에 해부 실습을 했어요. 그때 저희 조 앞으로 할당된 해부용 시체에 약품이 제대로 고정이 안 된 건지 곰팡이가 슬어있더라고요. 해부 시작하면 몇 주간 계속 그 해부용 시체 하나 붙들고 사는 건데, 하루가 다르게 곰팡이가 퍼졌어요. 그래서 해부실 나가기 전에 매일 소독약을 들이붓고 수세미로 벅벅 소리가 날 정도로 닦았어요."

의학 전문 대학원을 목표로 하다 여러 번 고배를 마시고 막판에 유전학 석사 과정으로 방향을 틀었던 준경은 평소 세현의 입에서 나오는 의대생 스토리를 싫어했지만, 이번 이야기는 그녀의 흥미를 자극한 것 같았다.

"그럼 범인이 사체를 가지고 해부를 했다는 거네?"

"의도는 다르지만, 절단면도 그렇고, 사체에 실을 꿰매둔 것도 외관은 얼추 비슷해요."

"그렇다면 범죄 경력 있는 놈들 중에 의학 지식 있는 사람만 골라서 조사하면 되잖아."

"전혀 관련이 없을 수도 있죠. 의사가 아니라 재단사라고 부르잖아요. 사체 건드린 걸 보면 전문성이라고는 전혀 찾아볼 수 없어요. 수세미는 어쩌면 평소 습관대로 닦았을 수도 있고요. 일상에서 쉽게 구할 수 있는 물건인 데다가 사람들은 설거지도 수세미로 하고 청소도 수세미로 하잖아요."

"뭐야. 그럼 저 밖에서 아무것도 모르는 일반인이 막 메스로 범죄를 저지르고 다닌다는 거야? 진짜 세상이 어떻게 돌아가려고."

"그러니까 빨리 잡아야죠. 아무튼, 결과 확인해 주셔서 감사해요. 양 과장님 덕분에 시간 아꼈습니다."

준경은 어느 지점에서 만족감을 느낀 건지 모르겠지만 세현의 말에 금세 기분이 좋아져서 감정서를 넘겨주었다.

"그래, 알았어. 솔직히 이런 사건은 DNA 증거 찾는 게 가장 중요한 거 알지?"

준경이 기분 좋게 머리카락을 뒤로 넘기며 언제 준비한 건지 책상에 있는 아이스 아메리카노를 세현에게 내밀었다. 세현은 공손하게 인사를 건네고 커피를 받아 든 다음 소리 없이 문고리를 돌려 닫았다. 세현은 텅 빈 복도 가운데로 걸어 사무실에 도착했다.

들어가자마자 들고 있던 커피를 벽면에 설치된 싱크대로 던져 넣고는 유유히 자리로 돌아왔다. 얼음이 녹으며 싱크대 속에서 무너져 내리는 소리가 들렸다. 유쾌한 소음이었다.

세현은 준경에게서 받은 감정서를 포함해 그동안 가지고 있던 서류를 모두 꺼내 책상 위에 펼쳐 놓고 흥얼거리며 첫 번째 사체의 부검을 머릿속으로 다시 재생했다. 형편없는 메스 자국, 엉성하게 꿰매다 만 실, 적출된 장기, 소독약에 절여진 다리 그리고 수세미.

세현은 감정서 마지막 장에 적힌 결론 부분을 멍하니 바라보았다. 직접 사인인 경부 압박 질식사에 관한 진술 빼고는 평소 세현답지 않게 간결하게 끝을 맺었다. 알고 있는 내용이 더 많았지만, 세현은 서명으로 침묵했다.

자연스럽게 세현의 생각은 두 번째 사체에서 나온 지문으로 옮겨갔다. 지문, 또 지문, 그리고 더 많은 지문. 첫 번째 사체에서 발견된 정체 모를 실 가닥을 빼면 모두 조균의 솜씨였지만 범행 속도가 그답지 않게 빨라도 너무 빨랐다. 세현은 가만히 자신의 손가락에 새겨져 있는 지문을 만져보았다.

만약 그때처럼 조균의 옆에 누군가가 있다면? 세현은 찜찜한 가설을 털어내려고 인터넷 검색창을 열었다. 검색창 밑으로 뉴스 헤드라인이 줄줄이 스쳐 지나갔다. 용천시에서 발견된 두 번 사체를 따로 수사할 계획이라는 내용의 기사였다. 세현은 손바닥으로 가만히 미간을 짚었다. 이런 식이면 곤란했다. 세현은 급히 통화 목록을 뒤졌다. 다시 걸 일 없어서 저장도 하지 않았던 번호를 찾아 통화 버튼을 눌렀다.

— 여보세요.

"정 형사님. 저 서세현입니다. 궁금한 게 있어서 전화드렸어요."

— 네, 말씀하세요.

전화기 너머로 누군가 악을 지르는 것 같은 시끄러운 소리가 울렸다.

"지금 어디세요?"

세현은 소음 때문에 목소리가 날카로워지는 것을 겨우 참고 대화를 이어갔다.

— 블랙박스 영상 확인하고 싶어서 잠시 피시방에 와있습니다.

"피시방이요?"

— 제가 사정이 좀 생겨서…….

시끄러운 배경 소리에 정현의 목소리가 묻혀 더 웅얼거리는 것처럼 들렸다.

"뉴스 봤어요. 두 변사체 따로 수사하기로 했다면서요?"

— 두 사건의 연관성을 밝혀낼 결정적인 증거가 없어서 서장님이 당분간은 형사팀과 따로 수사하라고 분리하셨어요.

안 봐도 빤하게 그려지는 상황이었다. 목소리 큰 남자가 동일범이라는 단어에 또 발작하며 화를 내 정현은 경찰서에서 쫓겨나듯 나왔을 것이다. 평소에도 경찰의 수사력을 그다지 신뢰하지 않아 기대가 없었지만, 용천경찰서는 그동안 만났던 경찰 중 사건 해결에 가장 쓸모없는 집단이었다. 이렇게 하나하나 태클을 걸고 들어오면 세현이 할 일만 더 늘어나는 꼴이라 싫은 소리가 절로 나왔다.

"동일범의 소행이라는 증거만 있으면 돼요? 그럼 이건 제가 찾아올 테니까 핸드폰 가까이에 두고 기다려요."

세현은 정현의 대답을 듣지 않고 전화를 끊었다. 두 사건을 동일범이라고 볼 증거는 다분했지만 확실한 DNA 증거가 나오지 않아 엄연히 따지면 이 모든 게 심증에 불과했다. 그러나 이 두 사건은 반드시 동일범이라는 전제 아래 수사되어야만 했다.

조균이 정한 범행의 원칙은 모든 것을 절대 반복하지 않는다는 것이다. 그게 여태껏 경찰이 그의 그림자 한 번을 밟아 보지 못한 이유였다. 사체를 처리할 때 쓰는 도구의 날마저 하나씩 확인하고 갈아버리는 그가 같은 자동차를 타고 현장에 나갔을 리 없다. 그러나 그는 뒤처리가 깔끔하지 않다 보니 마지막 점검은 항상 꼼꼼한 세현의 몫이었다.

하지만 이제 조균의 곁에는 세현이 없다. 현재 일어난 두 사건을 동일범의 소행이라 가정하고 초 단위로 눈이 빠지게 증거 영상을 돌려본다면 조균을 잡을만한 증거물을 찾을 수 있을지도 모른다. 법의관으로 수사에 막대한 영향력을 행사하기 어려운 지금 이 시점에서는 경찰의 도움이 절실했다.

조균의 정체를 모르는 정현이 두 사건을 동시에 집중해 조사할수록 범행 수법에 유사점을 찾을 수 없어 혼란스러워할 것이다. 세현은 그 틈을 타 정현이 찾아온 증거로 경찰보다 빨리 조균을 찾아 해치우면 그만이었다. 처음부터 세현이 정해준 정현의 역할은 조균을 자신의 손아귀로 몰아주는 것뿐이다.

세현은 차분히 의자에 앉아 감정서를 읽어 내려갔다. 두 번째 사체에는 꿰매둔 실은 없지만 대신 지문이 나왔다. 처음 변사체에는 한 개도 없던 지문이 두 번째에는 다량으로 발견되었다. 조균 역시 원래 하던 대로 두 사체가 다른 사람이 저지른 범행처럼 보이도록 유도하고 있었다.

그래서 발견이라고 표현하기에도 민망할 정도로 많은 지문을 묻혀뒀을 것이다. 생각해 보면 봉합 자국도 훨씬 많고 적출된 장기가 있으니 처음 변사체에서 지문이 나오는 게 더 말이 된다. 그런데 첫 번째 사체에서 단 한 개도 발견되지 않은 지문이 두 번째 사체에서는 장갑을 벗고 만졌다고 해도 무방할 정도로 많이 나왔다. 그러나 조균의 것은 아니었다.

만약 조균 옆에서 범행을 돕는 누군가가 있다면? 조균과 떨어져 지낸 긴 시간 때문인지 그 정체를 예상하는 게 쉽지 않았다. 세현은 인상을 쓰며 목뒤에 뭉친 근육을 풀었다. 다시 천천히 생각해 보면 된다. 어차피 조균의 수야 뻔하다. 복잡했던 사건을 한두 번 맡아본 것도 아니고, 지금껏 세현이 달려들어 굴복시키지 못한 사건은 없었다. 뒤로 한껏 이완시킨 목을 툭 하고 바닥으로 떨궈 그대로 힘을 빼자 책상 가장자리에 아슬아슬하게 놓여있던 종이가 눈에 들어왔다.

가만히 내용을 읽어보던 세현은 바람 소리를 내며 웃었다. 이제 보니 갑자기 튀어나온 농업용 비닐의 쓰임은 더 궁금해할 것도 없었다. 해부한 사체를 보관할 때 쓰는 비닐이었다. 해부를 끝낸 후 다음 실습수업을 위해 비닐로 덮어두듯이, 부검하기 전 변사체를 비닐에 넣어두는 것처럼. 세현은 시시해져서 그다음 자료를 마저 읽어나갔다.

첫 번째 피해자 사망 추정 시각은 사체 발견으로부터 8일 전으로 올라갔다. 그리고 두 번째 피해자는 3일 전. 두 번째 변사체를 처리할 때는 시간이 충분하지 않았을 것이다. 그래서인지 첫 번째 사체와 다르게 따로 테이프로 고정해 두지 못했다. 세현의 입에서 또 비웃음이 터져 나왔다. 박스 테이프라니. 조균다운 무식하게 짝이 없는 방식이었다.

잠깐만. 세현은 몸을 벌떡 일으켜 감정서에 시선을 고정했다. 테이프. 세현은 전화기를 찾다 말고 다급하게 유전자 분석과 검사실로 뛰어 들어갔다. 기별도 없이 등장한 세현 때문에 놀란 조사관들이 어색하게 인사를 건넸다. 세현은 제일 앞에 있는 조사관에게 다가가 물었다.

"첫 번째 변사체랑 같이 들어온 증거품 아직 보관하고 있죠?"

"예? 첫 번째라면……. 네, 있습니다."

조사관은 긴장한 건지 몇 번이나 목을 가다듬고 대답했다. 세현은 검사실 내부를 빠르게 훑어 준경의 부재를 확인하고 다시 물었다.

"그럼 지문 검사 좀 해주세요."

"어……. 정확히 어떤 걸 말씀하시는 건지……."

"농업용 비닐이요. 빨리 해줬으면 좋겠는데."

"근데 그 비닐 저희가 이미 다 조사했거든요. 면적이 넓어서 혹시나 누락된 게 있을까 봐 일일이 다 쪼개서 조사 끝냈습니다."

준경이랑 같이 일해서 그런지 조사관도 쓸데없이 말이 많았다. 다 끝난 일로 귀찮게 하지 말라는 부탁을 돌려 하고 있었다. 세현은 장갑 낀 손으로 멀뚱히 얼굴을 긁어대는 조사관을 경멸하지 않기가 힘들었다. 청결한 장갑은 조사관이 가져야 할 기본적인 덕목이었다. 사소한 행동 하나도 제대로 통제하지 못하면서 세현에게 변명을 늘어놓는 모습이 가당치도 않았다.

"그럼 비닐은 됐고요, 같이 붙어있었던 테이프 검사 좀 합시다."

조사관은 감정을 숨기지 못하는 성격인지 당황한 표정으로 주위를 살폈지만, 그를 위해 선뜻 나서주는 동료는 없었다. 결국, 그는 세현의 압박에 못 이겨 슬며시 자리에서 일어났다. 조사관이 농업용 비닐을 가져오자 세현은 장갑을 끼고 과감하게 테이프를 뜯었다. 몸을 움츠리고 있던 조사관이 눈치를 보며 테이프를 받으려고 손을 내밀자, 세현은 장갑을 바꿔 끼고 오라고 고갯짓했다.

"지문이든 체액이든 상관없어요. DNA 증거만 찾아주면 됩니다."

실리콘 장갑을 낀 채 테이프를 만지는 건 어려운 일이다. 이렇게 많은 면적을 테이프로 둘렀다면 분명 어딘가에 부주의하게 묻힌 지문의 흔적이 남아있을 것이다.

세현은 조균이 무슨 생각으로 사체를 다루는지는 관심이 없었다. 첫 번째 사체와 두 번째 사체를 이어줄 연결고리만 찾으면 되었다.

세현은 팔에 찬 손목시계로 시간을 확인하고 차분히 기다리기로 했다. 얼마 지나지 않아 조사관이 땀을 뻘뻘 흘리며 달려오는 게 보였다. 세현은 조용히 미소를 지으며 그가 내민 감정서를 낚아채 복도로 나왔다. 왼손에 감정서를 들고 오른손으로는 정현에게 전화를 걸었다.

"아직도 피시방이에요? 그럼 팩스로 자료 받을 수 있는지 물어봐요."

이제 앞으로가 정말 중요했다. 경찰보다 더 빨리 조균을 찾아내야 한다.

* * *

한여름에도 오래된 콘크리트 건물 바닥이 뿜어내는 찬 기운에 정현은 가지런히 발을 모았다. 어떻게 용천경찰서로 다시 돌아왔는지, 또 무슨 용기로 무작정 서장실 문을 박차고 들어간 건지 모르겠다.

"허튼짓하지 말고 광수대 투입되기 전까지 수사나 철저히 해."

등 떠밀리듯 서장실에서 쫓겨난 정현은 그제야 참았던 한숨을 내뱉었다. 정현은 차가운 시멘트벽에 가만히 등을 대고 서장실 손잡이를 우두커니 바라봤다. 멍하니 닫힌 문을 보고 있으니 복잡하게 엉킨 실타래를 이제 겨우 한 가닥 푼 기분이었다.

다행히 형사팀으로 사건을 분리하겠다는 명은 거뒀지만, 여전히 서장은 용천경찰서가 수사를 주도하는 것을 부담스러워했다. 하루라도 빨리 광수대 쪽에서 수사팀을 꾸려주기만을 기다리고 있었다. 그리고 예전처럼 정보가 새어 나가 언론에 주목받는 일을 막겠다며 이번 사건과 관련된 자료는 자신에게 직통으로 보고하라는 명령까지 추가했다.

수사의 속도를 내는 게 중요한데 보고할 시간이 어디 있나 싶었지만, 정현은 사건 해결을 위해서라면 이 정도는 충분히 감내할 수 있었다.

정현은 무거운 발걸음으로 강력팀에 복귀했다. 사무실이 썰렁한 걸 보니 다른 팀원들은 두 번째 사건 현장 근처에 거주하는 주민들의 진술을 받으러 나간 모양이었다. 정현은 조금 전 세현에게 보낸 문자에 답장이 왔는지 확인했지만, 소식은 없었다.

아쉬움을 감추기 위해 자료를 책상 위에 밀어두고 머그잔에 믹스커피를 탔다. 인터넷으로 주문해서 이렇게 용량이 클 거라 생각 못 했던 머그잔이었다. 커피 가루를 붓고 손을 깊숙이 찔러넣어야 겨우 저을 수 있었다. 이번에도 물 조절에 실패해 밍밍한 커피를 천천히 식혀가며 마셨다. 따듯한 기운이 퍼지자 긴장했던 몸이 안정을 찾아가는 것 같았다.

평소에도 정리 정돈을 습관적으로 하는 편이라 책상은 이미 깔끔하게 치워져 있었지만, 그래도 정현은 뭔가 아쉬워 물티슈로 책상을 닦았다. 그러고 나서 빨간색 동그라미 스티커가 붙어 있는 파일꽂이로 손을 뻗었다. 중요한 서류를 담아두는 곳인데 그중 더 중요하다고 생각하는 것들은 빨간 집게로 따로 묶어뒀다. 정현은 종이 뭉치를 꺼내 책상 정 가운데에 올려놓고 평소에 메모할 때 쓰는 노트를 그 옆에 나란히 펼쳐두었다.

공범 가능성. 의심스럽지만 아직 주장을 뒷받침해 줄 어떤 근거도 발견되지 않았다. 미수범. 두 번째 변사체에서 발견된 지문을 용천시 범죄자 지문 시스템으로 확인 중이다. 프로그램을 이용해서 돌려보고 육안으로 확인하는 이중 작업으로 진행하고 있다. 차량은 CCTV로 분석 중이고, 그다음에는……. 정현은 노트 귀퉁이에 휘갈기듯 적어둔 단어에 눈길이 갔다.

토막 사체. CCTV 때문에 한동안 계속 현장에 다니느라 정신이 없어서 새까맣게 잊어버리고 있었다. 정현은 사건 조회 시스템을 열어 경기 지역에서 발견된 토막 사체와 관련된 사건을 검색했다. 경기도에서 작년에 발생한 범죄 건수만 천 여건이 넘었다. 어마어마한 숫자에 놀란 정현은 그 전에 인쇄해 둔 1999년 토막 사체 자료 두 건부터 다시 검토해 보기로 했다.

그리고 동종 범죄를 저질렀다는 가정하에 이번에는 1991년부터 2000년까지 10년 단위로 시간을 설정해 조회했다. 최근에 발생한 범죄 건수보다는 확실히 수가 줄었지만, 여전히 혼자 확인하기에는 벅찬 양이었다. 정현은 끙끙대며 머리를 굴리다 미제 사건에 초점을 맞춰 범인이 검거된 사건은 골라냈다.

요새 작성할 보고서가 산더미라 혹사당한 눈으로 몇십 분째 모니터만 뚫어지게 보고 있으니 건조함이 더 심해졌다. 정현은 눈을 지그시 눌러 비비고 서랍을 열어 인공눈물을 찾았다. 안과에서 처방받은 일회용 인공눈물인데 이제 그마저도 일주일 치만 남았다. 사건이 터지고 바쁘다는 핑계로 병원 방문을 미뤘던 탓이다. 정현은 오늘은 꼭 퇴근하고 약국이라도 가봐야겠다 다짐하며 인공눈물을 넣었다.

정현은 눈가를 정리하고 다시 자료에 집중했다. 무언가를 찾아낼 것 같은 기분이 들면 정보가 없던 상태로 돌아가 편견 없이 자료를 재검토하려 애를 썼다. 자료를 찾기 시작한 지 한 시간이 훌쩍 넘었지만, 조사는 끝나지 않았다. 2000년도까지 왔는데도 결과물이 없자 정현은 초조해지기 시작했다. 그때, 보고 있던 자료를 닫고 다음 자료를 확인하려다가 묘한 기분에 다시 자료를 유심히 읽어보았다.

2000년 10월 17일에 서평택에서 발견된 변사체였다. 범인이 토막 낸 변사체를 강가 주변 풀숲에 묻어두었다. 훼손된 사체 전부가 발견되었고 DNA 증거도 확보했지만, 유기 후 시간이 많이 지나 오염된 유전자 정보로는 용의자를 특정하지 못해 결국 미제로 남은 사건이었다. 1999년에 일어난 두 토막 사체 사건과 유사한 부분이 많았다.

그때 복도에서 웅성거리는 소리와 함께 사무실 문이 열리며 강력팀 팀원들이 시끄럽게 들어왔다. 석우가 함박웃음을 지으며 정현에게 달려왔다.

"팀장님. 이제 됐습니다. 목격자 진술 받아냈습니다."

"진짜요?"

"예! 그럼요."

석우가 어리둥절해하는 정현의 등을 두꺼운 손으로 연신 두들기며 웃었다.

"목격자 말로는 그날 저녁에 그 골목으로 봉고차가 지나갔답니다."

"봉고차라면 크기가 어느 정도 되는데요?"

"그냥 흔히 볼 수 있는 9인승 승합차랍니다."

"다른 특징은요?"

"안 그래도 물어봤는데 어디 소속된 차량이 아니라 스티커도 없고 그냥 깔끔했답니다."

"번호판이나 운전자는요?"

"빠르게 지나가서 거기까지는 못 봤답니다."

정현은 기억을 되짚어 보다 불현듯 떠오른 생각에 책상 위에 있는 노트를 가져와 넘겨보았다. 석우가 그 옆에 가까이 붙어 정현이 들고 있는 노트를 힐끔 훔쳐보았다. 석우의 인기척을 느낀 정현은 황급히 손으로 노트를 가렸다.

"팀장님은 아직도 토막 사체 찾고 계셨습니까?"

"토막 사체? 그게 뭔데?"

혁근은 처음 듣는 이야기에 의문스러운 목소리로 물었다.

"팀장님이 저번에 용천시에 미제로 처리된 살인 사건 뭐 알고 있냐고 물어봤었습니다. 선배님은 그때 안 계셨습니까?"

"토막 사체? 있어도 우리 쪽으로는 안 넘어왔을걸. 그땐 다 광수대가 가져갔지."

"예전에 혹시나 해서 적어둔 겁니다. 그 얘긴 그만하시고, 잠깐 여기 좀 집중해 주세요."

정현은 석우가 더 입을 열기 전에 황급히 노트의 다른 페이지를 보여주며 시선을 분산시켰다.

"삼거리 CCTV 영상 다시 한번 확인해 봐야 할 것 같습니다. 그날 차체가 큰 차량이 몇 대 지나갔는지 분류해서 적어둔 건데. 여기, 승합차도 17대나 있었습니다."

정현의 노트에는 봉고차부터 해서 교회 스타렉스, 트럭, 택배 탑차에 우체국 차량까지 세세하게 분류해 둔 목록이 정확한 시간과 함께 적혀있었다.

"와, 팀장님 진짜 대단하십니다. 도대체 몇 번을 돌려본 거예요?"

석우는 신기하다는 듯이 노트를 읽었다. 혁근도 옆에 서서 흥미롭다는 눈빛으로 내용을 확인했다. 그 덕에 토막 사체에 관한 이야기에 관심이 떨어진 것 같아 정현은 안심하며 다시 노트를 받아 주머니에 넣었다.

"영상만 제대로 분석하면 범인 잡는 거 시간문제입니다."

"그럼 말만 하지 말고 빨리 시작합시다."

창진이 두 손 가득 커피를 들고 오며 말했다. 정현은 희미하게 미소를 지으며 화답했다. 곧 범인을 잡을 수 있다. 그러면 자신과 비슷한 또래의 여자들이 더 이상 마음 졸이지 않고 밤거리를 다닐 수 있을 것이다. 정현은 분주히 움직이는 강력팀 팀원들을 둘러봤다. 그들 역시 자신과 같은 마음일 거라 믿었다.

"48시간짜리 영상이니까 각자 12시간씩 맡아서 봅시다. 의심가는 차량 있으면 바로 확인해서 저에게 알려주세요. 오늘 안에 기분 좋게 범인 체포하고 퇴근하는 겁니다."

* * *

몇 시간이나 지났을까, 같이 모여 짜장면을 시켜 먹은 게 벌써 한 시간 전이니까 밤 8시는 넘었을 것이다. 창진은 담배를 피우고 오겠다며 나가 들어올 생각을 하지 않았고, 석우는 눈 좀 붙이겠다며 숙직실에 들어갔다. 정현은 기지개를 켜며 자리에서 일어났다. 카페인에 민감해 오후 3시가 넘으면 커피를 마시지 않았지만, 오늘은 무슨 일이 있어도 깨어있어야 해서 머그잔을 들고 정수기를 찾았다.

금방 끝날 것 같던 작업은 의외로 시간을 많이 잡아먹었다.

정문에서 수거한 영상은 정현이 분류 작업을 끝냈으니, 후문에서 수거한 영상만 살펴보면 빠르게 용의자를 특정할 수 있을 거라 생각했다. 그런데 알고 보니 후문 근처 도로에 설치된 CCTV가 한 대 더 있었고, 인근 골목에 주차 중이던 차량 블랙박스 영상까지 같이 비교해서 조사하려니 여덟 개의 눈동자로는 턱없이 부족했다.

정현은 아까부터 눈이 침침해 계속 인상을 썼다. 얼마 남지 않은 인공눈물을 끝까지 눌러 넣고 가만히 눈을 감았다.

"잠깐. 이리로 와 보세요."

갑자기 혁근이 뒤에서 다급하게 부르는 소리에 정신이 번쩍 들었다. 그사이에 잠깐 잠이 든 건지 어깨가 뻐근했다. 정현은 다시 한번 자신을 부르는 혁근의 흥분한 음성에 황급히 걸음을 옮겼다.

"이 차, 보이시죠. 회색 봉고. 72바인지 마인지 잘 안 보이는데 어쨌든 9476. 18일 오후 5시 13분에 정문으로 들어가요. 그리고 여기."

혁근은 보고 있던 영상을 멈추고 정현이 캡처해서 정리해 둔 다음 날의 영상을 화면 가득 띄웠다.

"보여요. 9476? 그다음 날 19일 새벽 4시 39분에 후문으로 나갑니다. 사체 발견 시간 언제였어요?"

"19일 새벽 4시 47분이요. 일부러 수사에 혼선을 주려고 그 전에 미리 학교 안에 잠복하고 있었겠네요. 유기 후 바로 자리를 떴고요."

"뭐 하십니까, 빨리 수배해야죠!"

혁근의 확신에 찬 목소리에 정현은 즉시 전화기를 들었다. 먼저 영상 분석실에 파일을 보내 영상에 찍힌 정확한 차량 번호를 받은 후 곧바로 교통과에 연락해 차량 번호 조회를 부탁했다. 찰나의 순간이 길게 느껴져 시간이 갈수록 초조해졌다. 혁근도 티를 내지 않으려고 했지만 무의식중에 다리를 떨어 슬리퍼가 바닥에 불규칙적으로 부딪혔다.

정현은 핸드폰에서 손을 뗄 수 없었다. 음량을 조금 더 높여야겠다는 생각에 화면을 열어보는 순간 알림 소리가 에어컨 소음을 비집고 사무실을 울렸다.

"왔어요?"

정현은 혁근에게 화면을 보여주며 말했다.

"길산대로 중앙1길 124."

둘은 마치 미리 약속이라도 한 것처럼 동시에 달려 나갔다. 마지막 계단은 거의 세 칸씩 밟고 내려온 것 같았다. 혁근이 운전석에 앉아 시동을 걸자 정현은 창진에게 전화하며 안전벨트를 착용하려고 했다. 그 순간, 혁근이 급하게 액셀을 밟아서 몸이 뒤로 쏠리듯 의자에 붙었다. 정현은 겨우 안전벨트를 채우고 핸드폰을 고쳐 잡아 창진에게 석우를 깨워 데리고 나오라 다급하게 일러두었다.

그동안 혁근과 같이 출동해 본 적이 없어서 그가 이렇게 운전을 잘하는 줄 몰랐었다. 노란불에서 빨간불로 바뀌는 그 찰나의 순간을 포착해 미끄러지듯 도로를 질주했고 용천 토박이답게 차가 들어갈 만한 폭의 지름길도 모조리 꿰고 있어서 정현이 보고 있던 내비게이션의 예측 시간보다 5분이나 더 일찍 도착했다. 길산대로라고 적힌 표지판이 밤바람에 흔들거렸고 혁근은 가만히 경광등을 껐다.

"여기에 주차하고 걸어 올라가죠. 어떻게 할 거예요? 지원 기다려요?"

"아니요. 테이저건 챙겨서 들어갑시다."

정현은 최대한 긴장한 티를 내지 않으려고 했다. 젊은 경찰 지휘관에 대한 편견은 익히 들어 잘 알고 있었다. 그래서 현장에 출동할 때면 언제 어디서든 누구보다 먼저 앞장섰다. 키나 덩치도 다른 형사들에 비해 뒤지지 않았고 그동안 꾸준히 운동하고 훈련한 덕에 나이는 어려도 현장 경험까지 부족한 형사는 아니라는 것을 몸소 증명해 보였다. 정현은 성공의 기억을 마음속으로 되새기며 삼단봉을 들고 있는 오른손에 더 강하게 힘을 주었다.

크게 경사진 대로를 사이에 두고 골목이 즐비했다. 혹시나 실수로 집을 잘못 찾아갈까 염려해 전봇대 근처에 달린 도로명 주소 표지판을 유심히 살펴보며 움직였다.

"왼쪽이 중앙1길 같은데, 여기부터는 같이 보면서 갑시다."

혁근 역시 긴장한 건지 평소와 다르게 정현의 명령을 고분고

분 따라주었다. 습도 높은 여름밤에 예고도 없던 경사진 계단을 오르니 땀이 비 오듯 쏟아졌다. 골목 어귀까지 직접 들어가 일일이 대문에 붙어있는 주소판을 확인하는 게 여간 힘든 일이 아니었다. 세 번째 골목부터는 발에 누가 모래주머니라도 달아둔 것처럼 올라가는 걸음이 축축 처졌다. 뒤따라오던 혁근도 힘에 부치는지 내쉬는 호흡이 갈수록 거칠어져 갔다.

"장 형사님. 여기!"

정현은 그다음 골목으로 들어서다 말고 골목 앞에 붙은 124번이라는 숫자를 발견하고 혁근에게 신호했다. 합성 목재로 크게 대문 두 짝을 달아 만든 집은 그 내부가 잘 보이지 않을 정도로 담을 높이 쌓아뒀다. 정현은 담벼락을 따라 몸을 낮추어 대문으로 접근했다. 혁근이 정현의 옆에 붙어 초인종을 누르겠다고 신호를 보냈다. 정현이 고개를 끄덕이자 혁근은 곧바로 벨을 눌렀다.

정현은 대문 말고 퇴로가 없는지 살피며 인터폰 화면에 자신의 모습이 잡히지 않게 벽에 몸을 더 바짝 밀착했다. 만약 용의자가 도주하려고 담을 넘는다면, 그를 어떻게 제압해야 할지 머릿속으로 예행연습을 했다. 이내 인터폰에서 방금 잠에서 깬 듯한 중년 여성의 목소리가 들려왔다.

"늦은 시간에 정말 죄송합니다. 차 배터리가 방전됐는데 점프 케이블 좀 빌릴 수 있나 해서요."

혁근의 연기가 먹힌 건지 여자가 안에서 누군가를 부르는 음성이 들렸다. 혁근은 정현에게 준비하라 신호하고 대문에서 뒤로 한 발 물러섰다. 얼마 지나지 않아 경쾌한 종소리가 울리며 육중한 대문의 잠금장치가 열렸고 이어서 슬리퍼 끄는 소리가 같이 들렸다. 머리가 거의 벗어져서 한눈에 봐도 나이 들어 보이는 남성이 메리야스 위에 대충 걸친 반팔 셔츠를 여미며 졸린 눈을 비볐다.

"감사합니다. 비상등 켜두고 요 앞에 잠깐 다녀온 건데, 그새 나갔더라고요."

혁근은 위협적인 인물이 아니라는 것을 증명하기 위해 주머니에 찔러둔 손을 남자가 볼 수 있도록 내밀며 너스레를 떨었다.

"차 어디 있어요?"

혁근의 능청스러운 말투에 남자는 의심 없이 대문 밖으로 성큼성큼 걸어 나왔다. 혁근이 뒤로 빠지면서 골목을 막고 신호를 보내자 정현은 기다렸다는 듯이 그의 손목을 뒤에서 강하게 움켜쥐었다. 갑작스러운 습격에 당황한 남자가 발버둥을 치자 혁근이 따라붙어 그의 목을 잡았고 고개가 바닥으로 떨어지게 내리눌렀다.

정현이 준비한 수갑을 채우려 하자 남자의 저항은 거세졌다. 정현이 그의 왼팔을 뒤로 꺾어 올리자 남자는 억 소리를 내며 허리를 굽혔다. 그 틈을 타 혁근이 남자의 오른팔을 제압해 정현에게 넘겨주었다. 남자가 골목이 떠나가라 악을 지르자 열린 문 안에서 여자가 달려 나왔다. 눈앞에서 낯선 남자들이 남편에게 수갑을 채우는 광경이 믿기지 않는지 거세게 항의했다.

"이게 뭐 하는 짓들이에요!"

땀에 젖 정현의 앞머리가 밑으로 축 처져 눈을 찔렀다. 대충 한 움큼 잡아 뒤로 넘기고 부부를 동시에 진정시키려고 먼저 남자를 일으켜 세웠다.

"당신들 뭐야!"

"용천경찰서 강력팀에서 나왔습니다. 권형조 씨 살인 및 사체 유기 혐의로 긴급 체포합니다. 변호사 선임하실 수 있고요. 진술 거부하실 수 있습니다."

"무슨 헛소리야. 내가 뭘 했다고? 증거도 없이 이렇게 사람 막 잡아가도 되는 거야?"

정현은 발버둥 치는 남자의 뒤통수를 자세히 들여다보다 고개를 갸웃거렸다. 때마침 도착한 석우가 황급히 남자를 창진에게 인계하고 사시나무처럼 떨고 있는 여자를 다독이며 진정시켰다. 하나둘 몰려나온 인근 주민들 덕분에 남자의 집 앞에 빽빽하게 인파가 몰렸다. 다들 오밤중에 무슨 난리인가 궁금해하며 수군거렸다. 시선이 집중되자 정현은 빨리 자리를 뜨고 싶었다.

석우에게 최대한 남자의 모습이 보이지 않게 가려달라 부탁하고, 여자에게는 참고인 자격으로 동행을 요청해 지체 없이 경찰서로 향했다.

***

　세현은 냉장고에서 낮에 마시다 남긴 커피를 꺼내 방금 사온 얼음 컵에 옮겨 담았다. 시계를 확인하니 이제 막 시침이 9에 다다랐다. 서늘한 바람이 살짝 열어둔 창문을 타고 불어와서 에어컨 바람과 섞였다. 노트북에서 울리는 팬 소리를 제외하고는 어떤 것도 허락되지 않는 세현의 고요한 공간이었다.

　세현은 손톱깎이를 들어 손톱을 잘랐다. 엊그제 이미 한 번 손을 본 탓에 더 자를 것도 없었지만 손톱을 물어뜯는 버릇을 고치기 위해 여유가 생기면 가장 먼저 하는 일이었다. 고요한 사무실에 에어컨 돌아가는 소리와 청량하게 딸깍거리는 소리가 울리자 이상하게 짜릿한 희열이 느껴졌다.

　세현은 조금 전 소장이 툭 내뱉듯 남기고 간 말을 다시 한번 곱씹어 보았다. 본원에서 법의관을 채용하는 공고를 내놓았는데 서울에서 이동할 사람의 자리를 미리 빼놓고 낸 공고라 이번에 하는 일만 잘 마무리하면 바로 채비를 하라고 했다.

　두 사건을 동일범이라고 특정하는 데에 세현의 역할이 컸다. 특히 첫 번째 사체를 감쌌던 비닐에 붙은 테이프의 쪽지문을 발견한 건 정말이지 범인이 잡히면 언젠가 학습용 자료에 쓰일 정도로 기가 막힌 활약이었다. 세현은 뿌듯한 마음으로 손톱을 깎다 짜증스럽게 인상을 구겼다. 옆에 나뒹굴고 있는 휴지로 대충 손가락을 덮고 주먹을 말아 쥐었다. 손톱을 너무 바짝 깎은 탓에 결국 또 피를 봤다.

세현은 커피를 쭉 들이켜고 발로 의자를 빙글빙글 돌리며 생각에 잠겼다. 이제 슬슬 조균을 찾을 때가 된 것 같은데, 그가 예전에 살던 집은 재개발로 아파트가 들어섰고, 예전에 일하던 직장 역시 아파트 단지 조경으로 작은 숲이 생기면서 자취를 감추었다. 그때, 시끄럽게 울리는 핸드폰 진동 소리에 세현은 발신자부터 확인했다. 액정에 정현의 이름이 뜨자 핸드폰을 빙그르르 돌리며 시간을 끌다 수신 버튼을 눌렀다.

"여보세요."

— 서 과장님! 저 정정현입니다…….

전화기 너머로 웅성거림이 심해 정현이 뭐라고 하는지 제대로 들리지 않았다. 세현은 음량을 키우고 더 큰 목소리로 되물었다.

"여보세요?"

— 용천경찰서 정정현입니다!

"알아요. 왜 전화했어요?"

— 용의자 잡았습니다!

"벌써요?"

세현은 황급히 입을 닫았다. 예기치 못한 소식에 자기도 모르게 불쑥 본심이 튀어나왔다.

— 여보세요? 뭐라고 하셨어요? 죄송한데 지금 여기가 너무 시끄러워서 잘 안 들립니다. 조금만 크게 말씀해 주세요.

다행히 정현은 듣지 못한 건지 바로 되물었다. 세현은 긴장한 손으로 핸드폰을 고쳐 잡고 자리에서 일어섰다. 조균이 자신에게 이래서는 안 된다. 이렇게 갑자기 잡혀서 그의 다 썩어빠진 몸뚱이 하나로 속죄할 생각을 해선 안 됐다. 세현은 자멸하는 조균에 말려들고 싶은 마음이 털끝만큼도 없었다.

"어떻게 찾았어요?"

— 그 목격자 증언이랑 저번에 알려주신 학교 앞 삼거리 CCTV 비교해서 용의자 차량 특정했습니다.

세현은 거칠게 문을 열고 나가 당직 조사관이 있는 사무실 앞에서 손가락을 까닥해 조사관을 밖으로 불러냈다.

— 감사합니다. 서 과장님 덕분에 빨리 찾을 수 있었습니다.

세현은 정현이 하는 말을 건성으로 흘려들으며 조사관에게 메모를 휘갈겨 써놓고 할 일을 챙겨주었다.

"지금 어디세요?"

— 저는 경찰서요. 곧 용의자 조사하러 들어갈 겁니다. 그리고…….

"그리고 뭐요?"

세현은 쓸데없이 뜸을 들이는 정현의 음성에 자신도 모르게 신경질적으로 반응했다.

— 잠시만요.

웅성거리는 소리가 차츰 잦아들더니 정현의 음성이 깔끔하게 들려왔다.

— 2000년 10월에 발생했던 토막 사체 사건 하나를 더 찾았

습니다.

세현은 떨리는 목소리를 들키지 않으려고 어금니에 힘을 주었다. 용의자를 잡고도 과거 토막 사체에 미련을 버리지 않는 그의 집념이 당혹스러웠다. 그동안 그가 예상했던 것보다 더 자기 역할을 톡톡히 해주고 있다고 생각했는데, 이젠 까딱하다간 조균을 없애려고 갈았던 칼에 되레 찔려 죽게 생겼다.

세현은 사무실로 들어가 필요한 서류를 가방에 밀어 넣었다. 평소에도 정리하는 걸 귀찮아해, 책상 위에 아슬아슬하게 쌓여 있던 종이 더미가 바닥으로 무너져 내렸다.

— 전에 찾은 다른 두 사건과 조금 달라서 아직 확신할 순 없지만, 그래도 미제로 처리된 사건이라 최초 발견자 진술 조서 챙겨뒀습니다. 이따 조사할 때 조용히 물어볼 생각입니다.

"과거 사건을 왜 지금 용의자한테 물어보세요?"

세현은 순간 흥분해서 다급하게 추궁하는 말투로 물었다. 정현도 당황한 건지 잠시 침묵하다 대답했다.

— 그게…… 용의자가 나이가 좀 있어 보여서 혹시나 하는 마음에 물어보려고 한 거였습니다.

"나이요? 어느 정도인데요? 과거 사건이랑 시간 계산은 해봤어요? 아니, 일단 그 2000년 미제 사건부터 설명해 봐요."

세현은 핸드폰을 얼굴에서 멀리 떼고 숨을 골랐다. 마구잡이로 질문이 흘러나왔다. 세현은 눈에 보이는 것을 모조리 주머니에 찔러 넣고 밖으로 달려 나갔다.

— 네. 그때 두 사건은 아예 노출해서 유기했잖아요. 근데 이 2000년 사건은 범인이 사체를 완전히 매장했습니다. 유기 방식이 달라져서 긴가민가했는데 그때 제가 말한 통 있잖아요. 1999년 사건에서 발견된 통이요. 이번에는 고무 양동이를 사체 위에 덮어뒀더라고요. 마치 무덤처럼요.

차 문을 열려고 뻗었던 세현의 손이 그대로 굳었다.

— 저기, 서 과장님. 제가 지금 들어가 봐야 할 거 같은데 이따가 다시 연락드려도 될까요? 아직은 조금 더 지켜보겠습니다.

여러 사람의 목소리가 다시 시끄럽게 들렸다. 습관적으로 손톱을 입으로 가져가니 입에서 피 맛이 느껴졌다. 조금 전 바짝 깎다 뜯긴 살점에 피가 멍울멍울 맺혀있었다.

— 여보세요? 서 과장님?

갑자기 시야가 뿌옇게 멀어지더니 주변에서 들리는 소리가 뒤통수를 압박해 머리가 아파져 왔다.

"알겠습니다."

세현은 숨을 토해내듯 답하고 거칠게 차 문을 열었다. 뒤로 끝까지 밀려있는 운전석 의자를 조정하고 들고 있던 핸드폰을 조수석에 내동댕이쳤다. 오랫동안 근무하면서 이렇게 멋대로 근무지를 이탈한 적은 단 한 번도 없었다. 고열에 시달리고, 급성 장염에 배를 부여잡고도 기어이 사무실을 지킨 세현이었다.

세현은 조금 전 정현에게 전해 들은 이야기를 떠올리려 했지만 머릿속이 복잡하게 얽혀 아무것도 기억나지 않았다. 핸들에

얹어둔 손가락을 타고 핏방울이 흘러내렸다. 세현은 휴지를 뽑아 대충 손가락에 둘둘 두르고 용천으로 향했다.

* * *

용의자 체포 소식에 용천경찰서 앞은 늦은 저녁에도 몰려든 사람들로 인산인해를 이뤘다. 세현은 경찰서에서 조금 떨어진 곳에 차를 주차한 채 정현에게 연락했다. 정현의 마지막 말에 홀려 정신없이 용천으로 달려왔지만 막상 와보니 기다리는 것 말고 당장 할 수 있는 게 아무것도 없었다. 익숙지 않은 무력감은 세현을 지치게 했다.

세현은 일단 흥분한 마음을 가라앉히고 지저분하게 들러붙은 피딱지를 물티슈로 닦았다. 찢어진 손톱 주변이 언제 다쳤냐는 듯 금세 말끔해졌다. 세현은 정현과 나눈 대화를 곱씹기 시작했다.

그가 처음 토막 사체에 관한 이야기를 꺼낸 건 얼마 전 발생한 변사체 사건 때문이라고 생각했다. 그런데 용의자가 잡힌 지금 그는 왜 아직도 낡아빠진 미제 사건을 입에 올리는 것일까? 세현은 혹시나 그동안 놓친 정보가 있는지 그와의 첫 만남 때부터 조금 전 한 통화까지 차근히 복기했다.

정현이 토막 사체에 집착하는 게 어쩌면 개인적인 이유와 얽혀있을지도 모른다는 가정이 떠올랐다. 하지만 미리 알아본 정보에 의하면 정현은 유복한 가정에서 곱게 자란 외동아들이었다. 그런 그가 조균의 범죄와 관련될 일이 무어란 말인가.

세현은 또 습관적으로 손을 입으로 가져가려다 희미하게 나는 피 냄새에 짧게 혀를 찼다. 시동을 끄고 밖으로 나가자 더운 기운이 바닥에서부터 스멀스멀 올라왔다. 저 멀리서 번쩍거리는 경광등을 단 경찰차가 좌회전 신호를 받지 않고 그대로 직진해 경찰서를 지나쳐 가는 게 보였다.

세현은 사라진 경찰차를 따라 강가를 오른편에 끼고 걸었다. 큰 도로와 만나는 교차로에 서서 보니 여기서 그리 멀지 않은 곳에 경찰서 뒤편으로 돌아갈 수 있는 골목이 보였다. 얼마 전 정현의 안내를 받고 나왔던 그 문이었다. 세현은 다시 주차해 둔 곳으로 돌아가 차를 끌고 뒷골목으로 향했다.

예상대로 그곳에는 통제된 후문이 있었고 세현은 손 하나가 겨우 보일 정도로만 창문을 열고 경찰에게 신분증을 내보였다. 행정안전부라는 낯선 소속에도 법의관이라고 붙어있는 짤막한 소개 글 때문인지 경찰은 수상한 세현의 태도에도 순순히 문을 열어주었다.

용천경찰서 안까지 들어온 건 이번이 겨우 두 번째였지만, 어색함을 느낄 여유가 없었다. 세현은 망설임 없이 바로 건물 안으로 향했다. 세현은 기억을 더듬어 식당으로 이어진 계단을 따라 빠르게 걸어 올라갔다. 평소에도 운동을 싫어해 2층 이상은 무조건 엘리베이터를 이용하다 보니 고작 한 층을 올랐다는 이유만으로도 숨이 가빠왔다.

　세현은 더 오르기를 포기하고 평소대로 그냥 엘리베이터에 몸을 실었다. 분주해 보이는 밖과는 다르게 경찰서 안은 한적했다. 덕분에 제지 한 번 받지 않고 무사히 강력팀 사무실까지 들어올 수 있었지만, 안은 이미 텅 비어있었다. 세현은 다시 정현에게 전화를 걸며 밖으로 나왔다.

　"서 과장님?"

　매번 답답할 정도로 끝까지 잠그던 정현의 칼라 티셔츠 단추가 오늘은 두 개나 풀어져 있었다. 앞머리도 유독 헝클어져 있었다.

　"여기 어쩐 일이세요?"

　"일 끝나고 시간이 나서 잠깐 들렀어요."

　"피곤하진 않으세요?"

　"오늘은 일도 적었고 차가 안 밀려서 일찍 도착했어요. 듣다만 이야기도 있고 해서 겸사겸사 왔는데 바쁘셨나 봐요? 전화했었어요."

　"아! 죄송합니다. 계속 조사실에 있다가 이제 나왔어요."

　"뭐. 죄송할 것까진 없고요. 그럼 지금 시간 괜찮으시면 하던 얘기 마무리하고 싶은데."

　"근데 아직 조사가 끝난 게 아니라서 제가 오래 자리를 비울 수 없을 것 같습니다."

　기다리라고 하던가. 세현은 입을 닫고 속으로 불만스럽게 되

뇌었다. 내일 알려주겠다고 말하는 게 그렇게 어려운 일도 아
닌데, 멀뚱멀뚱하게 서서 허공을 응시하는 정현을 보고 있으니
그가 무언가를 숨기고 있다는 의심이 점차 확신으로 바뀌었다.
정현은 갑자기 말이 없어진 세현을 의아하다는 표정으로 바라
보았다.

"그럼 좀 기다리죠."

결국, 세현 쪽에서 먼저 아쉬운 소리를 했지만 정현은 그마저
도 곤란하다는 표정을 지었다.

"아니면 용의자만 잠깐 보고 가도 되나요?"

세현은 정현의 입에서 거절 의사가 떨어지기 전에 빠르게 제
안했다.

"시간 많이 안 뺏을게요. 잠깐이면 됩니다."

정현은 여전히 고민된다는 얼굴로 흐트러진 머리를 손봤다.
지금 그가 무슨 생각을 하고 있는지 얼굴에 훤히 다 비쳤다. 애
초에 숨길 마음이 없는 건지 아니면 알아들었으면 그만 가달라
는 완곡한 비언어적 표현인지 감이 잡히지 않았다. 예의 바르고
진중해 보이던 정현의 평소 모습이 오늘따라 벽을 세우는 것처
럼 느껴졌다.

"용의자가 입을 열지 않아서 잠시 쉬는 중이라 따로 이야기를
나누긴 어렵습니다."

"그럼 밖에서 얼굴만 보고 갈게요."

정현은 오늘따라 끈질기게 부탁하는 세현이 낯설게 느껴졌

는지 무의식적으로 세현과 거리를 두었다. 그러나 세현은 경찰서 안에서만큼은 피의자보다 더 유약한 존재라 정현이 흘리는 한 톨의 친절이라도 간절했다. 한참을 고민하던 정현은 어쩔 수 없다는 듯이 길을 터줬다.

"알겠습니다. 그럼 이쪽으로."

세현은 정현의 뒤를 따라 걸으며 그의 뒷모습을 괘씸하다는 듯이 노려보았다. 손가락이 근질거려서 또 습관적으로 손톱을 뜯었다. 창문 밖으로 보이는 시커먼 여름 하늘은 고요했고, 형광등에 부딪혀 죽어가는 벌레 소리가 부산스럽게 복도를 울렸다. 세현은 조사실 팻말이 보이자 밑에서부터 요동치는 이유 모를 긴장감 때문에 당장이라도 기절할 것만 같았다. 정현이 열어준 문 사이로 몸을 비집고 들어가 용의자의 얼굴을 확인하자 바로 다리에 힘이 풀렸다.

"과장님! 괜찮으세요?"

세현은 정현의 다급한 물음에 벽을 짚고 일어났다. 언제부터 쥐고 있었는지 움켜쥔 주먹이 벌겋게 부어오르고 있었다. 세현은 불쌍하게 꽉 졸려있는 주먹을 풀어주었다. 순식간에 피가 돌아 팔이 저렸다.

"다친 데는 없어요?"

세현은 아래를 보고 있어서 정현이 무슨 표정을 짓고 있는지 알 수 없었지만, 세현을 꽤 걱정하는 말투였다.

"사건 기록 좀 보고 갈게요."

"네? 무슨 사건이요?"

"전화할 때 말한 토막 사체 사건이요."

정현은 곧바로 주변을 경계했다. 복도에 아무도 없다는 걸 확인하고 나서 세현을 강력팀 사무실 안으로 이끌었다. 그는 무언가에 쫓기는 사람처럼 초조해 보였다. 정현은 세현에게 다가가 속삭이듯 말했다.

"과거 사건 이야기는 최대한 밖에서 안 하시는 게 좋을 것 같아요."

"무슨 문제 있어요?"

"문제라기보다는……."

도망가듯 얼굴을 피하는 정현을 지켜보던 세현의 얼굴 위로 희미한 빛이 타올랐다. 그가 과거 토막 사체 사건에 예민하게 반응하는 이유를 캐낼 방법이 샘솟기 시작했다.

세현이 먼저 불쾌하다는 듯 인상을 썼다. 그 모습에 당황한 정현이 두어 발짝 뒤로 물러섰다. 정현의 눈동자가 세현의 얼굴 곳곳을 훑고 지나갔다. 그 안에는 요동치는 불안감이 억눌려 있었다.

"어차피 여기 사람들도 다 아는 사건인데 왜 이렇게까지 숨기세요?"

"이게 그……. 지금 중요하게 다루고 있는 사건이 있으니까. 다른 곳에 신경 쓰는 모습을 보이는 게 팀장으로서 옳지 못한 행동이라고 판단했습니다."

"정말 그것뿐이에요?"

세현이 단호하게 정현의 변명을 끊어냈다. 정현은 세현의 큰 목소리가 신경 쓰이는지 강력팀 사무실 문 쪽으로 자꾸 고개가 돌아갔다.

"형사님이 그 사건 해결하고 싶다고 먼저 저한테 도움 요청한 거잖아요."

"제가요? 그 미제 사건을요? 그게 아니고 저는 그냥……. 과거 사건을 살펴보면 도움이 될 것 같아서 했던 말입니다. 어쩌면 그날 그 남자가……."

정현은 황급히 입을 막았다. 사소한 말실수를 한 사람치고는 반응이 과했다. 그는 마치 엄청난 비밀을 들킨 사람처럼 숨소리 한 번 내지 않았다.

"그 남자가 누군데요?"

이제 보니 정현은 겁에 질려있었다. 그리고 어찌할 바를 모르는 저 모습은 누군가의 도움이 절실히 필요해 보였다. 세현은 멀어진 거리를 순식간에 좁히며 달콤한 목소리로 정현에게 속삭였다.

"저는 법의관이에요. 하루의 전부를 죽은 사람 목소리 듣는 데 씁니다. 그러니까 산 사람 이야기 들어주는 건 일도 아니라고요."

정현은 자신을 올려다보는 세현의 눈을 피해 뒷걸음질 치다 의자에 쓰러지듯 기대앉았다. 그동안 참았던 숨을 한꺼번에 내쉬며 두 손으로 얼굴을 감쌌다. 손가락 사이로 보이는 정현의 눈이 책상 위에 지저분하게 펼쳐져 있는 다 식어 불어 터진 떡볶이에 머물렀다.

"떡볶이 냄새를 맡으면 가끔 구역질이 나요."

정현은 말을 하다 말고 플라스틱 뚜껑을 덮어 냄새를 차단했다. 그것도 모자라 비닐 안에 넣고 입구를 꽉 졸라맸다.

"그때 그 사람을 만나지 말았어야 했어요……."

세현은 자신이 지을 수 있는 가장 온화해 보이는 표정을 유지하면서도 시작부터 지루한 고해성사에 심드렁하게 짝다리를 짚었다.

"그 사람이 아까 말한 그 남자예요?"

"아니요. 제 누나요."

세현이 알아본 바에 의하면 정현은 분명 외동이었다. 판사 부모의 애정을 독차지하며 자란 그에게 숨겨진 누나가 있었다니. 이런 경우는 대부분 부모 중 한쪽의 부정한 관계일 가능성이 커 꽤 흥미로운 가십거리로 들렸다.

"아니, 누나였을지도 모르는 분이요."

그래서 그다음은. 세현은 하마터면 입 밖으로 튀어나올 뻔한 말을 겨우 누르며 삼켰다. 자꾸만 대화 사이에 쓸데없는 침묵을 끼워 넣는 정현의 화법에 인내심을 잃기 직전이었다. 정현은 결심이 선 건지 비장하게 자리에서 일어났다. 키가 큰 탓에 조명을 등지고 선 그의 얼굴 위로 그림자가 드리워졌다.

"21년 전, 토막 사체 사건의 범인을 만난 적 있습니다."

왼쪽 귀에서 시작된 이명이 뇌를 뚫을 것처럼 강하게 질주했다. 정현이 조균을 알고 있다. 21년 전이라면 도대체 어디서? 그렇다면 정현은 숨겨진 목격자가 되는 것인가? 너울져 밀려오는 물음에 땅이 넘실거리는 것처럼 어지러웠다. 의사는 스트레스 받을 요인은 줄이라고 충고했지만, 이런 식으로 예상하지 못한 일이 하나라도 더 터진다면 당장이라도 스트레스로 객사할 것만 같았다.

마주친 정현의 눈은 여전히 갈등에 휩싸여 갈 곳을 잃었지만, 머리보다 솔직한 몸이 더 빠르게 움직였다. 그는 세현에게 깔끔하게 정리된 파일집을 건네며 대뜸 사과했다.

"죄송합니다. 서 과장님한테 부담 주려고 하는 말은 아닙니다. 형사로서 이런 말 하는 거 면목 없지만 용의자를 특정할 수 있었던 것도 다 서 과장님 덕분이라고 생각하고 있습니다. 저 혼자서는 힘들었을 겁니다."

파일집을 받아 들자 묵직한 무게가 느껴졌다. 정현의 꼼꼼한 성격을 대변하듯 종이 사이사이로 포스트잇이 깔끔하게 붙어있었다. 얼떨결에 자료를 건네받은 세현은 고개를 까닥해 고맙다는 시늉을 했다.

"그래서 부탁드리고 싶은 게 있습니다. 이번 사건 해결되면 과거 미제 사건을 다시 조사할 계획이에요. 그때 과장님께 도움을 받고 싶습니다."

세현은 애매하게 고개를 갸웃거리며 대답을 유보했다. 때마침 뒷주머니에서 진동이 울리더니 정현은 빠르게 전화를 받았다. 세현은 복잡해진 머리가 터져버리기 전에 자리를 뜨고 싶었다. 정현이 전화 받는 틈을 타 그의 어깨를 스치듯 지나쳐 밖으로 나와 엘리베이터에 올라탔다. 순간 닫히는 문 사이로 손 하나가 불쑥 들어오더니 엘리베이터 문을 열어젖혔다.

"저기 이 말 못 드린 것 같아서……. 오늘 감사했습니다."

뒤따라 나오던 정현이 숨을 고르며 말했다. 그는 최대한 밝게 웃으려 애를 쓰고 있었다. 정현의 웃는 입매를 보고 있으니 세현은 궁지에 몰린 기분이 들었다. 그를 따라 웃으면서도 손으로는 연신 닫힘 버튼을 눌렀다. 엘리베이터 문이 닫히기 전까지 정현은 계속 손을 흔들어주었다. 세현은 문이 닫히자마자 표정을 바꾸고 파일집을 가방에 쑤셔 넣었다. 엘리베이터에서 내려서 걷는데 걸음이 자꾸 빨라져서 이러다 제 발에 걸려 넘어지는 건 아닌지 걱정이 됐다. 그렇다고 속도를 늦출 마음은 없었다.

세현은 차 안으로 몸을 숨겼다. 그러고는 가쁜 숨을 몰아쉬었다. 앞으로도 계속 이런 식으로 뛰어다닐 거면 어제 헬스 회원권을 연장하지 말았어야 했다. 후문으로 나가자 조금 전 세현의 신분증을 확인했던 경찰이 공손한 경례로 인사를 대신했다.

하도 다녀서 익숙해진 도로를 따라 핸들을 돌리자 이가 빠진 불고깃집 간판이 희미하게 빛나는 게 보였다. 세현은 차 문이 제대로 잠겼는지 다시 한번 확인하고 건네받은 파일집을 열었다.

친구들과 함께 가을 캠핑을 갔던 피해자는 강가 옆 풀숲에 묻혔다. 첫 장을 채 다 보지 못했는데 자꾸만 눈앞이 아득해져서 세현은 종이에 적힌 글자를 손가락으로 하나씩 짚어가며 읽었다.

갑자기 턱을 괴고 있던 왼손에서 지저분한 피 냄새가 올라오는 것 같았다. 그때가 10월이었던가. 그래서 해가 저물고 나서 그렇게 손이 시렸나. 세현은 뒷장을 넘기다 말고 멈칫한 채 종이를 잡은 손가락에 시선을 고정했다.

장갑에 묻은 피를 흐르는 강가에 헹궜더니, 헐렁하던 장갑이 들러붙어 앙상한 손가락이 드러나던 순간이 생각났다. 힘없이 넘어간 다음 장을 눈으로 빠르게 훑던 세현은 무릎 위에 올려둔 파일집 속으로 다시 종이를 밀어 넣었다.

매끈한 플라스틱 덮개 속에 차갑게 식은 종이가 만져졌다. 몇 장의 에이포 종이 묶음이 무릎을 으스러트리는 쇳덩이로 변해 세현을 내리눌렀다. 죄의 무게다.

사진 속 땅 위에 불쑥 솟아오른 고무 양동이는 무덤처럼 사체를 덮고 있었다. 그다음 장에 적힌 내용은 굳이 더 볼 필요가 없었다. 아무리 오래전에 일어난 일이라 해도 직접 묻은 사체를 다시 기억해 내는 건 세현에게 그다지 어려운 일이 아니었다.

* * *

"정정현?"

정현은 가만히 고개를 숙였다. 공손하게 맞잡은 두 손이 미세하게 떨려왔다.

"당신 이름 정정현 맞지?"

남자가 정현의 목에 걸려있는 신분증을 만지는 척하면서 거칠게 잡아당기자 무게중심을 잃고 몸이 앞으로 쏟아졌다.

"이름을 정확히 알고 있어야 내가 신고를 제대로 하지. 어? 안 그래? 안 그러냐고."

그는 조금 전까지 그렇게 난동을 피우고도 아직 화가 풀리지 않은 건지 몇 분 동안 정현의 멱살을 붙잡고 놔주질 않았다. 그 덕분에 정현이 입고 있던 반팔 셔츠의 단추가 두 개나 바닥으로 떨어져 행방을 찾을 수 없게 되었다.

"진정하세요."

보다 못한 석우가 남자의 팔을 제지하자 그는 기다렸다는 듯이 악을 쓰며 석우에게 삿대질했다. 지치지도 않는 그의 목청에 귀가 아파 인상을 찌푸리고 싶었지만, 절대 겉으로 티를 내서는 안 됐다. 그가 소리를 지르면 지르는 대로, 짜증을 내면 내는 대로 걷어차인 쓰레기통처럼 가만히 벽에 붙어있을 수밖에 없었다.

용의자라고 특정해 체포한 그는 용천에서 꽤 유명한 문화 재단을 운영하고 있던 동네 유지였다. 풍물놀이 사업을 담당하고 있어 여러 대의 트럭과 승합차를 보유하고 있었고, 그날 새벽에 차를 운전했던 자는 다름 아닌 그의 아들이었다.

아버지의 가업을 물려받아 학교에서 동아리 회장을 맡고 있던 아들은 전날 차를 주차해 두고 새벽 일찍부터 부원들과 국악기를 싣고 근교 농촌 마을로 자원봉사를 나갔다고 진술했다. 아들과 부원들은 자진해서 참고인 진술서를 작성했고, 한 학생은 그날 새벽부터 저녁까지 찍어둔 여행 동영상을 증거 자료로 제출하는 등 다들 남자의 억울한 누명을 벗겨내겠다고 열심이었다.

시간이 지날수록 그의 무고함을 밝혀주는 증거가 쌓였고, 마지막으로 그의 알리바이가 확보된 통화 내용이 담긴 차량용 블랙박스로 상황은 종료되었다. 정현은 결국 그를 풀어줬지만, 남자의 분노는 사그라들 줄 몰랐고 그를 진정시키기 위해 한 모든 말은 상황을 더욱 악화시키기만 했다. 빠르게 다가오던 남자의 두꺼운 손이 정현의 얼굴 앞에서 우뚝 멈췄다. 정현은 갑자기 날아온 손에 자기도 모르게 눈을 질끈 감았다.

"나는 지금 당장 당신 뺨이라도 후려갈기고 공무 집행 방해로 들어가도 아쉬울 거 하나 없는 사람이야. 알아? 어디 경찰이라는 놈들이 말이야. 일을 이딴 식으로 하나? 세금 똑바로 내면서 사는 선량한 시민을 범죄자로 몰아?"

"죄송합니다."

벌써 몇 번째 사과인지 기억나지 않았지만, 그의 화가 풀리기만 한다면 날이 새도록 해도 괜찮았다. 남자는 그 후로도 몇 번이고 정현을 괴롭히다가 그래도 분이 풀리지 않았는지 책상에 정리해 둔 자료들을 모조리 바닥에 떨어트리고 사무실까지 한 바탕 뒤집고 나서야 경찰서를 떠났다.

내일 아침까지는 언론사와 접촉을 자제해 달라 신신당부하며 후문으로 안내했지만, 그는 정문에서 웅성거리는 취재진을 보고 기다렸다는 듯이 달려들었다. 기자가 건네주는 마이크를 두 손 가득 안아 들고 이미 쉴 대로 쉰 목으로 경찰서 정문에서 대놓고 경찰 조직을 까댔다.

평소 그렇게 무심한 혁근마저도 플래시 세례에 놀라 부랴부랴 커튼을 달 정도였다. 정현은 지저분해진 사무실 바닥에 쪼그려 앉아 떨어진 종이를 하나씩 줍기 시작했다.

"브리핑은 팀장님이 하세요."

혁근이 무심하게 툭 던지듯 말했다. 정현은 양손 가득 자료를 든 채 멋쩍은 듯이 일어났다.

"원래 서장님이 하시기로 예정된 거 아닙니까?"

"지금 상황을 이 지경까지 만든 사람이 누군데 책임 떠넘기려고요?"

혁근이 싸늘한 시선으로 정현을 노려보더니 손에 들고 있던 자료를 가로채 갔다. 혁근은 더 할 말 없다는 식으로 매몰차게 등을 돌려 자기 자리로 돌아갔다. 정현은 초조한 얼굴로 멀어지는 혁근을 멈춰 세웠다.

"저기, 장 형사님……."

"그냥 좀 가세요. 네? 내일 와서 마음대로 CCTV 돌려 보시든지 현장 가서 수사하고 범인 잡든지 알아서 하세요. 근데 양심적으로 오늘만큼은 팀장님이 정리해야 하는 거 아닙니까?"

혁근의 눈빛에는 질린다는 기색이 가득했다. 그는 정현과 같은 공간에 있는 것도 싫은지 자료를 책상에 패대기치더니 문을 박차고 나갔다. 정현은 사무실 중앙에 덩그러니 남아 활짝 열린 문을 바라보았다. 옆에서 가만히 지켜보던 석우도 아무 말 없이 자리로 돌아가 앉았다. 의자 바퀴가 바닥을 시끄럽게 긁으며 내는 소리만 사무실을 울렸다.

* * *

정현은 벽에 등을 대고 앉아 멍하니 회의실 문을 응시했다. 단추가 떨어져 휑하게 드러난 목으로 바람이 들어와 그제야 옷을 정돈했다. 그러다 누군가 옆에 앉으며 내는 인기척에 고개를 돌렸다.

"이거 입어요."

"서 과장님?"

갑작스러운 세현의 등장에 정현은 옷매무새를 다듬던 손을 멈췄다. 폼이 큰 검정 바람막이를 든 세현이 의아하다는 표정으로 주변을 살피며 물었다.

"다른 사람들은요?"

"아……. 이따 브리핑 시작할 때 온다고 하셨습니다."

"설마 혼자 올라가는 건 아니죠?"

"그런 거 아닙니다. 근데 여긴 다시 어쩐 일이세요?"

세현은 손가락으로 지저분하게 칼라가 늘어진 정현의 목 언저리와 바람막이를 번갈아 가리키며 말했다.

"겸사겸사 자료도 돌려주려고요."

"벌써 다 보셨어요?"

"그 사람 용의자 아니었다면서요. 괜히 형사님한테 불똥 튈까 봐 걱정돼서 그냥 바로 가져왔어요."

세현이 바닥 부분이 묵직하게 가라앉은 면 가방을 겉옷과 함께 정현의 손에 들려주었다.

"······감사합니다."

정현은 고맙다는 인사를 끝으로 입을 닫았다. 조금 전 과거 미제 사건을 조사하겠다며 패기 넘치게 눈을 반짝이던 그는 어디로 가고, 웃음기가 쫙 빠진 입가는 미동조차 없었다.

"굳이 형사님이 브리핑 나서지 않아도 돼요."

세현은 종이만 만지작거리는 정현에게 나지막하게 말했다.

"정 형사님? 이제 들어가셔야 할 것 같습니다."

회의실 문이 열리더니 한눈에 봐도 앳되어 보이는 경찰 정복을 입은 여자가 고개를 빼꼼 내밀며 말했다.

"아니요, 이건 제가 가야 해요. 또 후회하기 싫습니다."

정현은 덤덤한 목소리로 중얼거리며 회의실 앞으로 걸어갔다. 세현이 준 옷을 입고 지퍼를 여미니 그녀가 즐겨 뿌리는 시원한 향수 냄새가 났다. 정현은 왜인지 뒤를 돌아보고 싶어졌지만, 마음의 준비도 없이 문이 열렸고 찰칵거리는 셔터 소리가 정현의 귀를 괴롭혔다. 경찰서에서 가장 큰 에어컨을 두 대나 돌리고 있는데도 조명 때문인지 긴장감 때문인지 등에서 식은땀이 났다. 정현은 최대한 다른 곳으로 시선을 돌리지 않으려고 노력했다. 마음속으로 100번은 더 연습했던 대로 단상에 올라 마이크를 고쳐 잡고 바로 브리핑을 진행했다.

"안녕하십니까. 용천경찰서 강력팀 팀장 정정현 경위입니다. 먼저 사건의 피해자와 유족분들께 심심한 애도의 말씀을 드리며 지금부터 수사 진행 상황을 말씀드리겠습니다."

정현이 호흡을 가다듬을 때마다 카메라 셔터 소리가 더 거세졌다. 이미 몇 번이고 읽어서 다 외우고 있는 내용인데도 도저히 앞을 볼 용기가 나지 않아 그냥 그대로 고개를 숙인 채 다음 말을 이었다.

"먼저 국과수 감정 결과입니다. 현재까지 현장 증거물과 피해자의 소지품에서 DNA 증거를 발견해 조사 중에 있습니다. 다음은 향후 수사 계획입니다. 경찰은 7월 17일과 7월 19일에 발견된 두 건의 변사체에서 발견된 동일한 DNA 증거를 토대로 동일범의 소행이라 확정 지었습니다. 그래서 용천경찰서 강력팀을 수사본부로 하고 경기 남부 경찰청 광역수사대와 외부 전문가와 협조해 수사를 진행할 계획입니다. 또한, 앞으로도 국과수에 DNA 추가 감정을 지속적으로 요청할 것이며 주변 CCTV 조사와 추가 목격자 진술을 통해 보다 철저히 수사할 예정입니다. 다시 한번 피해자와 유족분들께 애도의 말씀 드리고, 오늘 강압적인 수사로 정신적 충격을 안겨드린 다른 피해자분께도 진심으로 사죄의 말씀을 드리며 브리핑 마치겠습니다."

정현은 한 발 옆으로 나와 깊게 허리를 숙여 인사했다. 그의 숙여진 고개로 기다렸다는 듯이 플래시 세례가 쏟아졌다. 이렇게 볼품없고 형식적인 말을 듣기 위해 많은 사람이 모였다는 현실이 암담하기만 했다. 사실 정현이 조금 전 기계처럼 읊었던 말보다 실제 수사 진행 상황은 더 형편없었다.

오늘 용의자를 특정하기 전까지만 해도 정현이 한 일이라고는 현장 조사를 나가고 다시 돌아와 증거품 목록을 살펴보고 새로운 목격자를 찾아본 다음 서장에게 보고한 게 다였다. 이 브리핑은 용의자 특정 후 신이 난 서장이 섣부르게 낸 아이디어였지만, 결국 실질적으로 책임은 정현이 떠맡게 되었다.

"DNA 증거를 발견했다면서 왜 제대로 된 용의자를 특정하지 못한 거죠?"

먼 거리에서 내지르는 강한 목소리가 회의실 전체를 울렸다. 분명 질의응답은 하지 않기로 사전에 협의가 끝난 브리핑이었다. 정현은 당황한 얼굴로 옆에 서있는 순경에게 눈짓했다. 순경은 자기도 모르는 일이라며 난처한 기색을 표했다. 정현이 다시 손으로 마이크의 높이를 조절하자 쨍한 소리가 스피커를 울렸다. 어쩔 수 없이 몸을 낮춰 생각나는 대로 더듬거리며 답변했다.

"DNA 증거라는 게 완전한······. 아니. 그것만 믿고 수사를 진행할 수 없습니다."

"혹시 다른 추가 범죄는 없었나요?"

"정확히 어떤 종류의 증거가 발견됐나요?"

쉴 새 없이 깜박이는 카메라 플래시와 사방에서 외쳐대는 기자들의 질문 공세에 정현의 정신은 점점 혼미해져 갔다.

"지문입니다."

갑자기 세현이 마이크를 낚아채 옆으로 가져가자 아까 전보다 더 듣기 싫은 소리가 스피커를 긁고 지나갔다. 세현은 아랑곳하지 않고 계속 말을 이었다.

"언론에서 추가 피해에 대한 억측은 하지 않는 게 앞으로의 수사와 피해자 보호에 도움이 됩니다."

세현은 당황해하는 정현에게 뒤로 물러서라고 손짓하며 다시 마이크를 고쳐 잡고 단상에 섰다.

"서울과학수사연구소 법의조사과 과장 서세현입니다. 용천시에서 발견된 두 건의 변사체를 부검한 법의관입니다. 국과수와 관련된 질문은 이제부터 제가 받도록 하겠습니다."

"아까 지문이 발견됐다고 하셨는데 일치하는 대상자는 아직 없습니까?"

"지문이 발견됐다고 해서 모든 사건이 순조롭게 해결되지는 않습니다. 특히 이번 사건의 변사체는 외부에 오랜 시간 방치되어, 비가 오는 등 기후의 영향을 상당 부분 받았기 때문에 오염의 가능성을 고려해 조사하고 있습니다."

들어오는 질문마다 미리 준비한 것처럼 깔끔하게 대처하는 세현의 모습에 회의실의 웅성거림은 차츰 잦아들었고 간간이 찰칵거리는 카메라 소리만 남아 차분한 분위기를 유지했다.

"혹시 재단사라는 명칭 들어보셨습니까?"

세현은 대답하려다 말고 순간 멈칫했다.

"재단사요?"

세현은 어이없다는 듯이 웃었다. 그 순간을 기다리고 있었다는 듯이 다른 기자가 빠르게 추가 질문을 했다.

"사체에서 실이 나온 이유는 밝혀졌습니까?"

"혹시 의료계에 종사하는 사람이 용의자일 가능성은 없나요?"

"첫 번째 피해자는 대학 졸업을 앞둔 성실한 학생이었습니다."

질문을 막는 세현의 서늘한 음성에 회의실 안은 셔터 소리마저 들리지 않을 정도로 고요해졌다.

"제가 아까 담당 부검의라고 말씀드렸었죠. 이번 사건은 그동안 했던 부검 중 가장 심적으로 힘들었습니다. 그러니까 그런 말 함부로 쓰지 마세요. 의료계니 뭐니 억측도 하지 마시고요. 정말 피해자를 위한다면 자극적인 단어 사용해서 범행에 의미 부여하는 행동부터 자제해 주시기 바랍니다."

세현의 엄포를 끝으로 둑이 터지듯 웅성거리는 소리가 점차 커졌다. 순식간에 시끄럽게 뻗쳐가는 목소리와 질문 세례들이 아우러져 회의실은 난장판으로 변했다. 말을 마친 세현은 기분이 상한 듯 인상을 구기며 단상에서 내려와 회의실 밖으로 나갔다. 정현은 세현의 뒤를 따라가려다가 다시 기자들의 질문 세례에 발이 묶였다.

"혹시 공범 가능성은 없나요?"

"그건…… 아직 확인된 바가 없습니다."

"목격자는 있어요?"

"지금 상황으로 봐서는……."

누군가 정현을 당기는 힘에 고개를 돌리니 순경이 이제 그만하라는 식으로 손사래를 치며 정현을 끌어당겼다.

"앞으로의 수사 상황은 용천경찰서 강력팀을 통해 자세히 알려드리도록 하겠습니다."

정현은 빠르게 단상을 뛰어 내려와 밖으로 나왔다. 혹시 말실수한 게 없는지 조금 전 상황을 머릿속으로 되감아 봤지만, 꼬리를 무는 소음에 정신이 하나도 없었다.

"형사님!"

자신의 팔을 잡아끄는 악력에 정현은 깜짝 놀라 소리를 질렀다.

"고생 많으셨어요."

브리핑 안내를 맡은 순경이 고개를 꾸벅 숙이고 정현에게 인사를 건넸다.

"아닙니다. 저 근데 국과수에서 오신 서세현 과장님이라고 방금 같이 브리핑했던 분 못 보셨어요?"

"아, 그분요? 밑으로 내려가신 것 같던데."

순경이 엘리베이터를 가리키자 정현은 고맙다며 고개를 꾸벅 숙이고 계단을 향해 빠르게 달렸다. 중간에 분위기가 과열돼 엉망으로 끝날 뻔한 브리핑을 세현의 순발력 덕분에 무사히 마칠 수 있었다. 정현은 로비 주변을 둘러보다 별 수확 없이 곧바로 후문으로 통하는 지하로 향했다. 다행히 후문에서 얼마 벗어나지 않은 곳에서 유유히 걸어가고 있는 세현의 뒷모습을 발견할 수 있었다.

"저기, 서 과장님! 잠시만요!"

세현을 앞지른 정현은 말을 하다 말고 잠시 멈춰서 숨을 골랐다.

"감사하다고요?"

"네? 네, 맞아요. 감사합니다. 과장님 덕분에 무사히 브리핑 끝냈습니다. 그리고 옷은 다음에 세탁해서 드릴게요."

"제가 괜히 끼어든 건 아니죠?"

"아닙니다. 진짜 잘 끊어주셨어요. 만약 무슨 일이 생겨도 과장님이 했던 말 제가 다 책임지겠습니다."

세현은 여전히 헐떡거리며 숨을 고르는 정현의 모습에 코웃음을 쳤다.

"브리핑 대본 하나도 제대로 못 외우는 사람이 무슨 책임을 져요?"

"그거는…… 브리핑이 갑작스럽게 잡히다 보니까 제가 너무 긴장해서…….'"

정현은 말을 더듬어가면서 열심히 변명했지만, 세현은 귀찮다는 듯 고개를 저었다.

"알았어요. 들어가세요."

말을 마친 세현이 미련 없이 등을 돌리자 정현은 황급히 그녀를 뒤에서 붙잡았다.

"아! 근데 피해자 인적 사항이요. 어떻게 알고 계셨습니까?"

"뭐가요?"

"브리핑 때 이야기한 그 졸업 이야기요."

"예전에 원룸에서 알려줬잖아요."

정현은 세현의 예상치 못한 대답에 어리둥절했다. 요즘 아무리 정신없이 살았다고 해도 피해자 인적 사항에 대한 정보를 흘릴 만큼 미숙하진 않았다.

"아, 아니다. 아까 올라오는 길에 경찰서 엘리베이터 안에서 들었어요."

세현의 반응이 너무 담백해서 정현은 더 추궁하려다 말고 입을 닫을 수밖에 없었다. 예전부터 생각했지만, 세현은 신기하게도 사건에 관해 모르는 게 없었다. 까놓고 말하면 강력팀 팀원들보다 더 자세히 알고 있는 것 같았다.

"모셔다드릴까요?"

정현은 별안간 붕 떠버린 분위기를 풀어보려고 다시 말을 붙였다. 하지만 세현은 더 나오지 말라며 선을 그었다.

세현은 그동안 누구에게도 말하지 못했던 비밀을 털어놓은 유일한 사람인데, 정현은 아직도 세현을 대하는 게 어렵기만 했다. 그러나 누가 뭐래도 지금 정현이 기댈 수 있는 사람은 세현뿐이었다. 정현은 멀어져 가는 세현의 뒷모습을 향해 하염없이 손을 흔들었다. 그녀가 절대 돌아보지 않는다는 것을 알면서 말이다.

7월 21일

세현은 코를 막고 계속 앞으로 걸었다. 어디선가 풍겨오는 비린내에 저절로 인상이 써졌다. 밤사이에 비가 왔던 건지 발이 푹푹 빠지면서 신발 밑창이 진흙으로 엉망이 되었다.

발걸음을 재촉하던 세현은 순간 균형을 잃고 엉덩방아를 찧었다. 질척한 느낌이 바지 전체에 퍼져 안 그래도 축 처진 기분이 더 불쾌해졌다. 세현은 그대로 바닥을 짚고 일어서다 손에 닿는 이물감에 시선이 자연스럽게 아래로 내려갔다.

손잡이가 달린 큼직한 파란색 양동이가 있었다. 비린내의 정체가 이 양동이였는지 가까이 다가갈수록 냄새가 심해졌다. 자세히 확인하려고 고개를 숙이니 시큼한 냄새가 퍼져 나와 코를 괴롭혔다.

세현이 다시 일어서려는데 부릅뜬 눈동자와 눈이 마주쳤다.

진흙에 고여있는 웅덩이도 물이라고 받아 마시려는 아가미가 들쑥날쑥 요란하게 움직였다. 세현은 호기심에 양동이로 손을 가져가 그 안에 든 것을 한 움큼 폈다. 여전히 생명이 붙어있는 것처럼 펄떡거리며 움직이는 생선의 머리가 세현의 손바닥 위에서 춤을 추고 있었다.

부스럭거리는 소리에 옆을 바라보자 마치 종이접기를 한 것처럼 뒤로 꺾인 채 접힌 양팔이 보였다. 세현은 자신을 향해 미소 짓는 남자를 뚫어지게 쳐다보았다. 갑자기 얼굴로 미지근한 피가 튀었다. 눈가에 닿은 찝찝한 감촉을 지우려 손을 들자 언제 묻었는지 손바닥은 이미 피로 범벅되어 있었다.

갑자기 어디선가 들려오는 귀를 찢는 음성에 놀라 세현은 들고 있던 것을 전부 바닥에 떨어트렸다. 세현이 물고기를 다시 양동이에 주워 담으려고 바닥을 더듬거리자 낯선 이의 손길이 느껴졌다.

바싹 마른 나무껍질 같은 손바닥, 비닐처럼 늘어진 정강이, 괴수의 이빨처럼 벌어진 갈비뼈. 세현은 벗어나고 싶었지만, 발이 말을 듣지 않았다. 갑자기 머리로 강한 통증이 느껴지며 눈이 번쩍 떠졌다.

세현은 시간을 확인하려 핸드폰을 꺼내다 왼쪽 어깨를 강타한 찌릿한 통증에 팔을 움켜잡았다. 시야가 어둑해서 고개를 들어보니 뒤집어쓴 옷이 머리 위에서 툭 하고 흘러내렸다. 어제저녁에는 아직 정도 못 붙인 넓은 집에 혼자 있고 싶지 않았다. 경찰서 근처에 차를 주차하고 자동차 유리에 기대어 깜박 잠이 든 모양이었다. 이상한 꿈에 시달려 자기 전보다 더 피로감이 몰려왔다.

세현은 잘못 잤는지 뭉친 어깨를 주무른 후 핸드폰 뉴스홈으로 들어갔다. 역시나 예상했던 대로 브리핑 이야기로 종일 소란이었다. 조용한 도시에서 일어난 강력 범죄라 용천시에서 발견된 변사체로 기사가 범벅되는 데 24시간도 채 걸리지 않았다. 간간이 세현의 사진과 함께 그녀가 했던 말을 헤드라인으로 쓴 기사도 보였다. 충혈된 눈이 보기 안쓰러웠지만, 처연한 느낌을 더해주니 만족하기로 했다.

재단사라는 단어는 누구 머리에서 나온 건지 참 기가 막힌 아이디어였다. 하기야 봉합을 위해서가 아니라 장기 위치를 표시한 모양새로 실을 매달아 둔 것이니 의사보다는 재단사라고 불리는 게 더 그럴싸해 보였다. 세현에게 사용을 자제해 달라는 지적을 받고 나서 오히려 더 불티나게 팔렸다. 이미 자극적인 맛에 길든 사람들은 쉽게 예전으로 돌아갈 수 없는 법이었다.

브리핑에 굳이 나설 필요는 없었지만, 어제 정현의 입에서 나온 충격적인 말 때문에 마음이 조급해졌다. 자세한 사정은 더 들어봐야 알겠지만, 자신 말고도 조균을 찾는 사람이 있다는 사실 하나만으로도 세현에게는 치명적인 위협이었다.

아무리 머리를 쥐어짜도 조균을 찾아낼 방법이 없어 세현은 낚싯대에 자신을 미끼로 묶고 던졌다. 조균은 관심받고 싶어 안

달이 난 인간이라 자신이 언급된 사건이라면 눈에 불을 켜고 찾을 것이다. 분명 브리핑 영상도 챙겨 봤을 것이다.

세현은 인상을 바꾸기 위해 코를 세우고 눈썹 문신을 했다. 그다음 얼굴형을 손보려고 사랑니를 전부 뺀 다음 교정까지 했다. 어릴 적 흔적이라고는 몸 안 곳곳에 숨겨져 있는 흉터 자국뿐이지만, 조균이라면 세현을 한눈에 알아봤을 것이다. 마치 그녀가 부검실에서 발견한 칼부림을 보고 망설임 없이 조균을 떠올린 것처럼.

세현은 조수석 앞 서랍을 뒤져 조사관이 넣어둔 견과류바를 꺼내 크게 한 입 베어 물었다. 아무 맛도 느껴지지 않았지만, 속이 허하다 못해 텅 빈 느낌에 어쩔 수 없이 최대한 여러 번 씹고 넘겼다. 세현은 차에서 내려 경찰서로 향하다 창문에 비친 자신의 몰골에 감탄을 금치 못했다.

옆머리는 사방으로 뻗쳐있었고 뭐가 묻은 건지 뒷머리는 지저분하게 엉켜있었다. 아까 머리를 부딪치면서 같이 충격이 간 건지 왼쪽 눈에 실핏줄이 터져 눈을 마주치기 살벌한 인상이 됐다.

세현은 중단발 정도 되는 머리를 꾹꾹 눌러가며 귀 뒤로 넘겼다. 잔머리까지 정리한 다음 최대한 깔끔한 느낌이 나도록 낮게 묶었다. 상의는 전부 바지 안으로 집어넣고 꺾어둔 신발 뒤축도 제대로 펴서 신고 끈도 다시 묶었다. 그래도 후줄근한 느낌을 지울 수 없어, 더웠지만 차에 넣어둔 검정 셔츠를 꺼내 소매를 접고 걸쳤다.

어제 새벽까지 그렇게 붐비던 방송국 차량이 그사이 많이 빠져서 다행이었다. 어젯밤 억울함을 호소하던 남자의 인터뷰가 꽤 타격이 컸던 건지 용천경찰서는 정문에서부터 침체된 분위기였다. 세현은 이제 막 경찰차에서 내리는 정복 입은 경찰 뒤에 붙어 걸었다.

정문을 무사히 통과하자마자 세현은 준비해 온 신분증을 목에 걸었다. 발급해 준 기관은 달라도 겉의 생김새는 비슷해서 자세히 들여다보지 않으면 경찰로 오해받아도 이상하지 않았다.

이른 아침이라 경찰서 내부는 한적했지만 신중해서 나쁠 건 없었다. 용천경찰서 내부는 이미 완벽히 파악해서 자연스럽게 강력팀으로 향하는 엘리베이터에 오르려 했다. 그때, 뒤에서 누군가 우악스럽게 세현의 팔을 낚아챘다. 세현은 그대로 나자빠질 뻔했다.

갑작스러운 위협에 당황한 세현은 무슨 상황인지 파악하려 주변을 살폈다. 중년 여성의 물기 가득한 눈망울이 가장 먼저 눈에 들어왔다. 그다음으로 만취한 다음 날 술이 해독될 때 나는 냄새에 땀 냄새가 섞인 체취가 코를 찔렀다.

여자와 비슷한 또래로 보이는 남성이 세현의 어깨를 단단히 붙들고 있었다. 평소 흔하게 겪는 일이 아니라 상황을 객관적으로 판단하는 데 시간이 걸렸지만, 세현은 먼저 그의 손을 차갑게 떨쳐버렸다.

"경찰관님 저희 좀 도와주십시오."

과도한 신중함이 화를 부를 거라고는 생각 못 했는데, 남자는 신분증을 걸고 망설임 없이 엘리베이터로 향하는 세현을 경찰로 착각해 도움을 청한 모양이었다. 세현은 짧게 인상을 쓰고 대충 경찰서 내부를 둘러보았다.

"여기서 이러지 마시고 저기 민원인 대기실 가서 기다리고 계세요. 그럼 바로 사람 보내드릴게요."

"어제도 그래서 대기실에서만 몇 시간 기다리다 돌아갔습니다."

도대체 여기는 일 처리를 어떻게 하는 건지, 이미 용천서 출신의 어떤 게으름뱅이가 써먹은 수법일 줄은 몰랐다. 세현은 신경질적으로 한숨을 내쉬었다. 깔끔하게 묶어둔 머리를 망칠 수 없어서 최대한 큰 움직임은 자제하려고 했지만, 차에서부터 시작된 두통이 심해지면서 자꾸 고개가 아래로 꺾였다.

로비까지 에어컨을 설치할 예산이 없었던 건지 세현이 서있는 공간은 닫힌 유리문 때문에 공기가 막혀 더 갑갑했다. 이마에 송골송골 식은땀이 맺혔고 이젠 미세하게 몸까지 떨려왔다. 좋지 않은 신호였다.

"일단 들어가 계시라고요."

한번 치고 올라온 두통은 가실 기미를 보이지 않았고 턱을 움직일 때마다 극심해졌다. 머리를 부여잡던 세현은 아예 눈을 가리고 고개를 숙였다.

"경찰이 우리한테 이러면 안 되죠."

세현의 방어적인 태도에 보다 못한 여자가 그녀의 팔을 잡고 흔들어 대기 시작했다. 세현은 팔에 닿는 온기에 기겁하며 여자의 손을 뜯어내고는 으르렁거리듯이 낮게 읊조렸다.

"내 몸에 손대지 마세요."

평소 같았으면 예의 바르게 넘겼을 상황이었지만, 이미 신경이 예민해져 있어서, 살아 꿈틀거리는 생명이 피부에 닿자 세현은 맥을 추리지 못했다.

"자기 몸은 이렇게 끔찍하게 아끼면서 내 딸은 왜 그렇게 내 버려 뒀는데?"

여자는 질세라 세현에게 달라붙어 멱살을 움켜쥐고 소리를 질렀다. 소란에 이끌려 구경 온 사람들이 빽빽이 우거진 침엽수처럼 로비를 가득 메웠다. 여자가 입을 벌릴 때마다 얼핏 보이는 혓바닥이 꿈에서 본 핏덩이처럼 세현을 향해 날름거리는 것 같았다.

또 어디선가 비릿한 냄새가 났다. 세현의 얼굴은 하얗게 질리다 못해 창백해졌고 이제는 손까지 덜덜 떨기 시작했다.

세현은 습관적으로 손톱을 물어뜯었다. 채 아물지 않은 살점을 뜯어내자 벌어진 틈새에서 핏방울이 흘러내렸다. 이쯤이면 괜찮아져야 하는데 가슴을 조이는 통증이 더욱 심해져 당장이라도 바닥에 고꾸라질 것 같았다.

"기다리시게 해서 죄송합니다."

어디선가 들리는 익숙한 목소리에 누군가 뒤에서 세게 손뼉을 친 것처럼 정신이 번쩍 들었다. 정현이 미끄러지듯 여자의 앞을 가로막아 시야를 차단하고 세현을 자신의 뒤로 완벽하게 숨겼다. 세현은 그제야 찬찬히 숨을 고를 수 있었다.

"어제 갑자기 일이 생기는 바람에 급하게 가느라 미리 말씀 못 드렸답니다. 더운데 일단 들어가시죠."

더 재미있는 구경거리를 기다리던 사람들은 정리된 상황에 시시해진 건지 언제 모여있었냐는 듯 뿔뿔이 흩어졌다. 정현은 그 둘을 형사 지원팀으로 안내하더니 곧바로 로비로 나와 세현의 상태를 살폈다.

"괜찮으세요?"

세현은 멍하니 서서 고개만 끄덕였다. 조금 전 여자의 손이 닿은 곳을 반복해서 쓸어내리며 마음을 가라앉히려고 노력했지만, 생각처럼 쉽지 않았다. 정현은 예민해진 세현을 배려해 둘 사이로 끼어들어 공간을 만들었다.

"여기. 물 드세요."

세현은 정현이 건네준 물을 통째로 벌컥벌컥 들이켜다 말고 날카로운 목소리로 추궁했다.

"뭡니까, 저 사람들?"

"다친 데는 없으시죠?"

"뭐냐고요."

"두 번째 피해자 유가족분들이십니다. 사건 현장에서 발견된 피해자분 소지품 때문에 몇 번 찾아오셨습니다……. 근데 진짜 괜찮으신 거 맞죠?"

정현은 엉망이 된 세현의 셔츠 자락이 신경 쓰이는지 조심히 손가락 끝으로 털어주며 물었다. 세현은 여전히 진정되지 않은 감정과 나풀거리는 정현의 손짓에 불쾌감을 느끼며 신경질적으로 반응했다.

"괜찮다니까요."

정현은 멋쩍은 듯이 웃으며 구겨진 빈 물통을 받아 들었다. 세현은 그제야 정현의 표정을 살피고 아차, 하는 마음에 곧바로 말투를 바꿨다.

"형사님은 좀 어떠세요?"

"아, 괜찮습니다. 징계 위원회 열릴 거랍니다. 감봉당하고 말겠죠."

정현은 무덤덤한 목소리로 말하며 걸음을 옮겼다. 세현은 자연스럽게 그의 옆에 서서 나란히 걸었다. 해가 산 뒤에 가려져서 서늘하게 느껴지는 아침 공기가 한산한 주차장을 메웠다. 둘은 그렇게 말없이 정문 쪽으로 계속 걸어갔다. 조금 전 통제가 안 된 상태를 들킨 것 같아 기분이 언짢아진 세현이 먼저 입을 뗐다.

"두 번째 사건 현장 보러 가는 길이었어요. 정 형사님 괜찮은지 확인하러 들른 건데 낭패만 봤네요."

"정말요? 신경 써주셔서 감사합니다. 근데 저 괜찮아요. 사실 어제 괜한 부담을 드린 것 같아서 계속 마음에 걸렸습니다."

"제가 형사님처럼 수사하러 다니는 것도 아니고 그 정도는 충분히 할 수 있어요. 이것만 잘 해결되면 그때부터 과거 미제 사건도 같이 의견 나눠봐요."

"네. 신경 써주셔서 감사합니다."

"그럼 현장 조사 같이 갈래요?"

"아, 저는 아침에 회의가 있어서 끝나면 바로 합류하겠습니다."

정현의 입가에는 평소처럼 선명한 미소가 아로새겨져 있었다. 세현은 억지로 입꼬리를 올려 화답하고 발걸음을 옮겨 차로 향했다. 인기척이 느껴져 고개를 돌리자 이미 안으로 들어간 줄 알았던 정현이 어느새 세현의 곁에 멋쩍게 서있었다.

"서 과장님! 그…… 오늘 일 너무 신경 쓰지 마세요. 저도 처음에는 유가족분들이 느끼고 있는 감정을 이해해 보려고 노력했습니다. 근데 겪어보지 않은 마음을 온전히 이해하려 드는 게 오만한 행동인 것 같더라고요. 아무튼, 그럴 때 제가 생각해 낸 방법이 있는데요. 한번 해보실래요?"

정현은 잠시 세현의 눈치를 살피다 확신에 찬 목소리로 또박또박 말했다.

"이해가 안 되면 그냥 받아들이면 돼요."

세현은 그게 무슨 소리냐며 삐딱하게 고개를 틀었다. 정현은 건조한 세현의 반응에 얼굴이 화끈거리는 것을 숨기려 고개를 꾸벅 숙이고 경찰서로 달려 들어갔다. 세현은 어처구니없어하며 정현의 뒷모습을 지그시 노려보았다. 누가 누굴 걱정하는 건지. 세현은 밀려오는 불쾌감에 시선을 돌리고 차에 몸을 실었다.

정문을 지나 신호를 기다리는데 횡단보도를 건너는 익숙한 얼굴이 눈에 들어왔다. 경찰서에서 소란을 피우던 그 유가족이었다. 세현은 여자의 스카프가 바람에 휘날리는 걸 가만히 지켜보았다. 이 정도 거리면 충분하다는 생각이 들자 세현은 액셀을 밟으며 위협적으로 클랙슨을 울렸다.

거칠게 밀고 들어온 차체에 놀란 여자가 횡단보도에서 볼썽사납게 넘어지자 세현은 부드럽게 차선을 바꾸고 우회전으로 자리를 피했다. 마찰하는 바퀴 사이로 여자의 울음소리가 같이 들렸다.

도로를 빠져나와 창문을 전부 열고 속도를 더 끌어올리자 습도가 묵직하게 내려앉은 여름 바람이 기분 좋게 머리카락을 쓰다듬었다. 괜한 기우로 이 좋은 기회를 망칠 수는 없었다. 언론의 비난은 용천경찰서를 조준했고, 강력팀은 다시 처음부터 수사를 시작해야 한다.

그러니 이제 세현이 움직일 차례였다. 핸들을 움켜쥔 손가락이 길가에서 흘러나오는 음악 소리에 맞춰 신나게 움직였다.

* * *

정현이 들어서자 사무실 안은 미리 약속이라도 한 것처럼 조용해졌다. 이런저런 생각으로 머리가 복잡해서 정현이 한숨을 쉬자 넓은 책상에 나란히 앉아있던 창진과 석우가 동시에 고개를 돌려 외면했다. 시간이 꽤 흐른 것 같은데 아무도 입을 열지 않자 어쩔 수 없이 정현이 먼저 나섰다.

"이번 일은 제가 책임지겠습니다. 책임에 무슨 의미가 있는지 잘 모르겠지만 어차피 다들 별로 신경 안 쓰시잖아요. 그래도 이 사건 저희 팀이 담당하는 일입니다. 저는 팀장이고, 계속 수사 진행할 겁니다. 내키지 않으셔도 따라야 한다는 걸 알고 계셨으면 좋겠습니다."

큰맘 먹고 입을 뗐지만, 강력팀 그 누구도 반응을 보이지 않았다. 정현은 냉랭한 분위기를 무시하고 다시 질문을 던졌다.

"광수대 쪽은 어떻게 된 겁니까?"

"아직 모르겠답니다."

혁근이 그제야 퉁명스러운 목소리로 답했다.

"그럼 서장님은 뭐라고 하십니까?"

정현의 대꾸하는 목소리에 힘이 하나도 없었다. 석우는 그런 정현을 안쓰럽다는 눈빛으로 바라보다 혁근의 매서운 눈초리에 바로 고개를 숙였다.

"전들 압니까? 그동안 팀장님 혼자 알아서 잘해오셨잖아요. 계속 쭉 그렇게 하면 될 것 같은데 뭐가 문젭니까?"

혁근은 신경질적으로 자리에서 일어나 창진에게 다가갔다. 둘은 의자에 퍼지듯 앉아 사담을 나누기 시작했다. 석우는 그 사이에 껴서 눈치만 보다가 슬그머니 자리로 돌아가 앉았다. 정현은 혼자 덩그러니 서있는 자신의 두 발을 보았다. 사방이 다 낭떠러지라 여기서 어디로 발을 디뎌도 결과는 똑같을 것이다. 그러니 더 이상 망설일 이유도 없었다.

"피해자가 둘이나 나왔습니다."

"그건 다 아는데, 우리가 아무리 열심히 수사해도 어차피 광수대 와서 사건 가져가면 끝이에요."

창진이 여느 때와 같이 목청 높여 정현의 의견에 핀잔을 줬다. 그러나 정현은 아랑곳하지 않고 하던 말을 계속했다.

"이 사건 연쇄 살인 사건입니다. 이렇게 안일하게 수사해서 해결될 사건 아니라는 거 다들 알고 계시잖아요."

"진짜 말 함부로 하시네. 왜 자꾸 사건을 부정적으로 몰아가세요?"

"수사 실무에 한 달 이내에 두 명 이상의 피해자가 발생하고 앞으로 범행이 계속될 거라 예상할 수 있으면 연쇄 살인이라 명명하고 수사해야 한다고 쓰여있습니다. 왜 다들 모른 척하세요."

"증거가 없잖아요, 증거가! 증거 없이 수사해서 지금 이 지경 된 거 몰라서 그래요?"

혁근은 소리를 버럭 지르며 창진의 의견에 힘을 실어줬다. 그가 일어나면서 밀린 의자가 반동에 뒤로 멀리 날아갔다.

"그럼 또 다른 피해자가 나와서 증거 가져오길 기다릴 생각입니까?"

정현이 겨우 화를 삭이며 따졌다. 목소리는 차분했지만, 빳빳이 든 고개는 누구에게도 절대 숙일 마음이 없어 보였다.

"내가 언제 그런 식으로 말했어요?"

혁근은 얼굴이 시뻘겋게 달아올라 당장이라도 한 대 휘두를 것처럼 과격하게 다가왔다. 정현은 그동안 혁근에게 낯을 가렸을 뿐, 그를 무서워한 적은 없었다.

"형사님은 아직도 모르세요?"

정현은 한 걸음도 물러서지 않고 다가오는 그를 똑바로 마주하며 낮게 읊조렸다.

"그럼 형사과에서 받은 다른 사건 진술서 좀 읽어보세요. 또 누가 골목에서 추행할까 무서워서 집 앞 골목도 못 다니겠다고 합니다. 집 안에 있으면 안전해요? 도어록 따고 들어올까 봐 걱정돼서 창문까지 다 잠가둔다잖아요."

혁근은 평소와 다른 정현의 반응에 잠시 주춤하는 것 같더니 다시 소란을 피웠다. 정현은 굳이 그와 똑같이 소리를 지르거나 한 뼘은 더 큰 키로 위협하고 싶지 않았다. 혁근이 그렇게 좋아하는 약육강식의 논리 따위에 힘을 실어주고 싶은 마음은 추호도 없었다.

"장혁근 씨한테는 내일도 오늘과 다를 바 없는 하루겠지만 누군가에게는 그날이 인생의 마지막일 수도 있어요. 이거 막으려고 경찰 하시는 거 아닌가요?"

정현은 숨을 고르며 나지막한 목소리로 말을 끝냈다.

"저는 사건 현장 나갈 겁니다. 같이 가실 거 아니죠? 그럼 최근에 들어온 사건이나 검토하세요."

정현은 더는 그에게 힘을 빼며 대응할 필요가 없다고 생각했다. 팀장으로서 공과 사를 분명하게 구분해 두는 걸로도 충분하다고 생각했다. 사무실을 나선 정현은 복잡해진 마음에 머리카락을 세게 움켜쥐었다가 놓았다.

안 그래도 스트레스로 죄 없는 머리카락이 죄다 빠질까 걱정이었다. 몸도 마음도 지쳐 한시라도 빨리 용천경찰서를 벗어나 세현이 있는 현장으로 가고 싶었다. 정문으로 향하는 로비 중앙에 길쭉하게 자란 식물의 잎사귀가 시야를 가리자, 애꿎은 화풀이로 잎사귀를 걷어냈다.

"안녕하십니까."

그때 누군가 뒤에서 건네는 인사에 정현은 깜짝 놀라 돌아봤다. 언제부터 서있었는지 모를 순경 하나가 어색하게 눈을 굴리고 있는 모습이 보였다. 자세히 보니 어제 회의실에서 안내를 맡은 그 순경이었다. 정현은 조금 전에 자신이 벌인 유치한 행동이 생각나 얼굴이 달아올랐다.

"그게……. 여기 벌레가 붙어있어서……."

정현은 차마 말을 끝내지 못했다. 구차한 변명이 더 없어 보이는 것 같아 머쓱하게 웃으며 고개를 꾸벅 숙였다.

"강력팀 소속 형사님 맞으시죠?"

"네, 그런데요."

"강력팀으로 택배가 하나 왔습니다. 어제 오신 법의관님 이름

같던데 혹시 전달해 주실 수 있으십니까?"

"아…… 네, 알겠습니다."

정현은 상자를 받아 수취인 주소를 확인했다. 주소에는 분명 용천경찰서 강력팀이라고 쓰여있는데, 이상하게 수취인 이름에는 서세현이라는 세 글자가 적혀있었다. 의아해서 택배 상자를 조심히 위아래로 흔들어보았다. 크기도 그렇고 묵직한 느낌이 뭔가 책이나 노트 같았다. 로비에 걸린 시계를 확인하던 정현은 다급한 걸음으로 경찰서를 빠져나왔다.

* * *

구석에 있는 불고깃집을 가운데 두고 세 갈래로 갈라진 골목 길에 경찰 통제선을 크게 빙 둘러쳐 두었다. 차량 통제를 해둔 구역 뒤로 방송국 차들이 줄지어 보였다. 정현은 통제선 앞을 지키고 있는 의경에게 방송국 차량 통제 구역을 더 넓혀달라 부탁하고는 허리를 굽혀 안으로 들어갔다.

사람 두 명이 겨우 지나갈 것 같은 작은 골목에는 먼저 도착한 과학수사대가 변사체 발견 장소를 포함한 주변에서 증거가 될만한 자료를 모조리 채취하고 있었다. 정현은 경찰서에서 몇 번 마주쳐 안면이 익은 과학수사대원에게 인사를 건네고 현장에 집중했다.

변사체 발견 당일 저녁에는 비가 심하게 내리기도 했고 통제

안 된 좁은 골목으로 무작정 밀고 들어오는 방송국 차량 때문에 정신이 하나도 없었다. 그때 놓친 부분을 반드시 찾아내겠다는 마음으로 짧게 호흡을 고르며 소란스러운 머릿속을 정리했다.

정현은 조금 전 통제선 근처에서 건네받은 실리콘 장갑을 착용하며 변사체가 누워있던 전봇대 근처로 다가갔다. 바닥에 떨어진 종이를 줍는데 어디선가 불어오는 상쾌한 향에 자연스럽게 옆으로 시선이 갔다.

정현은 고개를 돌리던 세현과 단박에 눈이 마주쳤다. 마스크로 가려서 입가는 보이지 않지만, 살짝 찡그려진 눈을 보니 세현이 자기를 보고 웃고 있다는 생각이 들었다.

"회의 끝났어요?"

정현은 반가운 목소리에 자기도 모르게 올라가려는 입꼬리를 억지로 내리려고 아랫입술을 깨물었다.

"네, 혹시 추가로 발견된 거 있습니까?"

"다 끝나고 오셔서 궁금한 것도 많으시네요. 이따 잠깐 뵙죠."

덤덤한 말투와는 다르게 세현의 눈빛은 어딘가 따뜻한 구석이 있었다. 세현은 과학수사대원이 모여있는 곳으로 걸어갔다. 정현은 큰 고민 없이 곧바로 세현의 뒤를 따랐다.

여기저기 숫자판이 어지럽게 세워져 있었고 세현은 감식반이 가져온 검은 봉지를 열어 내용물을 샅샅이 확인했다. 과학수사대원들은 그녀가 하는 말을 하나라도 놓치지 않으려는 듯 정신을 집중했다. 정현도 그 옆에 서서 안에 들어있는 물건을 살펴다 흘깃 세현의 옆모습으로 시선이 흘러갔다. 발견한 증거품에 집중하는 세현은 평소와는 조금 다른 느낌이었다.

소문난 실력을 증명하기라도 하듯 세현은 쓰레기 더미 사이에서 피해자의 생활 흔적이 묻어있을 법한 물건을 순식간에 골라냈다. 볼일을 끝낸 세현이 자리를 뜨자 그제야 정현은 그녀에게 머물렀던 시선을 겨우 숫자판이 세워진 곳으로 돌릴 수 있었다.

"더우시죠? 여기 물 드세요."

정현은 500밀리리터 페트병을 챙겨 세현이 서있는 곳으로 다가갔다. 세현은 검안복을 벗고 끈으로 질끈 머리를 묶은 다음 물병을 받아 단숨에 절반이나 털어냈다.

"무슨 구경났다고 이렇게 많이들 모였을까요?"

"그러게요. 덥지도 않나. 아무튼, 고생 많으셨습니다. 물 더 드세요. 아니면 이거라도."

정현은 주머니에 챙겨둔 페트병을 넌지시 내밀었다. 오는 길에 편의점에 들러서 사온 커피였다.

"괜찮습니다."

여느 때처럼 호의를 거절하는 세현의 목소리에 피곤함이 서려있었지만, 그녀는 신중한 눈빛으로 말을 이었다.

"이번 피해자도 타지 사람일 확률이 높아요."

"왜 그렇게 생각하세요?"

"가방에서 전입 지원금 홍보 팸플릿이 나왔어요. 올해부터 지원 내용이 변경된 사업이라 온오프라인으로 다양하게 홍보했다고 해요. 행정복지센터에 협조 구하면 피해자 신원은 금방 파악될 겁니다."

세현은 흘러내리는 머리칼이 거슬리는지 거칠게 귀 뒤로 넘기고 가져온 장비를 챙겼다.

"국과수로 돌아가실 겁니까?"

"여기 남아서 저분들이랑 같이 증거품 조사하고 내일 올라가려고요. 경찰서에 임시로 과학수사팀 자리 만들어 줬다던데."

"네, 들었습니다. 광수대에서 나왔다고 하더라고요."

방금까지 잊고 있던 착잡한 현실이 다시 떠올라 정현의 목소리에 기운이 빠졌다.

"반응 보니까 수사팀 소식은 아직인가 보네요."

"더 기다려봐야죠."

말은 마친 정현은 갑자기 세현의 발밑으로 무릎을 굽히고 앉았다. 갑작스러운 돌발 행동에 놀란 세현이 발아래서 얼쩡거리던 정현의 손을 세게 밟았다. 정현의 입에서 곡소리가 터져 나왔다.

"서 과장님 신발 끈이요. 장갑 끼고 있어서 대신 묶어주려고 그랬습니다."

정현은 얼마 전 어정쩡한 자세로 끈과 사투하던 세현의 모습이 떠올라 베푼 호의였는데, 세현의 표정이 살벌하게 변해있었다. 쓸데없는 오지랖을 부린 것 같아 정현은 재빨리 손에 묻은 흙을 털고 일어났다. 세현에게 밟힌 손등이 벌겋게 부어있었지만 여기서 더 분위기를 망치고 싶지 않아 등 뒤로 손을 숨겼다.

저 멀리서 과학수사대원이 세현을 부르는 소리가 들렸다. 자리를 뜨려는 세현의 움직임에는 아직도 냉랭한 기운이 서려있었다.

"저……. 오늘 일 끝나고 잠깐 시간 내주실 수 있나요?"

정현이 가려는 세현을 급하게 붙잡았다. 그의 목소리에는 신중함이 배어있었다. 하지만 세현은 여전히 날이 서있었다. 최근에 세현과 함께하는 시간이 늘어 어느 정도 친분이 쌓였다고 생각한 건 순전히 정현의 착각 같았다. 과학수사대원이 다시 한번 애타게 세현을 찾는 소리가 들렸다.

"연락할게요. 저녁에 경찰서 앞으로 나와요."

말을 마친 세현은 짧게 인상을 쓰며 정현의 곁을 지나쳐 갔다.

* * *

세현은 진흙이 묻은 신발을 털지 않고 경찰차에 올라탔다. 정현은 곧바로 블랙박스 전원을 껐다. 낮에 있었던 일 때문에 세현과 같은 공간에 있는 게 어색할 거라 생각했는데, 더 피곤하게 가라앉은 세현의 눈꺼풀을 빼고는 둘 사이에 별다른 변화는 없었다.

"최근에 그 남자 다시 본 적 있어요?"

갑자기 들어온 질문에 정현은 얼빠진 얼굴로 세현을 바라보았다. 세현은 마치 정현의 머릿속에 들어갔다 나온 것처럼 다 알고 있으니 빨리 털어놓으라 부추겼다.

"왜 신고 안 했어요?"

"신고도 하고 CCTV로 동선까지 확인했는데 그 남자라고 특정할 만한 증거가 부족했습니다. 21년 전에 제가 본 건 뒷모습이 다였으니까요. 지금은 그 기억마저도 희미해졌지만요."

"그럼 어떻게 알아봤어요?"

"그 남자, 가운데 두개골이 함몰된 건지 뒤에서 보면 산등성이처럼 정수리가 들어가 있었어요."

세현은 생각에 잠긴 듯 입술을 쓰다듬었다. 엄마와 몸싸움을 하다 뒤로 넘어지면서 책상 모서리에 머리를 찧어 생긴 상처였다. 이것만으로는 정현이 조균에 대해 알고 있는 정보의 범위를 파악하기 어려웠다. 세현은 손이 자연스럽게 입으로 가려는 걸 멈추고 다시 정현에게 질문을 던졌다.

"뒷모습 하나로 그렇게 확신하는 거예요?"

"그리고 또 냄새가 났어요. 어렸을 때는 몰랐는데, 커 보니까 알겠더라고요. 그 사람한테는 타인의 체액이 뒤섞일 때 나는 냄새가 나요. 오늘처럼 더운 여름, 밖에 내놓은 흰 우유가 썩으면서 나는 냄새랑 비슷해요. 코가 저릴 정도로 비릿하고 한번 묻으면 피부 속까지 스며들 정도로 질긴 냄새였어요."

냄새. 세현은 그런 냄새가 나는 곳을 몇 군데 더 알고 있었다.

병원 안치실이나 부검실 또는 살인 사건 현장이다. 그건 죽음과 가까운 자들을 알아차릴 수 있는 표식이었다. 세현은 문득 자신도 그런 냄새를 풍기고 다니는지 궁금해졌다.

정현은 조수석 에어컨이 세현을 향하도록 방향을 조절해 주었다. 그다음 주머니를 뒤져 노트를 꺼내 보여주었다.

"과장님한테는 우습게 들릴 수도 있겠지만, 제 직감이 확신하고 있어요. 저는 현재 일어난 이 두 사건이 과거 미제 사건과 긴밀하게 연결되어 있다고 생각합니다. 그래서 어젯밤에 토막 사체와 관련된 자료를 다 모아서 정리해 봤습니다. 총 네 건의 사건인데요. 1999년 7월 하롱, 그다음 9월 시흥 그리고 2000년 10월 서평택, 마지막으로 2002년 용천. 여기 이렇게 네 곳 전부가 서해안고속도로로 지나갈 수 있는 도시입니다."

세현은 정현이 정갈하게 적어둔 노트를 자세히 읽어보았다. 다음 장을 넘기자 그 짧은 시간에 오늘 조사한 수사 내용까지 깔끔하게 정리해 둔 메모가 나왔다. 정현은 민망한지 황급히 노트를 받아 들고 세현의 반응을 살폈다.

"그래서요?"

"우연의 일치라고 하기에는 이상하지 않습니까? 2000년과 2002년 사이에 서해안고속도로가 지나가는 다른 도시에도 수사 자료 요청해서 미제 사건 중심으로 살펴보면 분명 더 자세한 정보를 얻을 수 있을 겁니다."

"만약 지금 발생한 재단사 사건과 이 과거 미제 사건이 동일범의 소행이라면 그때부터 지금까지 거의 20년이 지났으니까, 용의자 나이는 50대 후반에서 60대까지 놓고 봐야죠. 혼자서 이렇게 정교한 범행을 저지를 수 있다고 생각하세요?"

정현은 세현의 단호한 목소리에 당황한 기색이었다. 정현은 자신의 설명이 부족했던 것 같아 조심스럽게 다시 말을 붙였다.

"그래서 저는 공범 가능성을 조사해 보려고요."

"그건 처음 발견된 변사체 현장에서 했던 말이잖아요. 갑자기 뜬금없이 과거 사건에도 공범 여부를 논하신다고요? 글쎄요. 제가 검토한 자료 어디에도 그런 말이 없던데. 사체를 처리한 방식도 다르고, 유기한 장소도 다르고, 냉각기도 지금 일어난 사건이 훨씬 빠른데 무슨 근거로 과거와 현재 사건을 동일범이라고 단정해요? 설마 형사의 감, 뭐 그런 것 때문이에요?"

"그런 건 아닙니다……. 다만 가능성에 대해 논하고 싶었을 뿐이에요."

세현이 강하게 몰아붙이자 정현의 목소리는 바닥까지 기어들어 갔다. 여기서 어떤 걸 더 말해도 억측처럼 들릴 것 같아 말을 아끼기로 했다. 세현은 찡그린 미간을 짚으며 한숨을 내쉬었다.

"요즘 이 사건 때문에 압박이 심해요. 괜히 엉뚱하게 수사 범위 늘리는 것처럼 들려서 예민하게 반응했어요."

"아닙니다. 당연히 그렇게 생각하실 수 있습니다."

"그럼 그 누나라는 사람에 대해서 더 이야기해 줄 수 있어요?"

정현은 긴장을 풀기 위해 캔커피에 맺힌 물방울을 대충 티슈로 닦아내고 한 모금 마셨다. 그래도 입이 떨어지지 않는지 아까보다 더 깊게 한 모금 들이켰다.

"제가 열 살 때, 아버지 방에서 사진 한 장을 발견한 적이 있어요. 집 거실에 분명 가족사진이 커다랗게 걸려있었는데, 아버지는 지갑 안에 다른 가족사진을 품고 사셨더라고요. 그래서 아버지 뒤를 밟아 부정을 저지르는 상대방이 누군지 확인하러 간 적이 있었는데 무슨 일인지 그 사람은 이미 자취를 감추고 사라졌더라고요. 허탕 치고 돌아오는 길에 우연히 사진 속 여자아이를 만났습니다. 아버지는 그 여자아이를 분식집에 데리고 가서 떡볶이를 사주셨고 저는 골목에 숨어서 기다렸어요."

"그게 다예요?"

"그날 그 골목에 숨어있었던 게 저 혼자가 아니었습니다. 어떤 남자가 자동차 사이드미러로 그 여자아이를 계속 지켜보고 있었어요. 이상한 기분이 들어 아버지에게 말씀드렸었는데 저에게 뒤를 밟았다는 사실에 더 열을 내시더라고요. 그리고 다시 일주일 후에 그 집에 가보니 거기엔 아무도 살고 있지 않았어요. 대신 사체 한 구가 있었습니다. 분식집에서 봤던 그 여자애였어요."

"신고는요?"

"아버지께 먼저 전화드렸습니다. 그땐 어떻게 신고하는지 몰랐거든요."

"뭐라고 하시던가요?"

158

"경찰이 수사는 하겠지만, 이상하게 피해자가 계속 죽어도 범인은 잘 잡히지 않으니 기대하지 말라고요. 그런데 정말 그렇게 끝났습니다. 아무 일도 없었던 것처럼요."

말을 마친 정현은 괴로운 듯 얼굴을 감쌌다. 예전에는 몰랐는데 그의 손에는 상처가 가득했다. 그가 왜 이렇게 사건 해결에 저돌적으로 달려드는지 어렴풋이 짐작이 갔다.

세현은 그제야 정현이 21년을 앓았던 죄책감의 실체를 오롯이 파악할 수 있었다. 그는 그날 자신의 아버지께 전화한 것을 후회하고 있었다. 자신의 아버지가 신고를 하지 않았다고 생각한 모양인데, 안타깝게도 사실이 아니었다. 그건 조균의 마지막 살인이었다. 그 후 경찰은 자취를 감춘 조균의 행방을 그다지 궁금해하지 않았다.

"그동안 계속 아버지가 한 말을 부정하며 살아왔습니다. 그런데 이번에도 범인을 놓치면 제가 피해자 유가족분들께 그렇게 설명해 드려야 하잖아요. 사람이 죽어도 범인은 잘 안 잡힌다고. 정말 이상한 일이라고요."

세현은 정현의 고통을 가늠해 보려고 했다. 그는 선한 심성을 타고난 사람이었다. 세현과는 차원이 달랐다. 그러다 문득 모든 걸 마치 자신의 탓인 것처럼 받아들이는 그의 양심이 가소롭다는 생각이 들었다. 굳이 따지고 보면 그의 잘못은 그런 사람을 아버지로 둔 것뿐이었다. 정현의 아버지는 자신의 하나뿐인 아들에게 현실을 직시하는 방법은 일찍 알려줬지만, 훈육에는 영소질이 없었다. 정현이 고작 조균의 뒷모습 하나로 그를 잡고 말 겠다고 다짐하는 경찰로 자라버렸으니 말이다.

세현은 그제야 마음속에 쳐둔 빗장을 거둘 수 있었다. 사실 정현에게서 그가 조균을 목격한 적 있다는 말을 듣고 나서부터 제대로 잠을 이룬 적이 없었다. 그가 혹시나 다른 곳에 떠벌리고 다닐지 몰라 정현과 함께 있을 때면 언제나 신경이 곤두서 있었 다. 그제야 편안해진 마음에 세현은 커피에 빨대를 꽂아 마셨다.

"그때 경찰이 된 이유가 범죄자 잡고 싶어서라고 했잖아요. 그리고 후회하기 싫다면서 브리핑하러 간 건 기억 안 나요? 원 래 도망치는 건 쉬워도 다시 돌아오는 건 어려운 법이에요. 형사 님은 지금 그 어려운 걸 해내고 있는 거라고요. 열 살밖에 안 됐 던 애한테 너무 많은 짐을 지우지 마세요."

이제 상황은 단번에 역전되었다. 세현은 정현의 비밀을 알지 만, 정현은 세현의 비밀을 모른다. 앞으로도 평생 알 수 없을 것 이다.

"재단사 사건은 두 사체가 동일범에 의한 소행이라고 밝혀졌 으니까 형사님은 당분간 아무 생각도 하지 말고 수사에만 집중 하는 게 좋겠어요. 미제 사건은 개인적인 감정이 섞이면 이성적 인 판단을 내리기 더 어려우니까 제가 살펴보는 거로 하죠."

세현이 한껏 누그러진 목소리로 정현에게 조언했다. 여전히 안색이 창백해 보이는 정현이 억지로 표정을 풀며 대답했다.

"서 과장님을 만나게 돼서 정말 다행입니다."

세현은 정현과 눈이 마주치자 또 심장이 쿵 하고 내려앉았다. 세현은 시선을 돌려 열심히 그를 흉내 내 입가에 미소를 찍어 바르며 대답을 흐렸다.

정현이 운전대를 잡자 세현은 조수석 창문에 살며시 머리를 기대고 생각에 잠겼다. 다행이라니. 세현이 조균의 딸인 것을 알고도 정현이 지금과 같은 눈빛으로 자신을 바라봐 줄지 궁금했다. 세현은 터무니없는 상상을 펼치고 있는 자신이 부자연스럽다고 느껴졌다.

그도 그럴 것이 세현은 예전부터 이런 부류의 사람을 상대하는 데 많은 어려움을 겪었다. 정현은 세현에게 솔직했고 지나치게 애정이 넘쳤다. 세현이 평생을 숙달하려고 노력한 감각은 정현의 발끝에도 미치지 못했다. 세현이 그의 감정을 머리로 충분히 이해했다고 생각하면, 정현은 어느새 다음 단계로 넘어가 더 강도 높은 마음을 내보였다.

정현은 애초에 그녀와 출발선부터 달랐다. 숨길 것이 없는데 무엇을 들킬까 염려하겠는가? 세현은 자신의 마음만큼 새까만 것도 없다고 생각했다. 그래서인지 정현이 날린 가벼운 잽이 때로는 세현에게 거북할 정도로 깊게 파고들었다. 차라리 세현의 손에 요리되기 딱 좋은 준경이나 소장같이 대놓고 욕심 많은 거짓말쟁이가 더 편했다.

갑자기 정현과 같은 공간에 있는 게 심적으로 부담이 됐다. 세현은 앞으로 이 토막 살인 사건이 다시는 수면 위로 올라오지 못하게 막을 작정이다. 그 옛날에 묻어둔 고리타분한 과거를 굳이 파헤쳐서 전시할 필요는 없었다.

준비는 끝났고 고지가 코앞이다. 미끼를 문 조균이 곧 시끄럽게 낚싯대를 흔들며 반응을 보일 것이다. 조균의 생존 여부가 세현에게 그랬듯, 세현의 생존 여부도 조균에게 큰 충격을 안겨줬을 것이다. 조균의 심리가 불안정해진 틈을 타 그가 실수할 때를 노릴 것이다.

그러면 조균은 이 세상에서 영영 자취를 감출 것이고 정현은 아무리 노력해도 평생 그를 잡을 수 없을 것이다. 조균이 죗값을 치를 일은 없으니 정현은 끝내 속죄할 기회를 얻을 수 없게 될 것이다. 거기까지 생각을 마친 세현은 가만히 눈을 감고 고개를 창가 쪽으로 묻었다.

* * *

차에서 내린 세현은 정현에게 대충 손을 흔들어 인사를 건넸다. 그가 떠난 후 정육점 유리에 비친 자신을 보았다. 봄에 자른 머리가 그사이 길어 어깨 언저리까지 자리 잡았다. 한 번 잘랐던 머리를 다시 기르니 요즘은 이 정도 길이도 불편하게 느껴졌다. 비단 머리카락뿐이겠나. 무엇이든 적당함을 유지하는 게 세현에게는 평생의 숙제였다.

세현은 정육점 옆 불이 꺼진 미용실의 영업시간을 확인하기 위해 가까이 다가갔다. 색이 바랜 스티커에는 숫자 0만 남아있었다. 세현은 미련 없이 골목으로 향했다. 한밤중에 범죄가 발생했던 곳을 어떻게 다시 갈 수 있냐며 간섭 듣기 좋겠지만, 세현은 그냥 이 골목이 편했다.

밤이 되면 어둑한 배경에 주황색 불빛이 아른거리고, 습기가 갇혀 눅눅하게 가라앉은 공기에는 어딘가 안정감이 어려있었다. 골목은 왼쪽으로 약간 휘어져 있어서 중간까지 가지 않으면 어디가 끝인지 알 수 없었다. 그러니 도중에 무섭다고 돌아가서는 안 되었다. 그러면 지름길이라는 골목의 유일한 장점이 쓸모 없어지게 된다.

이번 사건도 똑같다. 세현은 탁월한 감각으로 사건 해결에 결정적인 역할을 할 때 가장 빛이 났다. 구질구질하게 과거에 얽매여 판단이 흐려지는 건 세현과 어울리지 않았다. 세현은 핸드폰 플래시를 켜고 천천히 집 계단을 오르다 그렇게 멀지 않은 곳에서 펄럭이는 경찰서 깃발을 바라보았다.

저기 있는 그 누구도 세현의 과거를 알아낼 수 있는 사람은 없다. 만약 증거가 하나라도 더 나온다면 당장이라도 무고한 사람을 범인으로 몰아갈 자신도 있었다. 지금 발을 뺀다면 도리어 잃는 게 더 많았다. 조균이 남기고 간 변사체를 부검한 순간부터 세현에게는 끝까지 달린다는 선택지밖에 없었다.

세현은 다시 계단을 오르기 시작했다. 계단 사이 넓은 간격은 자칫 발을 헛디디면 그대로 세상 하직하기 좋은 구조였다. 주인이 계단을 장식하겠다고 올려둔 다육 식물이 작열하는 태양에 말라 죽어 있었다. 그렇게 친절한 척 애를 쓰더니 그녀 역시 매정한 사람인 거다.

세현은 도어록을 위로 밀어 올렸다. 평소대로라면 찰칵거리는 소리와 함께 불빛이 들어와야 하는데 번호키는 세현의 그림자보다 더 어둑했다. 이상한 느낌에 도어록을 내리자 문이 힘없이 열렸다. 세현의 손이 현관 손잡이 언저리에서 머뭇거렸다. 조금 더 가까이 다가가자 현관문이 천천히 열렸다.

세현은 그대로 뒤도 돌아보지 않고 계단을 뛰어 내려갔다. 녹슨 철제 계단과 뭉툭한 신발 굽이 부딪혀 울리는 소리에 온몸에 소름이 끼쳤다. 단 한 번도 잡아본 적 없는 난간에 온몸을 의지해 내달렸다. 전봇대 바닥에 누워있던 피해자의 다리가 떠올랐다. 발이 허공을 가르는 느낌과 함께 세현은 그대로 계단 아래로 굴러떨어졌다.

제일 처음 고통이 느껴진 곳은 손바닥이었다. 넘어지면서 시멘트 바닥에 쓸린 건지 불에 덴 것처럼 아팠다. 그다음은 오른쪽 무릎에서 발바닥까지 전체가 욱신거렸다. 뼈가 부러진 건 아닌가 걱정됐지만, 정확히 어디가 문제인지 살펴볼 겨를이 없었다.

곧장 일어선 세현은 골목을 향해 달렸다. 중간쯤 달렸을까? 덜컥 든 공포감에 세현의 숨이 바짝 졸렸다. 은은한 주황색이 아니라 누가 몰래 핏방울을 흘린 것처럼 기괴한 선홍색 조명에 눈이 아팠다. 분명, 이 골목에는 자신밖에 없다는 걸 알면서도 세현은 움직이는 그림자에 깜짝깜짝 놀라며 앞으로 하염없이 달렸다.

간신히 골목을 벗어난 세현은 이번에는 경찰서를 향해 달렸다. 아무나 좋으니 살아있는 사람이 필요했다. 그때 누군가 뒤에서 어깨를 잡았다. 세현은 그대로 바닥에 주저앉았다.

"서 과장님? 괜찮으세요?"

어디선가 나타난 정현이 세현을 어떻게 부축해 줘야 할지 몰라 옆에 같이 쪼그리고 앉아 허둥대고 있었다.

"과장님한테 드릴 게 있어서 급하게 따라 나왔습니다. 골목에서 갑자기 뛰어나오시기에 부른 건데 놀라게 했다면 죄송합니다."

"지금 바빠요?"

세현의 목소리에는 생기가 하나도 담겨있지 않았다.

"아니요. 안 바쁩니다. 이거 설마 피예요? 손바닥에서 피 나는 것 같은데."

"그럼 잠깐 나랑 같이 가줄 데가 있어요."

"네? 어디를……?"

정현은 세현에게 자초지종을 물어보고 싶었지만 우선 가만히 입을 닫았다. 세현은 다리를 절뚝거리며 앞장서 다시 골목으로 들어갔다.

"여긴 설마……?"

정현은 입술을 깨물며 말을 삼켰다. 세현이 사건 현장 근처에 산다는 건 알고 있었지만, 이렇게나 코앞일 줄은 몰랐다. 앞서 걷는 세현은 말없이 몸을 덜덜 떨고 있었다. 정현은 가방에서 언제든 주려고 챙겨두었던 세현의 바람막이를 꺼냈다. 그러나 넋이 나간 채 비틀거리는 세현의 모습에 제대로 말도 붙여보지 못했다. 정현은 겉옷을 손에 쥐고 걱정스러운 눈빛으로 세현의 뒤를 따랐다. 계단을 다 오르기도 전에 활짝 열린 문 사이로 신발장이 보였다. 정현은 당황스럽다는 듯이 물었다.

"혹시 문 열어두고 나오셨어요?"

얼굴이 하얗게 질려있는 세현을 보고 있으니 원래 열려있으면 안 되는 문이라는 생각이 들었다.

"잠깐 들어가 봐도 될까요?"

세현이 힘없이 고개를 끄덕이자 정현은 망설임 없이 안으로 들어섰다. 불을 어떻게 켜야 할지 몰라 벽을 더듬거리자 어느새 뒤따라 들어온 세현이 스위치를 눌러 실내를 밝혀주었다. 갑자기 환한 불빛이 쏟아져 들어와 정현은 눈을 찡그렸다. 처음 들어올 때부터 느꼈지만 세현의 집은 이 더운 여름밤에도 신기하게 서늘한 느낌이 들었다. 자세히 보니 사람 사는 온기가 전혀 느껴지지 않았다.

세 개의 방에 주방까지 따로 달려있었는데 세현은 대부분의 생활을 거실에서 하는 건지 거실을 제외한 다른 방은 거의 텅 비어 황량한 느낌을 풍겼다. 정현은 혹시 누군가 몸을 숨길만한 공간은 없는지 방 안 곳곳을 세밀하게 살폈다. 정현이 다시 거실로 나오자 세현은 없고 현관 앞에서 말소리가 들렸다.

"난 또 뭐라고 이 밤에 호들갑인가 했네. 이거 건전지가 없어서 그래. 이것 봐, 새것으로 가니까 바로 작동되잖아."

큼직한 집게로 머리를 완전히 뒤로 넘긴 중년의 여성이 도어록을 열었다 닫았다 하면서 흥분된 목소리로 세현에게 설명하고 있었다. 세현은 본가가 용천이라고 했는데, 지금 말하고 있는 사람은 딱 세입자에게 쏠법한 말투로 세현을 타이르는 중이었다. 팔짱을 긴 채 가만히 서있는 세현은 평소에도 이렇게 체구가 작았나 싶을 정도로 왜소해 보였다. 보다 못한 정현이 둘의 대화에 끼어들었다.

"그래도 그런 식으로 말씀하시면 안 되죠. 안 그래도 며칠 전에 여기 인근에서 일어난 사건으로 충격이 클 텐데……."

"이 아가씨만 여기 살아? 나도 여기 살아! 저녁에 전화만 오면 아주 심장이 벌렁벌렁해 죽겠는데 별거 아닌 일로 왜 전화질이야!"

언제 올라온 건지 목 부분이 거의 배까지 늘어난 메리야스를 입은 남성이 벌건 얼굴로 정현에게 호통을 쳤다.

"이거 가만 보니까 이 아가씨가 들어온 이후로 우리 집 기운이 안 좋아진 것 같단 말이지. 어?"

남자가 세현에게 손가락질하며 다가서자 정현이 황급히 그 사이를 가로막았다.

"아니 무슨 말을 그렇게 하십니까? 손가락 그렇게 하지 마세요. 상대방이 위협으로 느낀다고요."

"당신이 뭔데 이래라 저래라야?"

남자가 더 벗을 것도 없는 옷을 던지는 시늉 하며 달려들자 정현은 그의 양어깨를 잡아 누르며 저지했다. 세현은 정현의 팔을 붙잡고 피곤하다는 듯이 손을 내저어 그만하라 신호했다.

"아, 이 양반이 취했으면 곱게 취해야지. 학생 미안해요."

옆에서 계속 눈치를 보던 여자도 이 틈을 타 남편의 등을 내리치며 같이 말렸다.

"알았으니까 내려가세요."

굳게 닫혀있던 세현의 입이 겨우 떨어졌다. 철제 계단에서 우당탕거리는 소리가 나더니 금세 또 잠잠해졌다. 정현은 무슨 말을 해줘야 할지 몰라 손에 쥐고 있는 바람막이를 조심히 건네기만 했다.

"이제 가셔도 돼요."

"서 과장님은요?"

"안에 아무도 없잖아요."

"그렇긴 한데 요즘에 젊은 여성이 사는 집에 몰래 들어와서 카메라 설치하고 가는 그런 추잡한 놈들이 있거든요. 오늘 하루만 본가에 가서 주무시고, 내일 낮에 수사팀이 와서 확인해 보는 것도 나쁘지 않을 것 같습니다."

"괜찮아요."

세현의 목소리는 단호했지만, 그 안에서 희미한 초조함이 느꺼졌다. 정현은 세현에게 더 강요할 수 없었다. 같이 있어주겠다는 말도 체면치레로 들리지 않을 것 같아 조용히 입을 닫았다. 지금 세현에게는 낯선 침입자든 정현이든 똑같이 불편함으로 다가올 수 있는 상황이었다.

"알겠습니다. 그럼 전 이만 가보겠습니다. 내일 서울 조심히 올라가세요. 아! 근데 저는 경찰서로 갈 겁니다. 그리고 저녁까지 계속 있을 겁니다."

세현은 정현의 말에 미동조차 하지 않았다. 그런 세현을 보고 있으니 정현은 자신이 여기서 시간을 지체하는 게 그녀를 더 괴롭히는 일인 것 같아 어쩔 수 없이 인사를 건네고 문을 닫았다.

정현이 나가고 얼마 지나지 않아 계단에서 삐걱거리는 소리가 났다. 누군가 밖에서 비명을 지르는 것 같아 세현은 귀를 틀어막았다. 드디어 소란이 가셨다고 안심했는데, 이상하게 심장이 빠르게 요동치기 시작했다.

세현은 밀려오는 구토감에 문을 박차고 나가 바로 보이는 바닥에 속을 게워냈다. 그리고 계단을 달려 내려가 정현의 뒤를 쫓았다.

7월 22일

정현은 어색한 걸음으로 화장실 문 앞에 바짝 붙어 제자리만 빙빙 돌았다. 물소리가 그치고 세현이 밖으로 나오자 정현은 바로 시선을 바닥으로 내렸다. 바지를 무릎까지 걷은 세현이 절뚝거리며 침대 끝에 앉았다. 아직 마르지 않은 물줄기를 따라 핏물이 흘러내렸다.

"휴지 좀 주세요."

정현은 마치 세현의 명령이 떨어지기만을 기다렸던 사람처럼 날쌔게 움직였다.

"불편하면 언제든지 말하세요. 바로 나가겠습니다."

정현이 휴지를 건네고 다시 문 앞에서 서성거리다 캐리어를 올려둔 거치대를 발로 건드렸다. 갑자기 시끄러운 소리가 나자 세현은 눈을 동그랗게 뜨고 고개를 들었다. 정현은 두 손을 가슴

팍 앞으로 모으며 미안하다고 사죄했다. 세현이 불편해하지 않도록 살금살금 걸어 최대한 멀찌감치 떨어졌다.

"정신 사나우니까 그냥 앉아있어요."

"네."

정현은 잽싸게 안에서 의자를 끌고 나와 벽을 등지고 현관문 쪽에 자리를 잡았다.

"혼자 있고 싶으시면……."

"알았다고요."

세현은 단칼에 정현의 웅얼거림을 자르고 커튼을 전부 걷은 후 창가가 보이는 의자에 앉아 몸을 동그랗게 말았다. 무릎을 접자 맺혀있던 피가 금방이라도 또 흘러내릴 것처럼 뿜어져 나왔다. 정현의 시선이 어깨 언저리에서 느껴지다 사라졌다. 세현은 그 자세로 낮게 숨을 골랐다.

시간이 얼마나 흘렀을까. 무릎에 동그랗게 딱지가 앉았다. 그나마 다행인 건 피부가 험하게 쓸렸을 뿐, 뼈에는 이상이 없어 보인다는 것이다. 하지만 벌써 시퍼렇게 올라오는 멍을 보니 딱 봐도 일주일은 고생할 게 분명했다.

창밖 저 멀리 산등성이 뒤로 희미하게 새어 나오는 밝은 빛이 새벽 기운을 넘어서기 시작했다. 새벽 5시가 넘었다. 이제야 긴장이 풀린 건지 오래달리기를 하고 난 다음 날처럼 온몸이 욱신거렸다.

마음이 가라앉자 기분 나쁜 가설이 스멀스멀 올라오기 시작했다. 조균은 처음부터 세현의 존재를 알고 있었다.

세현은 가만히 입을 닫고 코를 막았다. 예전에는 곧잘 1분은 넘게 참았는데 최근에 하도 운동을 안 해서 그런지 43초가 한계였다. 먹먹해진 귀를 후비며 쓸데없는 생각은 빠르게 떨쳐내기로 했다.

만약 그가 세현의 정체를 알았다면, 세현이 지금까지 이렇게 멀쩡하게 숨 쉬고 살아있을 수 없다. 요즘 제대로 잠을 자지 못해서 이상한 악몽까지 꾸더니 머리까지 멍청해진 게 틀림없다. 서울로 돌아가면 좋은 비타민을 추가한 영양제를 맞고 하루 푹 쉬어야겠다 다짐했다. 세현은 정신을 차리기 위해 세수라도 하려고 자리에서 일어났다. 그때 화장실 바로 맞은편 의자에 산만한 덩치를 구기며 앉아 졸고 있는 정현의 모습이 보였다.

이해가 안 되면 그냥 받아들이라고 했다. 엊그제 경찰서에서 정현이 했던 말이다. 왜 갑자기 그 말이 떠오른 건지 모르겠지만, 질문 하나 없이 여기까지 따라와 준 정현의 모습을 보니 그냥 생각이 났다.

세현이 가까이 다가간 탓에 센서 등이 깜박거리며 켜지자 정현이 눈을 비비며 일어났다. 세현은 멍하니 정현을 바라보았다. 어느 날, 밤을 꼬박 지새우고 맞았던 서늘한 새벽의 익숙한 공기가 떠올랐다.

* * *

세현은 차창에 이마를 붙이고 밖을 쳐다보았다. 폭이 좁은 길가 양옆으로 심어진 나무가 서로 만나면서 하늘을 가렸다. 아침 햇살이 그 사이로 빼꼼히 고개를 내밀었다 사라졌다. 나무 그림자가 세현의 눈가를 쓰다듬고 지나갔다. 동시에 오른쪽 어깨에서 미세한 진동이 느껴졌다. 세현은 눈을 감고 싶었다. 답답하지만 포근한 공기가 주는 안정감이 자꾸 세현을 기대어 쉬게 했다.

"서 과장님."

"……."

"도착했습니다."

세현은 자신에게 다가온 낯선 손길에 소스라치게 놀라며 일어났다.

"과장님 정말 괜찮으신 거 맞죠?"

"……."

"아직 시간이 남아서 조금 더 있다 깨우려고 했는데 계속 전화가 오는 것 같아서요."

세현은 무방비한 상태로 잠들었다는 사실이 믿기지 않아 정현이 스치고 지나간 팔등을 쓰다듬었다. 쉬지 않고 울리는 진동 소리가 거슬려 세현은 주머니에서 핸드폰을 꺼내 발신자를 확인하지도 않고 거절 버튼을 눌렀다. 겨우 정신을 차리고 안전벨트를 풀고 나가려는데, 정현이 급한 목소리로 세현을 잡았다.

"아! 잠시만요. 어제 경찰서로 택배가 하나 왔는데 과장님 앞으로 온 거더라고요."

"제 것 맞아요? 그게 왜 경찰서로 가요?"

세현은 손잡이에서 손을 떼고 정현이 건네는 상자를 받았다.

"그러게요. 저도 이상해서 몇 번 확인해 봤는데 과장님 이름 맞던데요. 발신자 주소가 용천인 거 보니까 아마 그때 과장님이 브리핑하신 거 보고 보낸 건 아닐까 싶습니다."

순간 손끝에서 오싹한 기운이 맴돌았다. 상자를 뒤집어 발신자를 확인하니 이름은 따로 없고 삐뚤삐뚤한 글씨로 쓰인 주소만 덩그러니 적혀있었다. 세현은 손을 빠르게 움직여 상자를 갈기갈기 찢고 안에 들어있는 내용물을 확인했다. 낡은 노트였다. 얼마나 오래된 건지 딱딱했을 표지 끝이 둥그렇게 마모되어 있었다. 페이지를 넘기자 세현의 머릿속 톱니바퀴들이 뻣뻣하게 굳었다.

누군가 페이지마다 정성스럽게 사진을 붙여두었다. 이 노트만큼 시간의 흐름이 느껴지는 흐릿하고 색이 바랜 사진들이었다. 알아보기 힘든 풍경을 뒤로하고 한 여자아이가 서있었다. 아이는 동물을 좋아하는지 모든 사진에서 동물을 안고 있었다.

꼬리가 축 늘어진 고양이는 얼굴이 없었고, 참새는 날개 밑으로 있어야 할 다리가 보이지 않았다. 페이지를 뒤로 넘길수록 사진의 수위가 점점 올라가 눈살이 저절로 찌푸려질 정도였다. 동물의 살을 갈라 장기를 그 옆에 일렬로 하나씩 늘어놓은 탓에 도대체 이게 어떤 동물이었는지 분간도 잘 가지 않는 사진도 있었다. 자세히 보니 작은 부리가 달린 병아리 머리가 옆에 피를 뒤집어쓴 채 같이 누워있었다. 모두 처참하게 죽은 동물들이었다.

"아니…… 누가 이런 걸?"

정현의 목소리에는 당혹스러움이 담겨있었다. 정현이 발밑에 던져둔 상자를 집으려고 손을 뻗자 세현이 상자를 신발로 밟아 눌렀다.

"이거 누가 보낸지 알아요."

"누굽니까?"

정현은 당장이라도 경찰차를 몰고 발신자를 잡으러 갈 기세였다. 세현은 어색하게 웃으며 슬며시 노트를 닫았다.

"최근에 헤어진 남자친구랑 불미스러운 일이 좀 있었거든요. 유치한 사람인 건 알고 있었는데 이런 식으로 괴롭힐 거라곤 생각 못 했네요."

"아니. 이런 건 유치한 게 아닙니다. 서 과장님이 이걸 보고 공포심을 느꼈으면 협박이고 범법 행위에요. 절대 그냥 넘어가선 안 돼요."

"그냥 안 넘어가요. 이미 법적으로 대응할 수 있는 방법 검토 중이에요. 굳이 경찰서로 보낸 거 보면 아마 브리핑 영상 보고 같이 일하는 사람들에게 알려서 절 곤란하게 할 속셈인 것 같은데 다른 분들에게는 비밀로 해주세요."

"진짜 악질이네. 걱정 마세요. 그리고 혹시 도움 필요하시면 꼭 알려주세요. 꼭이요."

"네. 그럴게요."

정현은 피곤함에 감기는 눈을 하고서도 세현의 상태를 걱정해 주었다. 어제 일로 세현이 크게 놀랐다고 생각한 건지, 알아서 가겠다는 사람을 기어이 설득해서 터미널까지 바래다주기까지 했다.

정현은 세현이 사라지기 전까지 뒤에서 손 흔들어주는 것을 멈추지 않았다. 터미널에 들어서자마자 세현은 곧바로 화장실을 찾았다. 청소 도구함 옆 칸으로 들어가 문을 걸어 잠그고 급히 핸드폰을 들어 상자에 적힌 번호를 눌렀다. 통화음이 길게 늘어지는 소리가 협박이라도 하듯이 세현을 괴롭혔다. 긴 기다림 끝에 걸쭉한 남자 목소리가 들렸다.

"중앙 만두입니다."

세현은 가방 안에 핸드폰을 던져 넣고 다시 노트를 꺼내 한 장씩 천천히 넘겨보았다. 아마 발신자 주소로 찾아가도 방금 전화를 건 식당이 나올 게 분명했다. 사진이 한 장씩 넘어갈 때마다 세현은 기가 막혀서 코웃음을 쳤다. 이것은 세현의 브리핑에 조균이 보낸 답신이었다. 그는 이미 결판난 싸움을 즐기는 승자처럼 가증스럽게 굴었다.

세현은 노트를 다시 가방 속에 넣어두고 터미널을 뛰쳐나와 바로 택시를 잡았다. 식당 이름을 말하자 다른 건물을 알려 달라 독촉하는 기사에게 내비게이션을 켜라며 차갑게 대꾸했다.

세현은 초조하게 창문 밖을 바라보며 생각에 잠겼다. 잠깐 달렸다고 그사이에 어제 넘어진 무릎이 얼얼하게 부어올랐다. 세현은 좁은 골목에서 우왕좌왕하고 있는 택시 기사에게 던지듯 지폐를 건네고 내렸다. 기사는 중얼거리며 욕설을 뱉더니 돈을 모두 챙겨 돌아갔다. 이른 아침 골목 위로 뿌옇게 미세먼지인지 안개인지 구분하기 어려운 것이 내려앉았다.

금일 휴업이라는 안내판이 붙은 불고깃집은 인기척이 느껴지지 않았다. 세현은 불고깃집에서부터 길게 늘어진 도로를 걸었다. 텅 빈 도로를 거닐자, 망한 세상에서 살아남은 유일한 생명체가 된 것처럼 비장한 기분이 들었다. 도로 끝에 다다라 다시 식당을 향해 돌아왔다. 티 나게 주변을 둘러보지도 않았고 그렇다고 막연히 앞만 보고 걷지도 않았다. 그날의 감각에 익숙해지기 위해 계속 걷기를 반복했다.

어디선가 부스럭거리는 소리가 들려 바라보니 부지런한 고양이 한 마리가 담벼락을 넘어 정자 밑에 난 우물가 호스로 유유히 걸어가는 게 보였다. 호스 입구가 새는 모양인지 흙바닥 위에 물이 제법 고여있었다. 고양이는 물을 마시다 한걸음에 뛰어 정자 위로 올랐다.

동물을 키우는 젊은 여자만큼 무해한 이미지도 없어서 오래전부터 몇 번이고 고양이를 키우려고 노력했었다. 강아지는 너무 치대서 부담스럽지만, 고양이는 영역 동물이라 서로 간의 거리를 유지하는 데 어려움이 없을 거라 생각했다. 조사관을 따라

먹이 주는 것도 연습하곤 했는데, 언젠가 골목 어귀에서 본 치즈색 고양이가 다 죽어가는 쥐를 가지고 노는 모습에 홀린 듯 다가가 누군가 버리려고 내어둔 삽으로 쥐의 숨통을 끊어주었다. 고양이는 멀찌감치 서서 세현을 지켜보다 달아났다. 그날 이후로 국과수에는 고양이가 찾아오지 않았다.

세현은 고양이가 밟고 지나간 정자에 앉아 그 반대편을 바라보았다. 아귀찜 장사를 하다 망한 건지 넓적한 생선 스티커가 반만 떼어진 채 덜렁거렸다. 그 옆에 낯익은 자동차 한 대가 눈에 들어왔다. 워낙 오래된 모델로, 도로에서 흔하게 볼 수 있는 기종이 아니었다.

세현은 문득 떠오르는 기억에 핸드폰 메모장을 뒤졌다. 가끔 머릿속에 끓어넘치는 복잡한 생각을 덜어내기 위해 메모를 작성하는 습관이 있어 세현의 메모장은 항상 어지럽혀져 있었다.

세현은 천천히 손가락으로 날짜를 거슬러 올라가며 변사체 발견 당일 작성한 메모를 보았다. 자동차 앞 유리창에 부착된 번호와 세현이 적어둔 메모가 일치했다. 세현은 곧바로 차주에게 전화를 걸었다. 연결음이 길어지자 세현은 또 슬슬 올라오는 짜증에 담벼락을 발로 차기 시작했다.

'여보세요'라고 말하기도 전에 기침 소리가 먼저 들렸다. 이른 아침이라 그런지 가래가 낀 남성이 거친 목소리로 전화를 받았다. 세현은 가방을 뒤져 경찰서에서 발부받은 임시 출입증을 꺼내 목에 걸었다. 간단하게 용건을 말하자 얼마 안 돼 아귀찜 가게 옆 건물에서 70대 정도 되어 보이는 남성이 깔끔한 옷을 입고 걸어오는 게 보였다.

"안녕하세요."

"전에도 가져갔으면서 왜 주말 아침부터 사람을 오라 가라 그래……."

불만 가득한 목소리로 몇 번이고 툴툴거리는 게 거슬렸지만, 세현은 최대한 웃는 얼굴을 유지했다.

"선생님 죄송합니다. 사건이 워낙 복잡해서 받아오는 영상이 한둘이 아니라 애들도 정신이 없는지 이 중요한 영상을 날려버렸지 뭡니까. 하필 선생님 차 영상을요. 선생님이 안목이 좋으셔서 그런가 설치해 두신 블랙박스 영상이 제일 깔끔하고 음질도 좋아서 큰 도움이 됐거든요. 그래서 염치 불고하고 다시 한번 부탁드리러 왔습니다."

세현은 친절을 가장한 자신의 말투가 오늘따라 유독 억지스럽게 들려 속으로 헛구역질을 했다. 세현이 저자세로 나온 덕분인지 남자는 귀찮다는 듯 혀를 차면서도 아무런 의심 없이 차문을 열었다. 그다음 블랙박스에 들어있는 SD카드를 꺼내 USB 리더기에 꽂아서 건네주었다.

"이거면 됐지? 빨리 보고 갖다줘. 언제 가져올 거야?"

"오늘 확인하고 바로 가져다드릴게요. 여기 제 번호입니다. 궁금한 거 있으시면 언제든지 연락해 주세요."

"내가 연락하기 전에 가져다줄 생각을 해야지."

세현은 남성이 건넨 USB를 냉큼 받아 주머니에 넣었다. 깐깐한 성격이 목소리에도 묻어나 어떤 말을 해도 훈계하는 것처럼 들려 거북했지만, 그래도 덕분에 할 일이 줄었으니 군말 없이 상대해 주기로 했다. 남자는 그러고도 몇십 분을 세현에게 잔소리하며 사건에 대한 자신의 추리를 늘어놓았다. 경찰이 엉망이라는 욕도 서슴지 않았다.

남자와 헤어지고 세현은 계단 위에 있는 삐쩍 마른 다육 식물을 올려다보았다. 괜히 돌아다니다 원치 않는 누군가를 만날 바에는 차라리 그냥 집으로 가서 노트북으로 재생하는 게 더 편한데 어젯밤에 일어난 일 때문인지 이 집 근처에는 단 1초도 머무르기 싫었다.

세현은 등을 돌려 불고깃집 반대 방향으로 걸어 가장 가까운 곳에 있는 피시방을 찾았다. 무릎이 아파서 당분간은 넓은 간격의 계단은 피하겠다고 다짐하며 힘겹게 위로 올라갔다. 자동문이 열리면서 차갑게 식은 공기가 들어왔다. 환기가 안 돼서 퀴퀴한 냄새 사이로 싸구려 디퓨저 향과 라면 냄새가 섞여 났다.

세현은 찌푸려진 인상을 풀지 않고 피시방 결제를 마쳤다. 카드에 적힌 자리에 앉아 USB 폴더 안에 정리된 영상을 확인했다. 세현은 사건 당일 날짜가 표시된 영상을 열어 재생 버튼을 눌렀다. 혹시 다른 누군가가 화면을 엿보고 있을까 봐 이어폰은 착용하지 않았다.

세현은 영상을 돌려가며 그날의 기억을 차근차근 되짚어 보왔다. 용천에 도착했을 때는 이미 해가 져서 어둑했다. 경찰서 주변을 배회하다 돌아가는 길에 발견했으니 그때가 저녁 9시 반쯤 됐을까. 그날은 식당 휴무일이라 더 인적이 없었지만 그렇다고 해서 조균이 낮에 사체를 유기할 만큼 무모하진 않을 것이다.

이미 경찰이 블랙박스 영상을 수거해서 확인했지만 특이점을 찾지 못한 거라면, 맞은편 골목으로 들어왔다가 다시 나갔기에 블랙박스에 찍히지 않았을 수도 있다. 세현은 차분히 사체가 발견된 시간대부터 천천히 영상을 거슬러 올라갔다.

사후 경직이 왔고 날이 더워서 빠르게 완화됐으니 아무리 체구가 작은 여성이었다고 해도 사체를 옮기기 위해서는 상당한 완력이 필요했다. 그러니 경찰은 간간이 골목 끝으로 튀어나오는 남성이나 큰 골목을 가로질러 가는 차체가 큰 차량에만 주목했을 것이다. 세현은 몇 번이고 같은 영상을 돌려보고 또 돌려보았다.

오후가 되자 번화가로 나가려고 골목을 지나는 중학생 무리가 눈에 들어왔다. 주인아주머니가 경찰서 뒤편에 있는 빌라 옆으로 용천여자중학교가 있다고 말한 게 기억이 났다. 학생들 사이에서도 딱히 눈에 띄는 반응은 없으니 사체는 이후에 유기됐을 가능성이 컸다. 얼마 안 가 해가 저물어 어둑해졌고 내리는 빗방울에 영상이 흐릿해 사람의 인영만 겨우 확인할 수 있는 정도였다. 세현은 점점 시간대를 좁혀가며 영상을 반복해서 돌려보았다.

누군가 세현의 의자를 밀치고 지나갔다. 놀라 벌떡 일어서자 중학생 정도 되어 보이는 남자아이가 대충 고개를 꾸벅하고 친구들을 따라 시끄럽게 계단을 내려갔다. 어제 일로 별거 아닌 일에도 예민하게 반응하고 있었다. 세현은 의자를 고쳐 앉고 정지해 둔 영상을 다시 재생했다. 그때, 골목에서 빗속을 뚫고 누군가 튀어나왔다.

날씨에 맞지 않게 겉옷을 입고 있었다. 모르는 얼굴이지만, 익숙했다. 세현은 망설임 없이 USB를 챙기고 책상 위에 대충 올려둔 물건을 가방에 밀어 넣고 밖으로 나갔다. 가방에 마우스가 걸리면서 떨어지는 소리가 시끄럽게 났지만 돌아보지 않았다.

세현은 눈을 부릅뜨고 계단을 내달렸다. 통증에 악 소리가 절로 났다. 택시를 잡기 위해 무작정 도로로 나와 손을 휘저었다. 과거의 기억이 머리를 쥐어짜기 시작해 진정하려 했지만, 몸은 말을 듣지 않았다. 세현은 저 멀리서 자신을 보고 방향을 트는 택시를 향해 무작정 달렸다.

* * *

"밥 먹었어요?"

뒤에서 불쑥 들려오는 석우의 목소리에 놀라 정현은 보고 있던 검사지 끄트머리를 구겼다.

"그냥 간단히 먹었습니다."

"전화는 왜 안 받으세요?"

"전화요? 언제 전화하셨어요?"

정현은 급하게 바지 주머니를 만져보았지만 어디로 간 건지 핸드폰을 찾을 수 없었다.

"이거 아니에요?"

석우의 손가락을 따라가니 자신을 놀리는 것처럼 얌전하게 책상 한가운데에 놓여있는 핸드폰이 보였다.

"오늘 어디 안 좋으세요?"

"날이 흐려서 그런지 좀 피곤하네요."

정현은 핸드폰 화면을 바닥으로 가게 뒤집어 두고 멋쩍게 웃었다. 그동안 있었던 여러 사건 때문에 강력팀에서 그나마 친하게 지내던 석우와도 사이가 서먹해졌다. 강력팀 사람들은 각자 할 일은 알아서 하고 있지만, 다들 정현과 엮이기 싫어하는 게 보여서 먼저 일을 부탁하지도, 같이 하자고 권유하지도 않았다. 이런 분위기에서 아무렇지 않은 척하며 어울리는 것도 정현의 성격으로는 무리였다.

그래서 최근 발생한 두 건의 살인 사건과 관련된 일은 정현이 죄다 떠맡아서 처리하느라 끼니를 거르기 일쑤였다. 석우도 그걸 아는지 티 나게 정현의 주위를 맴돌았다. 정현은 석우를 향해 어색한 웃음을 내보이며 괜찮다고 눈짓했다. 석우는 그런 정현의 등을 냅다 내리쳤다.

"아, 진짜 팀장님. 답답해서 못 참겠습니다. 저희가 무슨 한두 살 먹은 애도 아니고 이런 거로 어색해지는 게 말이나 됩니까?"

"네? 아니, 그게 아니라……."

"이미 벌어진 일인데 뭐 어쩌겠습니까. 솔직히 팀장님이 일 부러 그러신 것도 아니고, 다 사건 해결하겠다고 애쓰다가 그런 건데."

석우의 짜증 섞인 투정에는 애정이 묻어있었다. 정현은 왠지 그동안 속상해했던 자신의 마음이 쪼잔하게 느껴졌다. 정현은 자신의 판단 착오로 굳어진 분위기를 어떻게 풀어야 할지 몰라 계속 눈치만 보고 있었다. 하지만 언제까지 겉돌 수도 없는 노릇 이었다. 먼저 다가와 준 석우 덕분에 정현은 오랜만에 편하게 웃 을 수 있었다. 한참을 같이 웃던 석우가 집게로 묶어둔 종이 다 발을 건넸다.

"이거 2000년 서평택 미제 사건 자료인데, 제가 아는 사람한 테 부탁해서 받아왔습니다. 최초 발견자 진술서에 주소가 용천 으로 적혀있더라고요."

정현은 웃음기를 빼고 자료를 건네받았다. 책상 위에 있던 파 일집을 꺼내 그동안 분류해 둔 자료와 같이 놓고 비교했다. 석우 가 구해온 자료는 누락된 최초 발견자 진술서였다. 혼자서 이 많 은 자료를 검토하다 보니 놓치는 부분이 있을 수밖에 없었지만, 정현은 더 꼼꼼하게 살피지 못한 자신을 자책하며 서둘러 자료 를 열어보았다.

2000년 서평택 사건은 최초 발견자 진술을 한 사람은 피해자의 친구로, 신원이 정확하게 기록되어 있었다. 정현은 혹시나 하는 마음에 바로 정보과로 전화를 걸어 신원 재확인을 부탁했다. 답을 기다리며 종이를 넘기는 손에서 초조함이 묻어났다.

"이게 그 최근 발생한 사건이랑 무슨 관련이 있기에 그러시는 거예요?"

"이따 말씀드릴게요."

정현은 말을 마치고 시끄럽게 울리는 수화기를 들었다. 정현의 표정이 의미심장하게 변하며 빠르게 메모지에 내용을 받아 적었다. 궁금증을 참지 못한 석우가 내용을 엿듣겠다고 수화기 옆에 바짝 붙었다.

"아직 여기 있대요?"

정현이 차 키를 챙기며 고개를 끄덕였다.

"저 빨리 다녀올게요."

"아니, 말해준다면서요."

석우의 구시렁거리는 소리를 뒤로하고 정현은 빠르게 계단으로 달려 내려갔다. 세현은 과거 사건에 얽매이지 말라고 했지만, 정현은 조사하면 할수록 용천에서 일어난 현재 사건과 과거 미제 사건이 미묘하게 맞물리고 있다는 생각이 들었다. 메모해 둔 주소를 검색하자 용천 톨게이트 주변 아파트로 목적지가 설정되었다. 정현은 핸들을 단단히 붙잡고 속력을 올렸다.

* * *

40대 초반처럼 보이는 여성은 정현에게 오렌지 주스를 건넸다. 정현은 괜찮다고 손사래를 쳤지만, 여자는 기어이 손에 주스병을 쥐여주고 나서야 자리에 앉았다.

"갑자기 찾아와서 죄송합니다."

"뜬금없이 경찰서에서 연락이 와서 당황하긴 했는데, 사건 때문에 오신 거니까요."

"시간 내주셔서 감사합니다."

"근데 정말 이렇게 밖에서 이야기해도 괜찮은 거죠?"

집에서 바이올린 과외를 하는 여자는 흔쾌히 만남을 허락했지만, 정현은 대낮에 낯선 사람의 집에 혼자 방문하는 게 부담스러워 아파트에 있는 정자에서 만나자고 제안했다.

"전혀 불편하지 않습니다. 나와주신 것만으로도 감사합니다."

"안 그래도 만나기 전에 이런저런 생각을 해봤어요. 시간이 더디게 흘러가는 것 같았는데 벌써 23년이나 지났더라고요……."

"다들 시간이 약이라고 하지만 어떤 일은 아무리 지나도 쉽게 잊히지 않잖아요. 힘드시면 최대한 제 질문에 답만 해주셔도 됩니다."

"네. 감사합니다."

"처음 사체를 발견한 시각이 새벽 2시 32분이라고 적혀 있는데요. 혹시 그때 상황을 조금만 더 자세히 묘사해 줄 수 있을까요?"

"그때 상황이요……?"

여자는 갈증이 나는지 오렌지 주스를 홀짝이며 생각에 잠겼다.

"그 친구가 잠깐 손을 씻으러 갔나. 네, 그랬을 거예요. 와야 할 시간이 지났는데 오지 않아서 제가 찾으러 갔어요. 그때 동아리 부원 중에서 여자는 그 친구와 저 둘뿐이었고 나이가 같아서 계속 같이 붙어있었거든요."

"그러면 그분이 그때만 잠깐 자리를 비웠던 겁니까?"

"아…… 아니요. 그게 아니라 부원 중에 친하게 지냈던 남자 선배가 있었는데 그날 둘만 있을 자리를 마련해 달라고 부탁받았던 기억이 나네요. 그래서 저녁에 계속 저 혼자 텐트에 있었고 그 친구는 밖에 나가있었어요."

여자는 오래전 기억이 섞여 혼란스러운지 손가락으로 짚어 가며 차근차근 상황을 설명했다. 오늘 만남이 없었으면 다신 떠올리지 않아도 될 기억을 강요하는 것 같아 정현은 마음이 편치 않았다.

"천천히 생각해 보시고 말씀해 주셔도 됩니다."

"새벽에 추워서 깼는데도 아직 안 왔길래 혹시 그 선배랑 있는 건 아닐까, 하고 다른 텐트에 찾아갔었어요. 그리고 선배를 깨워서 같이 돌아다니다 그렇게…… 된 거고요."

"그럼 그 선배분이랑 같이 찾으러 다니신 거예요? 다른 분 진술은 없었는데……?"

여자는 순간 아차, 하는 표정으로 입을 가리고 급하게 변명을 했다.

"근데 그 선배는 아니에요. 저녁 먹고 같이 산책하려고 했는데 그 친구가 몸이 안 좋다고 해서 바로 헤어지고 다른 부원들이랑 술 마셨다고 했어요. 찾아보면 사진도 다 있을 거예요."

"혹시 실례가 안 되면 그 선배분 이름 좀 알 수 있을까요?"

"죄송한데 기억이 안 나네요. 워낙 오래전 일이라."

여자는 말을 마치기도 전에 손사래를 치며 자리에서 일어섰다.

"곧 있으면 학생 올 시간이라 먼저 가볼게요. 도움이 됐으면 좋겠네요."

"시간 내주셔서 감사합니다. 큰 도움 됐습니다."

정현은 연신 고개를 숙이며 여자에게 고맙다는 인사를 건넸지만, 여자는 뒤도 돌아보지 않고 무언가에 쫓기는 사람처럼 바삐 아파트 단지 안으로 모습을 감췄다. 정현은 완전히 사라진 여자의 뒷모습을 아쉽다는 듯이 바라보다 추가 목격자에 대한 정보를 수첩에 적어 넣었다. 미제 사건 용의자의 성격을 권력 통제형으로 예측해서 면식범일 가능성은 적다고 생각했는데, 함부로 생각의 폭을 좁히지 말고 모든 가능성을 고려해 봐야 할 것 같았다.

금방 만난 최초 발견자는 용천대학교 출신이었으니까, 그녀가 어떤 동아리에서 활동했는지 조사해 보면 그 남자의 정체도 쉽게 파악할 수 있을 것이다. 정현은 일어선 자세 그대로 열심히 메모에 집중했다.

"형사님."

누군가 등을 찌르는 느낌에 정현은 뒤를 돌아보았다. 여자는 급하게 뛰어왔는지 이마에 땀이 송글송글 맺혀있었다. 머리카락을 추스르며 망설이는 그녀의 눈빛은 아까보다 더 강하게 흔들렸다.

"사실 그 남자 선배, 제 친오빠예요. 그때 수사하던 분들이 같이 갔던 부원한테 얼마나 심하게 대했는지 모르실 거예요. 만약 오빠가 마지막 목격자였다는 게 알려지면 당장이라도 죄를 뒤집어씌워서 교도소에 집어넣을 것 같았어요. 그래서 말 못 했던 거니까 따로 찾아가서 수사하지 말아 주세요. 이미 오래전 일이 잖아요. 오빠가 그 일로 정말 많이 힘들어했고, 지금 한국에도 없어요."

"알겠습니다. 심적으로 많이 부담되셨을 텐데 용기 내주셔서 감사합니다. 다른 분들한테는 따로 말씀 안 드리겠습니다."

정현은 차마 수사하지 않겠다는 거짓말까지 할 자신이 없어 더 이상의 질문은 생략했다. 여자는 정현의 미적지근한 태도에 마음이 놓이지 않은 건지 떠나려는 정현을 다시 붙잡았다.

"그때도 말했던 내용인데, 경찰이 별로 중요하게 생각하지 않고 넘어갔던 부분이 있어요. 이것까지만 말하고 갈게요. 그날 저녁 먹을 때 필요한 채소와 과일을 씻으려고 친구랑 같이 물가로 나갔다가 거기서 여자아이 하나를 봤어요."

"여자아이요? 그 인근에 사는 동네 꼬마가 아니었을까요?"

"그랬으면 이렇게 기억하고 있지도 않았겠죠. 저희 낚시 동아리였어요. 거기 완전 노지였고 그 인근에 저희 빼고 아무도 없었다고요."

정현은 손에 들고 있던 수첩을 다시 펼쳐보았다. 혹시나 여자가 볼까 전에 쓰던 페이지를 빠르게 넘겼다.

"몇 살 정도 되어 보였어요?"

"초등학생 저학년 정도요. 체구가 왜소해서 나이가 더 많을 수도 있어요."

"옆에 부모님이나 보호자로 보이는 사람은 없었나요?"

"없었어요. 그래서 저희가 부모님은 안 계시냐고 물어봤더니 귀가 안 들리는 건지 반응이 없고 물만 떠서 가더라고요."

"물이요……."

정현은 여자가 해주는 말을 하나도 빠짐없이 적었다.

"들고 있던 통이 커서 도와주려고 했는데 부원들이 저희를 찾는 소리가 들려서 고민하다 그냥 갔었거든요."

"얼마나 큰 통이길래."

"청소할 때 쓰는 고무 양동이요."

열심히 글씨를 적어 내려가던 정현의 손이 우뚝 멈춰 섰다.

7월 23일

공복으로 보낸 시간이 열여덟 시간을 훌쩍 넘겼는데도 알 수 없는 메슥거림에 세현은 허리를 굽혔다. 몸 상태가 좋지 않았지만, 곧 다가올 상황을 대비해서 정신을 똑바로 차려야 했다.

세현이 자리를 비운 사이 일이 밀려 국과수에 도착하자마자 부검실에 끌려 들어갔다. 무슨 정신으로 메스를 잡았는지도 모른 채 겨우 부검을 마치고 풀려났다. 사무실에 도착하고 나서야 겨우 눕듯이 책상에 엎어졌다. 속이 울렁거려 세현은 몸을 일으켜 세워 의자에 기대어 앉았다.

무엇을 두려워하고 있나. 세현은 힘없이 널브러져 있는 자신의 모습이 괘씸하게 느껴져 책상을 짚고 비틀거리며 일어났다. 약통을 뒤져 남은 제산제를 한 알도 남기지 않고 입안에 털어넣으며 물로 빈속을 달랬다. 그리고 곧장 냉장고로 가서 조사관이 넣어둔 아메리카노를 들이켰다. 명치끝에서부터 시작된 찢어지는 통증이 목구멍까지 타고 올라왔지만 밀려오는 고통만큼 정신이 또렷해졌다.

세현은 천천히 머리를 가르고 과거의 조각을 해부하기 시작했다. 조균은 세현이 직접 운전한 트럭에 치여 가드레일과 함께 절벽 아래로 굴러떨어졌다. 그 절벽은 혼자 올라오기 힘들 만큼 경사가 심했고 차 밑에 깔린 그의 팔은 누군가 일부러 구겨놓은 것처럼 뒤틀려 있었다.

갑자기 두통이 목뒤에서부터 눈언저리까지 솟아올랐다. 위장을 누군가 손톱으로 후벼 판 듯한 통증이 일었다. 서운해할 조균의 표정이 생각나 세현은 타들어 가는 배를 부여잡고 소리 없이 낄낄거렸다.

포식자처럼 몸을 숨기다 목표를 잡아채는 집요함과 그 비좁은 공간에 오랫동안 기척을 감추는 인내심과 어디든 내키지 않고 칼을 쑤셔 넣는 무모함 그리고 그와 죗값을 나눠질 보증인까지. 그의 솜씨는 세월이 흘러도 녹슨 티 하나 나지 않았다.

세현은 블랙박스 영상의 재생 버튼을 눌렀다. 영상에 찍힌 여자아이는 겁도 없이 용천여중 교복을 입고 있었다. 이런 건 또 어디서 구해온 건지. 세현은 혀를 끌끌 차며 손톱 옆 삐져나온 살 끝을 물어뜯다 또 피를 봤다. 밖에서 누군가 문을 두드려 세현은 보고 있던 노트북 화면을 덮고 자료를 집어 들었다. 허락도 없이 열리는 문소리를 들으니 방문자가 준경임을 따로 확인하지 않아도 알 수 있었다.

"내가 이럴 줄 알았다. 아무리 바빠도 청소는 좀 하고 살아. 어휴. 바닥에 먼지 좀 봐."

"어쩐 일이세요?"

세현은 목소리를 누그러뜨리려고 감정서에 코를 박은 채 대꾸했다.

"그냥 위로나 해줄까 해서. 서 과장 완전 제대로 똥 밟았더라. 그 사건 맡은 팀 싹 다 징계 먹을 것 같고, 경기 남부청으로 사건 넘어가면 소장님이 서 과장도 뒤로 뺄 거래."

세현은 인상을 찌푸리며 자리에서 일어섰다. 또다시 몰려오는 두통에 눈앞이 뿌옜다.

"소장님이 직접 하신 말씀이에요?"

"그렇다니까. 나 진짜 놀랐어. 그 대단한 서 과장도 실수는 하는구나."

준경이 입을 옆으로 찢으며 웃었다. 하얗게 칠해둔 그녀의 얼굴을 보고 있으니 어디서 포르말린 냄새가 올라왔다. 준경의 깔깔거리며 웃는 소리에 세현의 귀가 먹먹해질 정도로 울렸다. 세현은 기도문을 외우듯 호흡을 조절하려 애썼다. 책상 위로 둔탁한 소리와 함께 흔들거리는 새빨간 꽃송이가 올라왔다.

"애들이 벌써 이런 걸 준비했더라고. 아직 본원 가기 전까지 시간 있는데 말이야. 너무 많아서 나눠주려고 가져왔어. 내가 또 서 과장 특별하게 생각하잖아."

화병을 들고 책상을 들쑤시던 준경은 세현의 건조한 반응에
흥미를 잃고 나풀거리는 치맛단으로 바닥을 닦으며 사라졌다.
세현은 풍성한 꽃잎을 바라보았다. 세현의 사무실에서 유일하
게 생기를 띠고 있는 존재였다. 순간 세현이 눈을 번뜩이며 화병
을 후려치자 바닥에 떨어진 꽃잎들이 물을 흩뿌리며 나뒹굴었
다. 분노를 집어삼킨 주먹이 바들바들 떨렸다.

세현은 바닥에 엉망으로 떨어진 꽃잎이 꼭 자기를 비웃고 있
는 것 같아 신발로 사정없이 밟아 짓이겼다. 시뻘건 물이 새어
나와 얼룩덜룩해진 자국이 꼭 핏자국같이 고여있었다. 무자비
한 폭력에 엉망이 된 사무실을 보고 있던 세현이 짧게 웃음을
터트렸다. 딸은 꼭 아빠를 닮는다더니.

세현은 다시 책상으로 돌아가 자리에 앉았다. 이제야 약 기운
이 도는 건지 죽을 것같이 아프던 배의 통증도 점차 옅어졌다.
세현은 다시 차분하게 노트북을 열어 화면 가득 띄워진 블랙박
스 영상 속 여자아이를 바라보았다.

여자아이의 정체가 무엇이든 상관없었다. 주인 없는 지문이
저 여자아이의 것이라는 확신 하나면 충분했다. 조균의 수법이
야 아직도 손에 잡힐 듯 훤하니 문제가 될 건 없었지만, 여자아
이의 정체와 사체 훼손 방식의 변화라는 두 가지 변수가 생겼다.
세현이 아는 한 조균과 관련된 것 중 선한 것이라곤 찾아볼 수
없으니 여자아이가 누구든지 같이 처리하면 그만이었다.

조급해할 필요도 없었다. 아무리 발버둥 치며 도망가려 해도

어차피 곧 조균이 세현을 찾으러 올 것이다. 그를 만날 준비만으로도 충분히 벅찼다.

세현은 천천히 머릿속으로 경우의 수를 계산해 보았다. 지금 조균이 원하는 게 무엇인지 정확한 판단이 서지 않았다. 목숨을 원했다면 조균은 그날 밤 용천에서 세현을 죽였을 것이다. 하지만 조균은 그러지 않았다. 어쩌면 그도 세현처럼 어떤 순간을 기다리고 있을지도 모른다. 그래서 세현도 더욱 신중하게 움직이고 싶었지만, 세현에게는 선택지가 많지 않았다.

만약 세현이 조균을 잡는다면, 이번에 발생한 두 사건과 과거에 발생한 미제 토막 살인 사건까지 합쳐 사이즈를 크게 불릴 수 있다. 연쇄 살인마를 검거하는 것만으로도 궁지에 몰린 상황을 완벽하게 뒤집을 수 있을 것이다. 그러나 조균이 살아있는 채로 경찰에 잡히는 건 곤란했다.

살인자의 딸이 부검의로 살아갈 수 있을까? 그럴 수 없다는 것을 잘 알고 있기에 세현은 평생을 발버둥 치며 살아왔다. 세현이 조균의 딸이라는 사실이 알려진다면 국과수 원장은커녕 당장 국과수에서 쫓겨나도 이상하지 않았다. 그렇다고 이대로 조균을 잡지 못하면 세현의 명성에 타격은 물론, 그 전에 먼저 조균에게 죽임당할 것이다.

세현은 서랍에서 손톱깎이를 꺼냈다. 그 사이 또 머리를 들이밀고 올라온 손톱이 잘라내도 잘리지 않는 과거 자신의 모습 같았다. 처음부터 숨긴다고 해결될 문제가 아니라는 것을 세현 역시 잘 알고 있었다. 그날 집을 떠나 끝도 없이 늘어진 도로를 기어가면서 했던 다짐을 떠올렸다. 지옥에서 다시 한번 그를 만나게 되면, 그땐 더 고통스럽게 죽이겠노라 신께 맹세했다. 어쩌면 지금이 하늘이 허락한 마지막 기회일지도 모른다.

* * *

정현은 용천시 지도를 펼치고 최근 발생한 두 건의 사체가 유기된 장소를 색깔별로 표시했다. 용천대학교 샛길에서 발견된 첫 번째 사체와 경찰서 주변에서 벌어진 두 번째 사체 관련 자료를 처음부터 다시 살펴보기로 했다. 그동안 증거를 찾겠다는 생각에만 몰두해 사건 분석이 부족했다는 것을 인정하고 다시 처음으로 돌아가기로 한 것이다.

일단 두 사건에서 동일한 사람의 지문이 나왔다. 그렇다면 동일범의 소행으로 봐야 하는데 피해자 간의 공통점은 20대라는 나이와 여성이라는 성별밖에 없었다. 정현은 골똘히 생각에 잠기다 피해자의 가족관계 자료를 살펴보았다.

첫 번째 피해자는 따로 연락하는 가족이 없는 고립된 상태로 살고 있었지만, 두 번째 피해자는 직업이 있고 종종 소식을 나누는 가족이 있었다. 그런데 동료 교사의 진술에 의하면 두 번째 피해자가 최근 건강에 이상이 생겨 병원 문제로 결근이 잦았다고 했다. 부모에게도 이 사실을 숨기기 위해 바쁘다는 핑계로 전화를 피하고 문자로 소식을 전했던 모양이다.

범인은 첫 번째 피해자를 납치한 후 꽤 오랜 시간을 들여 사체를 훼손했다. 증거물을 하나도 남기지 않았고 세현이 준 감정서에 쓰인 대로 직접 사체의 장기를 박리하고 다시 넣어두는 과감한 짓까지 행했다. 그러나 두 번째 사건은 피해자가 기말고사 시작인 월요일부터 연가를 낸 총 3일간 일어났다. 월요일 새벽에 첫 번째 피해자의 사체를 유기하고 다시 그날 두 번째 피해자를 납치했다.

그렇다면 첫 번째 피해자의 사체를 훼손하면서 동시에 두 번째 피해자를 선정했다는 뜻으로 볼 수 있었다. 두 범죄를 동시에 저지르기 위해 사전에 상당한 시간을 들여 범행 계획을 치밀하게 세웠을 것이다. 직업도 다르고 사는 곳도 다른 둘을 긴밀하게 관찰할 수 있는 방법은 무엇이었을까. 생각이 막히자 정현은 머리를 쥐어뜯으며 앓는 소리를 냈다.

문이 열리며 창진과 혁근이 들어와 자리에 앉았다. 강력팀 전원이 오랜만에 사무실에 다 같이 모였다. 고민 끝에 정현은 자리에서 일어났다. 그리고 석우에게 다가가 큰 목소리로 마치 다 들으라는 듯이 이야기를 꺼냈다.

"박 형사님. 첫 번째 피해자 주민등록상 주소가 용천이 아니라고 하셨죠?"

"예. 두 번째 피해자도요."

"그것도 공통점이 될 수 있을까요?"

"그렇죠. 그래서 더 마음이 안 좋더라고요. 둘 다 외지인이라 마음 붙일 곳도 없었을 텐데."

혁근과 달리 창진은 둘이 나누는 대화에 관심이 생겼는지 슬그머니 다가와 석우가 책상 위에 정리해 둔 자료를 한 장씩 읽어보았다.

"뭐 좀 나왔어요?"

"두 피해자 간의 접점을 찾는 중이었습니다."

정현은 사건에 관심을 가지는 창진을 불편하다는 이유로 밀쳐내고 싶지 않았다. 당장 일손이 부족한 상황에서 팀원 한 명한 명의 도움이 절실했다.

"그럼 그 피해자들 일과 정리해 둔 것도 같이 봐야죠. 떡하니지도만 펼쳐놓으면 된대요?"

창진이 칠판에 붙여둔 지도를 못마땅하게 쳐다보자 정현은피식하고 웃음을 터트렸다.

"일하는 티 나고 좋지 않아요?"

지도를 바라보던 정현은 웃음을 거두고 용천여자중학교가표시된 부분에 시선을 고정했다. 사실 경찰서로 돌아오고 나서부터 계속 마음에 걸렸던 게 하나 있었다. 2000년 미제 사건의최초 발견자가 추가로 진술했던 의문의 여자아이. 그 부분이 이상하게 자꾸 신경을 건드렸다.

"저는 두 번째 피해자가 살았던 용천여자중학교 근처 원룸으로 가볼게요. 창진 형사님은 저랑 같이 가죠."

"그럼 제가 혁근이 형 데리고 용천대학교 다녀오겠습니다."

석우가 혼자 남겨질 뻔한 혁근을 챙겨 자칫하면 민망해질 수 있었던 분위기를 눈치 빠르게 풀어주었다. 정현은 고개를 까닥해 고맙다는 신호를 보내고 창진과 함께 사무실을 나왔다. 첫 번째 피해자와 두 번째 피해자의 생활 반경이 일치하는 부분을 반드시 찾아내야만 했다.

정현은 용천여자중학교 앞 주차장에 차를 주차 시켜놓고 창진과 갈라졌다. 정현은 중학교 정문에서 왼쪽 골목을 따라 천천히 내려갔다. 언덕 위에 있는 중학교에서 조금만 내려가니 편의점과 문방구가 붙어있는 게 보였다. 그 옆으로 작은 분식집과 국숫집이 있었다. 따사롭게 내리쬐는 여름 햇살이 나뭇잎에 가려 흔들거렸다. 정현은 오랜만에 만끽하는 한낮의 여유를 조금이라도 더 즐기고 싶어 파란 하늘을 올려다보았다.

정현은 골목 끝에서 코너를 돌면 바로 보이는 원룸촌으로 들어서다 말고 다시 밑으로 걸어 내려갔다. 이 근처가 주택가라 그런지 운동할 수 있는 도장이나 학원이 즐비해 있었다. 정현의 시선을 사로잡았던 것은 체대 입시 학원 앞에 경찰 체력 시험 준비를 홍보하기 위해 내놓은 입간판이었다. 정현이 검색창에 용천 경찰 체력이라는 단어를 입력하자 이 학원 이름이 제일 위에 노출됐다.

정현은 망설임 없이 2층으로 올라갔다. 원장실에 도착해 경찰 신분증을 내밀자 원장의 낯빛이 급격하게 어두워졌다. 정현이 예상했던 대로 첫 번째 피해자는 두 번째 피해자가 살던 원룸 근처에 있는 학원에 다녔다. 그렇다면 범인은 분명히 이 근처에서 피해자를 지켜보다가 무리에서 동떨어지는 순간을 노려 급습했을 것이다.

* * *

세현은 신발에 묻은 흙을 털어냈다. 낮에는 그렇게 맑던 하늘이 어느새 우중충하게 내려앉더니 용천 톨게이트에 접어들자마자 기다렸다는 듯이 비를 뿌리기 시작했다. 세현은 편의점에 들러 몇 개 남지 않은 색깔 중 그나마 얌전해 보이는 검은색 하트 문양의 비닐우산을 골라 쓰고 어설프게 비를 피하고 있었다.

밤 8시에 도착할 거라고 말했지만 차가 막혀 20분이나 늦었다. 횡단보도 신호는 바뀔 기미가 없고 내리는 빗방울은 점점 더 굵어졌다. 터미널에서 산 따뜻한 아메리카노는 이미 차갑게 식은 지 오래였다.

"과장님! 여깁니다."

신호등 근처에서 창문을 내리고 반갑게 손을 흔드는 정현의 모습이 보였다. 세현은 들고 있던 커피를 바닥에 쏟아버리고 차에 올랐다.

"무릎은 좀 괜찮아요?"

세현은 대충 고개를 끄덕이며 대답을 피했다.

"퇴근하고 내려오시면 이쯤 될 것 같았습니다. 오늘 비 와서 차가 좀 막혔죠? 매일 이렇게 출퇴근하는 게 보통이 아닐 텐데 진짜 고생 많으시네요."

"다들 이러고 사는데요."

"그래도 서 과장님이 하시는 일은 강도도 세고······."

"무슨 일 때문에 보자고 하신 거예요?"

"아! 잠시만요."

정현은 터미널 앞 주차장에 차를 정차했다. 그는 어김없이 품 안에서 수첩을 꺼내 뒤적거리다 다시 말을 이었다.

"현장에서 발견된 지문과 일치하는 사람이 없다고 하셨잖아요. 제가 이것 때문에 계속 마음에 걸리는 게 있어서 그런데, 혹시 용의자가 미성년자가 아닐까요?"

앞 창문에 부딪혀 나는 불규칙한 빗소리와 빗물을 닦아내는 와이퍼 소리가 어우러져 고요한 차 안을 메웠다. 세현은 말없이 움직이는 와이퍼만 바라보았다.

"미성년자가 단독으로 범행을 했다고 단정 짓기에는 무리가 있지만, 그 미성년자가 공범이라고 가정해 보면 어떨까요? 그래도 좀 이해하기 어려우시겠지만······."

계속되는 침묵에 당황한 정현이 말끝을 흐리자 세현이 입을 열었다.

"그럴 수도 있겠네요."

"그렇죠? 이게 또 생각해 보면 그렇게 막 불가능한 일이 아닐 수도 있거든요."

예상했던 것보다 더 쉽게 동의를 얻어 신이 난 정현은 다시 빠르게 말을 이어갔다. 그러다 자신을 뚫어지게 바라보는 세현의 눈빛에서 심상치 않은 기류를 읽었다.

"근데 왜 그렇게 생각했어요?"

"사실 제가 어제 낮에 과거 미제 사건 최초 발견자분을 만나고 왔습니다. 서 과장님이 해주신 조언 잊은 건 절대 아닙니다. 요즘 저희 팀 분위기가 좀 괜찮아져서 박 형사님이 서평택에서 2000년에 발생했던 사건 최초 발견자 진술서를 받아오셨거든요. 발견자분이 용천에 살고 계시기도 해서 한번 만나고 왔습니다."

세현은 따가운 눈빛을 거두지 않고 오히려 찬찬히 정현의 얼굴을 하나씩 뜯어보기 시작했다. 정현은 진득하게 달라붙는 세현의 시선에 당황하며 고개를 돌렸다.

"그래서요."

세현은 무미건조한 목소리로 빨리 본론부터 말하라고 재촉했다.

"그…… 그러니까 발견자가 사건 당일에 초등학생으로 보이는 여자아이를 봤답니다."

세현은 순간 웃음을 터트렸다. 어떤 부분이 그녀를 웃게 만든 것인지 몰라 정현은 고개를 갸웃거리다 결국 하려던 말을 마무리 짓지 못했다.

"그 여자아이가 공범이라고요? 거의 20년도 더 된 사건 아니에요?"

"정확하게 말하면 23년 전입니다."

"그게 그거죠. 23년 전이면 그 초등학생 지금 서른 살도 넘었겠는데요."

"근데 제가 하고 싶은 말은 미성년자는 지문을 등록하지 않잖아요. 그래서 혹시 범인이 미성년자를 유괴해서 다시 범죄를 저지른다거나……."

세현의 짜증 섞인 한숨에 정현은 이번에도 끝까지 말을 잇지 못했다. 침묵이 다시 차 안을 감돌았다. 정현은 자신의 개인적인 감정 때문에 자꾸 무리하게 과거와 현재를 엮고 있다는 생각이 들어 민망함이 몰려왔다.

"할 말 다 끝났어요?"

"죄송합니다. 다음에는 더 신중하게 확인해 보고 말씀드리겠습니다. 오늘은 비가 오니까 집 앞까지 모셔다드릴게요."

"퇴근하고 오는 길이잖아요. 그냥 내려주세요. 알아서 갈게요."

"아닙니다. 저도 경찰서에 들를 일 있어서 그런 겁니다. 어차피 가는 길인데 부담 갖지 마세요. 정 불편하시면 다리 위에 내려드릴게요."

"그래요. 그럼."

정현은 안전벨트를 확인하는 척 세현을 살펴보았다. 세현은 저번보다 더 피곤해 보였지만 신기하게도 눈은 날카롭게 번뜩였다.

"그리고 오늘 일이 하나 더 있었어요. 드디어 두 사건 피해자의 접점을 찾아냈습니다."

"아, 고생하셨겠어요."

세현의 시큰둥한 대답을 끝으로 차 안은 고요한 적막에 잠겼다. 세현은 아무렇지도 않아 보였지만, 정현은 침묵이 길어질수록 마음이 불편해졌다. 그동안 사건에 관한 의견을 나눌 때면 세현은 언제나 주의 깊게 들어주고 놓치기 쉬운 부분을 예리하게 짚어주었다. 세현의 조언은 난항에 빠진 수사 방향을 다시 잡는 데 큰 도움이 되었다.

그런데 요즘은 일이 바빠서인지 무슨 이야기를 해도 별 반응이 없었다. 정현은 저번에 자신이 털어놓은 이야기가 세현을 불편하게 만든 것 같아 걱정되었다. 그게 아니라면 몸이 안 좋은건지, 회사에서 힘든 일이 있었던 건 아닌지 염려가 됐다. 어느 것 하나 편히 물어보지 못하는 사이라는 걸 알면서도 정현은 자꾸 세현에게 마음이 갔다.

"저기 앞에 세워주세요."

"네? 어디요?"

"저기 바로 보이는 은행 앞이요."

정현이 차를 정차하자 세현은 안전벨트를 풀고 차에서 내렸다.

"기다리지 말고 그냥 가세요."

세현은 한마디 말만 남기고 매몰차게 차 문을 닫았다. 무어라더 말을 붙여볼 새도 없이 세현은 4차선 도로를 무단횡단 해 건너편에 있는 죽집으로 들어갔다. 눈 깜짝할 사이에 세현을 놓쳤다. 정현은 얼떨떨한 표정으로 차에서 내려 멀리 보이는 횡단보도까지 뛰어갔다.

식당에 들어가자 문 앞에 앉아있던 세현과 바로 눈이 마주쳤다. 세현은 그 잠깐 사이에 비를 쫄딱 맞은 정현을 신기하다는 듯 바라보고 있었다.

"이렇게 큰 차선에서 무단횡단 하면 위험해요. 경찰한테 운 나쁘게 걸리면 범칙금 처분받을 수도 있습니다."

세현이 어이없다는 듯이 바람 빠지는 소리를 내며 웃었다. 정현은 그 모습에 안도감을 느꼈다.

"그래서 범칙금 딱지 끊으러 온 거예요?"

"과장님 따라온 거 아닙니다. 저도 그냥 비가 오니까 죽 생각이 났습니다."

정현은 자연스럽게 세현의 맞은편에 자리를 잡았다. 마주 본 세현은 처음 만났을 때보다 수척해져 있었다. 정현은 더 이상 사건 이야기로 그녀를 괴롭히고 싶지 않아 가만히 물을 따라 건넸다. 세현이 앞에 놓인 컵을 바라보다 한입에 들이켰다. 그 모습에 정현은 자신 앞에 놓인 컵에도 서둘러 물을 채웠다.

"같이 마셔야죠."

세현은 귀찮다는 표정으로 이미 텅 비어 바닥을 보이는 플라스틱 컵을 들어 마지못해 마시는 척했다.

"원래 그렇게 다른 사람한테 관심이 많아요?"

"과장님한텐 그렇게 보입니까?"

정현의 눈꼬리가 부드럽게 휘었다.

"네. 저한테만 그런 거라고 말하진 마세요."

"아이, 그런 거 아닙니다. 서 과장님은 의지가 되니까 그냥 못 보내는 거고요. 저 다른 사람들한테도 잘해요."

"아닌 것 같던데. 강력팀에서 왕따잖아요."

세현의 직설적인 단어 선정에 정현은 새어 나오는 웃음을 참지 못하고 활짝 웃어 보였다.

"아닙니다! 저희 얼마나 친한데요. 원래 무관심이 제일 무서운 거예요. 관심이 있으니까 부딪치는 거고 또 가끔 이렇게 의견 다툼이 있어야 건강하게 수사하죠."

정현은 멈추지 않는 웃음을 겨우 진정하며 말을 이었다.

"예전에 힘들었던 건 인정하겠습니다. 근데 지금은 진짜 괜찮습니다."

아까까지 장난스럽게 웃던 정현의 표정이 내심 진지하게 바뀌었다. 그는 몇 번이고 망설이더니 조심스럽게 세현과 눈을 마주쳤다.

"이것마저도 서 과장님 덕분이라 생각하니까 자꾸 신경이 쓰이나 봐요."

빗방울이 유리창에 부딪히며 둔탁한 소리를 냈다. 가게에서 울리는 클래식 음악과 잘 어울리는 날씨였다. 세현이 빈 컵을 내밀자 그는 망설임 없이 물을 가득 채워주었다. 이번에는 정현이 자기 컵을 채우기 전까지 기다려주었다.

갑자기 울리는 전화벨 소리에 정현은 물을 마시다 말고 의아한 얼굴로 전화를 받았다.

"네. 정정현입니다."

건너편에서 들려오는 다급한 목소리에 정현의 눈빛이 위태롭게 흔들렸다. 세현은 등 뒤로 공간이 남는 게 싫어서 의자 등받이에 바짝 붙어 앉았다. 손을 책상 밑으로 내려 손톱을 뜯었다.

세현은 고개를 들어 사색이 되어가는 정현을 유심히 탐색했다. 그는 쉬우면서도 어려웠다. 사건을 처리할 때면 세현의 말에 껌벅 죽을 것처럼 달려들다가도 과거의 트라우마 때문인지 피해자와 관련된 일에는 금세 브레이크가 걸렸다.

그러니 사체가 하나 더 나온다면 앞으로의 상황은 충분히 세현에게 유리한 방향으로 끌고 갈 수 있다. 정현이라면 과거의 토막 사체는 기억 언저리에 다시 묻을 것이고 당장 발견된 변사체를 수사하는 데 혈안이 될 것이다. 세현은 자리에서 일어나 황망하게 통화를 마친 정현의 옆으로 다가갔다. 계속 이렇게 속아 주길, 아무것도 모른 채로 헤매길 바라며 빗방울이 맺힌 정현의 어깨를 털어주었다.

* * *

"광수대에서 수색팀 보냈답니다."

"하여간 진짜 빨리도 보내줘."

석우의 말에 혁근이 코웃음을 쳤다. 정현은 다시 석우가 건넨 자료를 검토하며 물었다.

"실종자 신원은요?"

"용천여중 3학년 학생입니다. 교회 여름 수련회 때문에 부모님과 교회 사이에서 의사소통에 착오가 있었답니다."

"그게 무슨 말입니까?"

"부모님 쪽에서는 수련회에 갔다고 생각했고 교회 측에서는 학생에게 따로 불참 연락을 받았답니다."

"그럼 마지막으로 목격된 곳은요?"

"어제 학원 끝나고 친구들과 분식집에 갔다가 헤어졌습니다."

"이미 24시간 지났습니다."

창진의 말을 끝으로 승합차 안은 숨 쉬는 소리만 겨우 들릴 정도로 고요해졌다.

"납치였다면 학생 부모님께 따로 연락을 취했을 겁니다."

정현은 말을 하면서도 착잡해진 기분을 숨길 수 없었다. 통계적으로 실종 골든타임인 48시간이 경과하면 실종자를 찾는 게 어려워진다. 만약 최근 용천에서 발생한 연쇄 살인과 관련된 범행이라도 상황이 나쁜 것은 매한가지였다. 범행 방식 때문에 실종자의 생존을 함부로 장담할 수 없었다. 그런데 또 중학생이다. 실종자의 집으로 가는 동안 문득 떠오른 의문이 정현의 머리를 스치고 지나갔다.

차가 멈추자 강력팀은 문을 열고 내렸다. 하늘이 뚫린 것처럼 비가 쏟아졌다. 강력팀은 방송국 차량 사이로 번쩍이는 플래시 세례를 받으며 힘겹게 실종자의 집 안으로 들어갔다. 바닥에 주저앉아 있는 실종자의 어머니는 거의 실신하기 직전이었고, 실종자의 아버지는 경찰에게 삿대질하며 당장 딸을 찾아내라고 소리를 지르고 있었다. 정현은 급하게 실종자의 아버지에게 다가가 그를 진정시켰다.

"용천경찰서 강력팀 팀장 정정현입니다. 아버님 지금 바로 수색 시작하겠습니다. 그 전에 따로 연락 온 건 없는지 확인 한 번만 부탁드리겠습니다."

"그딴 거 없었어. 한 통도 안 왔다고! 너희 뭐 했어? 여태 뭐하느라 그놈 안 잡고 내 딸을 이 지경으로 만들어?"

남자의 울부짖음이 극에 달하자 말리던 경찰들도 어찌할 바를 몰라 정현을 바라보았다.

"제가 확답드릴 수 있는 것은 아버님이 빠르게 신고해 주신 덕분에 광수대와 협조해 수색팀을 꾸릴 수 있었고, 수색 범위를 좁혀 지금 당장 수색을 시작할 수 있다는 겁니다."

남자는 거칠게 정현의 멱살을 쥐었지만, 지금 자신이 할 수 있는 건 아무것도 없다는 현실을 인지하고 무력감에 울먹였다.

"저희를 조금만 더 믿고 기다려주세요."

정현은 남자의 손을 꼭 잡았다. 어느새 가까이 다가온 여자가 눈물 자국을 닦으며 남자의 손을 같이 감쌌다.

"밖이 어둡고 비도 너무 많이 오잖아요. 얼마나 춥고 무섭겠어요. 오늘 꼭 집으로 데려와 주세요. 네?"

정현은 차마 여자의 눈을 끝까지 마주치지 못하고 고개를 깊이 숙여 대답을 대신했다. 밖을 나오자마자 정현은 망설임 없이 빗속으로 달려들었다. 우산을 쓸 여유도 없었다. 승합차에 올라타 용천여자중학교를 중심으로 수색대를 배치하기 시작했다.

첫 번째 피해자가 다녔던 학원에 점을 찍고 두 번째 피해자가 살았던 원룸에도 똑같이 점을 찍었다. 그리고 일직선으로 위치한 두 점 사이를 선으로 이었다. 정확히 5센티미터가 나왔다. 정현은 원룸에 지름을 5센티미터로 한 원을 그리고, 학원과 용천여중, 실종된 학생이 살던 주택을 중심으로 똑같이 원을 그렸다. 겹치는 부분을 표시하고 원 안에 들어온 범위를 모두 포함해 수색팀을 배치했다. 다 칠하고 보니 벌겋게 올라온 동그라미가 마치 정현을 책망하듯 노려보는 것 같았다.

만약 첫 번째 사건이 발생했을 때 범인을 잡았더라면······. 정현은 순간 든 생각을 멈추고 자기 머리를 강하게 때렸다. 첫 번째 피해자를 비롯한 모두가 어떠한 이유로든 사건의 관계자가 되어서는 안 됐다. 그들은 모두 비 오는 어둑한 거리를 걸어도 두려움에 떨지 않고 따뜻한 집으로 무사히 돌아가야 하는 사람들이었다.

7월 24일

비가 그친 새벽은 여름에도 사람을 으슬으슬하게 만드는 찬
바람이 불었다. 큰 강이 도시를 가로질러 흐르고 있어서인지 유
난히 안개가 짙게 끼었다. 희미하게 흔들리는 가로등 조명을 받
으며 주차된 차 안에서 아이스 아메리카노를 마시고 있으니 이
런 걸 두고 낭만이라 하는 건지 세현은 문득 궁금해졌다.

갑자기 호우주의보를 알리는 긴급재난문자가 시끄러운 소리
를 내며 핸드폰 화면 위로 빛을 내뿜었다. 세현이 고개를 숙여
핸드폰을 확인했다. 어느덧 새벽 4시를 훌쩍 넘긴 시간이었다.
수색을 시작한 지 벌써 일곱 시간이나 지났는데도 별다른 소식
은 없었다.

어차피 조균은 나타나지 않을 것이다. 대한민국의 모든 관심
이 집중된 이곳에 무슨 용기로 얼굴을 들이민단 말인가. 언론은

벌써 그를 최악의 연쇄 살인마라 칭하며 그의 잔혹함과 치밀한 살인 계획을 분석하고 떠벌렸지만, 모조리 헛소리였다.

사람들이 추측한 것과 다르게 조균은 별 볼 일 없는 윤 씨네 집안의 외동아들로 태어나 도박으로 재산을 탕진하고 술독에 빠져 사는 아버지와 일용직으로 겨우 생계를 이어가는 어머니 밑에서 자랐다. 도박이 잘 안 풀릴 때마다 자신을 폭행하고 논두렁에 빠져 죽은 아빠보다 도박 빚에 팔려간 엄마를 저주하기로 다짐한 순 추잡하기 짝이 없는 인간이었다.

세현은 그런 놈을 비상하다고 추켜세우는 꼴을 보는 게 거북스러워 뉴스창을 껐다. 그는 똑똑한 게 아니라 비겁한 놈이며, 혹시나 살인의 꼬리가 잡힐까 벌벌 떨며 제 어린 딸에게 사체 처리나 시키는 잡놈이었다.

세현은 깔끔하게 옷을 정리하고 승합차 밖으로 나왔다. 세현의 상태를 걱정한 정현이 차 안에서 잠깐 눈 좀 붙이라며 제안한 배려였지만, 휴식은 오히려 나무젓가락처럼 꼿꼿하게 서서 떨고 있는 그에게 더 절실해 보였다. 정현은 숨구멍 없이 뭍으로 휩쓸려 나온 고래 같았다. 우직한 그의 성품이 극악의 상황에서 어떻게 말라가는지 보는 것도 꽤 재미있는 볼거리였다.

세현은 승합차에서 꺼내온 물병을 정현에게 건넸다. 정현은 목이 말랐던 건지 그 많은 물을 한번에 들이켰다.

"감사합니다."

새벽이라 그의 목에서 갈라지는 소리가 났다. 그의 눈은 재워

달라는 소리가 들릴 만큼 피로감에 찌들어있었다.

"가서 눈 좀 붙여요."

"괜찮습니다. 혹시 이거 커피예요?"

"마실래요?"

"감사합니다."

세현이 뚜껑을 열고 건네자, 정현은 방금 마신 물을 잊은 건지 얼음까지 삼킬 기세로 목구멍에 그대로 들이부었다. 900명의 수색팀이 정현이 설정한 수색 범위를 이미 몇 번이고 훑었다. 소식이 없자 정현은 수색 범위를 더 넓혔지만, 결과는 같았다.

다행히 비는 그쳤지만, 시간이 갈수록 날은 어두워져 갔다. 새벽이 찾아오자 서늘해지는 날씨에 사람들은 하나둘 지쳐가고 있었다. 어떤 이들은 이미 실종자의 생환을 포기하고 마음속으로 명복까지 빌어준 건지 세현을 바라보는 눈빛이 심상치 않았다.

"서 과장님! 그때 과장님 앞으로 온 사진 지금도 가지고 있습니까?"

정현이 뜬금없이 노트에 관한 이야기를 꺼냈다. 예상치 못했던 질문에 당황한 세현은 일단 입을 다물었다. 사실 세현은 그동안 정현을 주의 깊게 지켜보고 있었다. 멍청해 보이던 첫인상과는 다르게 밑바닥부터 타올라 꺼지지 않는 책임감이 꽤 보기 좋았다. 세세한 것까지 신경 쓰는 기민함이, 세현이 수고하지 않아도 언제든 만날 수 있는 그의 부지런함까지 모두 마음에 들었다.

그러나 정현은 이렇게까지 예리한 사람이어서는 안 된다. 세현은 흔들리는 정현의 눈동자에서 자신을 향한 의심이 담겨있는지 시험해 보고 싶었다.

"왜요?"

"그 노트 한번만 확인해 보고 싶어서요."

"그러니까 왜 그러는데요?"

세현이 원망 가득한 표정을 하고 정현을 노려봤다. 정현은 그제야 잠시 무언가에 홀렸던 사람처럼 고개를 젓더니 변명을 늘어놓았다.

"아니, 그게 아니라. 경찰서로 배송된 택배니까 혹시 과장님한테 잘못 갔을 수도 있겠다는 생각이 들어서……."

"그거 제 거 맞아요. 보낸 사람한테 연락해서 확인받아 줘요?"

"아니요. 아닙니다, 괜찮습니다. 진짜 아니에요."

정현은 손사래를 치며 핸드폰을 꺼내려던 세현을 말렸다. 정현의 노력에도 이미 싸늘하게 가라앉은 세현의 눈빛은 풀릴 생각이 없어 보였다.

"입 무거운 사람이 남의 안 좋은 기억을 이렇게 공개된 곳에서 떠벌리나요? 노트 내용 보고 싶으면 말해요. 국과수 폐기물 처리장에 버려두고 왔는데 원하시면 찾아볼게요."

말을 마친 세현은 눈을 번뜩이며 정현을 쏘아보다 자리를 떴다. 세현은 걸어가는 발걸음의 보폭을 일정하게 유지했다. 기분 나쁘다는 티는 이만하면 충분했다. 정현이 전처럼 적당한 거리를 유지했다면 그를 지인쯤으로 남겨두고 싶었다. 애초에 세현을 궁금해하지 않는다는 전제하에 가능한 일이었지만, 그걸 알면서도 아쉬운 기분이 들었다.

그가 여기서 한 발만 더 깊이 들어온다면 과거 미제 사건 뒤에 숨겨진 세현의 정체를 밝혀낼 가능성이 다분해질 것이다. 세현은 조금 전까지 몸을 뉘었던 승합차로 다시 돌아가 문을 열었다. 아까는 없던 사람 하나가 안대를 쓴 채 뒷좌석 의자를 끝까지 젖히고 코를 골며 자고 있었다.

세현은 다시 문을 닫으려다 말고 그의 무릎 위에 놓인 지도를 보았다. 승합차로 돌아오는 길에 보았던, 조명을 밝히며 옹기종기 모여있는 방송국 차량이 생각났다. 가만히 지도를 살펴보던 세현은 빠르게 사진을 찍고 다시 밖으로 나왔다. 그러곤 가만히 승합차에 몸을 기대서서 깜박이는 가로등을 바라보았다.

정현은 조균이 보낸 노트에서 수상한 냄새를 맡은 게 분명하다. 세현은 손톱을 천천히 입가로 가져갔다. 작은 소동이 필요했다. 어디선가 상황을 지켜보고 있을 조균은 현장 인파에 겁을 먹고 도망쳤을 테니, 이 틈에 사건에 힘을 싣지 못하는 곳으로 정현을 치워버려야 했다. 이미 광수대에서 보낸 수사팀과 인사는 끝냈다. 정현 없이 사건을 맡을 수사팀은 준비되어 있으니, 지금이 새로운 사람과 새 판을 짤 적절한 시기였다. 정현은 중요한 순간에 실수를 반복하는 무능한 지방 경찰서 팀장으로 낙인찍어 공개적으로 날려버리면 그만이었다.

세현은 다시 조용히 승합차 문을 열었다. 그 사이로 손을 넣어 자고 있는 남자가 옆 좌석에 벗어둔 경찰 조끼를 빼냈다. 지퍼를 다 잠가둔 탓에 하나씩 열어서 확인해야 하는 수고로움이 있었지만, 세현은 자신의 머리에서 나온 기가 막힌 발상에 짜릿함을 만끽하느라 짜증도 나지 않았다. 게다가 구석 끝에 정차된 승합차 덕분에 반대편에 있는 사람들은 세현의 그림자도 구경하지 못할 것이다.

어딘가에서 사람의 말소리가 들려왔다. 세현은 긴장감으로 흥분된 손을 더 정확하고 신속하게 움직였다. 왼쪽 주머니에서 찾은 경찰의 핸드폰을 켜 메시지함을 열었다. 받는 사람을 입력하는 창에 경찰의 전화번호 목록을 뒤져 기자로 저장된 번호를 찾아 입력했다. 세현은 조금 전 사진을 찍어둔 지도에 짙게 표시된 부근의 로드뷰를 검색한 후 여러 장 캡처해 메시지에 첨부했다. 그 밑으로 제보자 신고 수색 바람이라 덧붙이고 바로 전송 버튼을 눌렀다.

세현은 각도 하나 틀리지 않게 조끼를 제자리에 돌려놓았다. 아무도 다녀가지 않았던 것처럼 소리 없이 문을 닫았다. 세현은 안개 섞인 새벽 공기를 크게 들이마시며 상쾌함에 젖었다. 저 멀리 번쩍거리며 요동치는 불빛이 이제 곧 펼쳐질 미래를 예고하는 것처럼 쉼 없이 흔들거렸다.

저게 뭐라고 저렇게 죽을 듯이 달려들까. 세현은 가로등에 달려드는 하루살이가 문득 정현과 닮았다는 생각을 했다. 둘 다 불가능하다는 걸 알면서도 포기를 몰랐다. 세현이 옆에 있는 한, 정현은 절대 조균을 잡을 수 없다.

바닥에 떨어지는 하루살이를 바라보던 세현은 정현의 처절함이 이상하게 낯설지 않았다. 갑자기 가슴 한편이 답답해져서 억지로 기침을 했다. 그래도 나아지질 않자 세현은 손톱 주변을 정신없이 물어뜯었다.

손톱 끝이 쓰라렸다. 꿈속에서와 다르게 이번엔 진짜 피다. 세현은 손바닥을 타고 정처 없이 흐르다 바닥으로 떨어지는 핏방울을 바라보았다. 정현이 필요해지면 그와 비슷한 사람을 다시 만들어내면 그만이다. 세현은 가라앉는 마음을 거침없이 도려냈다.

* * *

정현은 영문도 모른 채 무작정 혁근의 뒤를 따라 달렸다. 조금 전 혁근에게 낚이듯 끌려와 승합차 안에 몸이 구겨진 채로 용천여중 주차장에 도착했다. 용천여중 바로 앞에 있는 고시원 뒷골목은 폭이 좁아 차량이 접근 불가하다고 판단해 일렬로 올라가기로 했다.

"이쯤인 것 같은데."

혁근이 핸드폰에 전체 화면으로 사진을 띄워 이리저리 방향을 틀어가며 확인하고 있었다. 다른 형사들도 다들 손에 핸드폰을 들고 있는 것이 이상해 정현도 핸드폰을 꺼냈다.

별다른 연락이 없어 의아하던 찰나에 선우가 보낸 뉴스 링크가 시선을 끌었다. 눌러 보니 용천여중 실종자 목격자 제보를 제목으로 단 뉴스 기사가 사회면을 빼곡히 채우고 있었다. 잠깐 사이 이건 또 무슨 일인가 싶어 광수대 소속 형사를 붙잡고 물었다.

"목격자 제보 들어왔습니까?"

"언론으로 들어온 정보랍니다. 얘네가 먼저 터트려서 정확한 정보인지 확인은 못 했는데 다들 속는 셈 치고 가보자 해서 이 난리인 겁니다."

미로같이 얽힌 좁은 골목을 샅샅이 수색하는 형사들의 눈빛에서 조금 전에는 찾아볼 수 없었던 집념이 느껴졌다. 다들 몇 시간째 같은 장소를 반복해서 수색하는 것에 한계를 느꼈었다. 거기다가 새벽이 지나, 날이 밝아오자 급격한 피로감으로 형사들의 얼굴에서 집중력이 떨어진 게 눈에 띄게 보였었다.

정현은 출처도 확인하지 않고 움직이는 건 위험하다고 생각했지만, 다른 형사들은 사건을 해결할 실마리라면 무엇이라도 좋으니 한 가닥이라도 찾아내겠다고 혈안이 되어있었다. 정현은 유심히 뉴스에 첨부된 사진을 훑어보았다. 고시원 주변은 이미 1차 수색 때 제일 먼저 중점을 두고 수색했고, 혹시 몰라 재수색 때도 다시 범위에 넣어 확인했던 곳이다.

아무리 골목이고 인적이 드물다고 해도 그사이에 범인이 다녀갔을 만큼 쉬운 장소는 아니다. 정현은 의구심이 들다가도 지금 당장 할 수 있는 일이 이것뿐인 것 또한 잘 알고 있었기에 고시원 주변 골목을 수색하는 데 힘을 보태기로 했다.

아직은 어두운 기운이 다 가시지 않아 구석까지 살피는 데 번번이 핸드폰 플래시가 필요했다. 그래서인지 핸드폰 배터리가 빠르게 줄어 결국 방전되었다. 정현은 황급히 승합차를 주차해둔 용천여중 앞으로 걸어 내려갔다. 가까이 다가갈수록 학교 정문 앞에 이상할 정도로 사람이 붐볐다.

그 모습에 누군가 심장을 쥐어짜는 것처럼 불안해졌다. 정현은 자기도 모르게 걸음을 재촉해 뛰어 내려갔다. 창진이 달려 내려오는 정현을 발견한 건지 발을 구르며 손짓하는 모습에 온몸이 쿵쿵거리며 울렸다. 정현은 둥그렇게 모여있는 인파를 겨우 헤치고 고개를 들이밀었다.

정현은 순간 눈앞이 아찔해졌다. 어젯밤 자신의 멱살을 쥐고 흔들던 남자의 눈매와 차분하게 부탁하던 여자의 하관을 닮은 아이는 잠을 자는 것처럼 바닥에 누워있었다. 아이가 입고 있는 하얀 교복 상의는 이미 피로 범벅이 되어있었다.

정현은 충격에 움직일 수가 없었다. 오른손을 들어 그대로 자신을 뺨을 내리치며 정신을 차리려고 노력했다. 또 이렇게 아무 잘못 없는 피해자의 생이 황망하게 사라져 가는 것을 보고만 있을 수 없었다. 그때 잠깐이었지만 피해자의 손이 희미하게 움직였다.

살아있다. 사이렌 소리는 저 멀리서 아득하게 들려왔다. 정현은 무엇을 어떻게 해야 할지 알 수 없었지만, 가만히 있을 수가 없었다. 지혈에 필요한 구급상자를 찾아 군중 사이를 헤집었다. 그러다 핏기 하나 없는 얼굴로 피해자를 뚫어지게 바라보고 있는 세현을 발견했다.

정현은 막무가내로 그녀의 옷을 끌어 피해자에게 데려가려 했지만, 세현은 강하게 거부하며 정현을 밀어냈다.

"서 과장님! 응급처치 좀 해주세요. 제발 부탁입니다."

정현은 세현을 붙잡고 간청하듯 빌었지만, 정현을 바라보는 그녀의 눈은 초점이 나가있었다.

"팀장님 빨리 와보세요."

다급한 목소리로 정현을 부르는 석우의 음성에 정현은 허둥지둥 뛰어갔다. 인기척이 느껴져 돌아보자 어느새 정현을 앞질러 간 세현이 피해자 옆에 무릎을 대고 쪼그려 앉았다. 그리고 거즈를 여러 겹 겹쳐 피해자의 상처 부위에 찔러 넣듯 지그시 눌렀다. 상처를 지혈하는 세현은 하얗게 질린 얼굴을 하고서 당장이라도 기절할 것처럼 몸을 떨었다.

"김 순경이 화장실 가려고 15분 전에 학교에 들어왔었는데 그때는 없었답니다. 그 잠깐 사이 빠르게 피해자를 눕혀두고 간 것 같습니다. 피해자가 마지막으로 목격됐을 때 분명 가방을 메고 있었다고 했는데 아무리 찾아봐도 소지품이 안 보입니다."

"지금 당장 주변 탐문하라고 하세요. 구급차는요?"

석우의 계속되는 상황 설명에도, 정현의 신경은 온통 피해자에게로 쏠려있었다. 과학수사대원 두 명이 같이 달라붙어 흐르는 피를 지혈했지만, 당장 가지고 있는 응급약품으로는 한계가 있어 보였다. 거즈를 찾는 소리에 정현은 망설임 없이 편의점으로 무작정 달려 내려갔다.

분명 저기 보이는 산봉우리 끝에서 희미하게 아침의 기운이 떠오르고 있다고 생각했는데, 쌀쌀한 새벽 공기는 좀처럼 꺾일 기세가 아니었다. 오늘은 어제보다 더 긴 하루가 될 것 같았다.

* * *

정현은 혹시나 빠진 건 없는지 다시 한번 서랍을 열어 확인했다. 물티슈로 깨끗하게 닦은 책상인데 정현은 뭐가 아쉬운지 마른 휴지로 반복해서 책상을 닦아냈다. 석우는 아까부터 죽상을 하고 정현의 옆에서 떨어지지 않았다.

"진짜 괜찮다니까 그러네."

정현은 석우의 어깨를 장난으로 다독였지만, 그는 꼼짝도 하지 않은 채 그대로 자리를 지키고 서있었다. 그는 정현이 들어 옮기려는 상자를 뺏듯이 안아 들고 먼저 밖으로 나갔다. 창진은 그제야 조용히 자리에서 일어나 얼굴을 찌푸리며 말했다.

"쟤는 무슨 영영 못 볼 사람처럼 죽을상을 하고 있대요?"

"그러게요."

"팀장님 잘못 아닌 거 알죠?"

혁근이 툭 던지듯 말을 걸자 정현의 표정이 급격히 어두워졌다. 창진은 그의 등을 쓰다듬으며 말을 아꼈다. 정현은 애써 괜찮다는 듯이 밝게 인사하며 씩씩하게 밖으로 나섰다. 석우가 열린 엘리베이터 문을 가로막고 서있었다. 정현은 거울에 비친 석우의 울상인 표정에 웃음이 터졌다.

"당분간 사건 생각하지 말고 머리 좀 푹 식히세요."

정현은 웃음으로 대답을 대신하고 석우가 들고 있는 상자를 받아 엘리베이터에 올랐다. 따라오려는 석우를 가로막고 냉큼 1층 버튼을 눌렀다.

"이제 됐으니까 그만 들어가세요. 옆에 보니까 곧 회의하려고 준비 중인 것 같던데."

정현은 고맙다고 입 모양으로 말하고 손을 흔들어주었다. 엘리베이터 문이 완전히 닫히자 정현은 억지로 힘주던 얼굴 근육을 풀었다.

오늘 새벽 피해자의 신원을 확인하러 피해자의 부모님이 병원에 다녀갔다고 했다. 그곳이 병실이길 간절히 바랐던 모두의 염원과는 다르게 피해자는 결국 아직 마르지 않은 빗물 위에 누워 짧은 생을 마감했다. 사람들의 분노는 다시 끓어올랐고 정현은 강력팀 팀장 자리에서 내려왔다. 그 사이 이미 광수대 쪽에서 보낸 총경을 중심으로 특별 수사팀이 꾸려진 모양이었다.

팀장이라는 직책은 아쉽지 않았다. 다만 그날 저녁 피해자의 부모님과 한 약속을 지키지 못한 부채감에 괴로워하던 정현은 무작정 병원으로 향했다. 거기서 자식을 품에 안고 통곡하는 부모의 눈물을 봤다. 정현은 여기까지 달려온 이유가 그저 죗값을 덜기 위한 허울뿐이었다는 걸 깨닫고 한없이 부끄러웠다.

정현은 조심히 민원실 문을 열었다. 이곳이 앞으로 정현이 일할 장소였다. 자신을 바라보는 따가운 시선을 느끼며 제일 끝으로 걸음을 옮겼다. 민원실 팀장은 잠시 자리를 비운 모양인지 보이지 않았다. 당장 업무를 지시해 줄 사람이 없어 정현은 무료하게 의자에 걸터앉았다. 달력을 바라보니 어느새 7월도 마지막 주를 향해 달려가고 있었다.

숨 가쁘게 사느라 하루하루가 어떻게 지나가는지 몰랐는데 올해는 작년 여름보다는 덥지 않았던 것 같다. 어제는 그렇게 비가 오더니 오늘은 또 하늘이 맑게 개었다. 민원실은 1층에 있어서 강력팀에 있을 때보다 시원했지만 볕이 잘 들지 않아 아쉬웠다. 신기하게 새벽부터 한숨도 자지 못했는데, 피곤하지 않았다. 오히려 정신이 더 말짱해져서 자꾸만 세현이 떠올랐다.

구급차가 떠나자 세현은 그가 잡을 새도 없이 정문 반대편으로 사라졌다. 본능적으로 세현을 쫓으려던 정현은 자신을 붙잡는 석우 때문에 발길을 돌릴 수밖에 없었다.

그렇게 사라져 버린 이후로 세현에게 연락이 되질 않았다. 핸드폰이 꺼져있어 여러 번 메시지를 남겼지만, 여전히 답장이 없었다. 괜히 애꿎은 핸드폰 케이스를 만지작거리다 미세하게 느껴지는 진동에 바로 알림 창을 확인했다.

선우에게 문자 한 통이 와있었다. 용천 사건 소식을 듣고는 마음이 쓰였는지 고맙게도 먼저 연락을 준 모양이었다. 정현은 잠깐 고민하다 이제 막 문을 밀고 들어오는 민원실 팀장에게 공손하게 인사를 건네고 답장을 보냈다.

*　*　*

세현은 깨질 듯한 머리를 부여잡고 일어났다. 부검을 끝내고 숙직실에서 잠깐 쪽잠을 자려고 누웠는데 또 해괴망측한 꿈에 시달려 잠을 잔 것 같지가 않았다. 세현은 갈증을 잠재우기 위해 찬물을 벌컥벌컥 들이켰다.

이대로면 책상에서 졸다 죽어도 이상하지 않았다. 바람에 덜컹거리는 창문 소리에도 금세 신경이 날카로워졌다. 세현은 다시 컵에 물을 따르다 말고 어째서 자신의 예상이 빗나갔던 건지 천천히 되짚어 보기로 했다.

조균이 절대 현장에 나타나지 않을 거라고 단정한 게 첫 번째 잘못이었고, 그가 근처에 있다는 생각에 정신이 나가 현장을 떠난 게 두 번째 잘못이었다. 구급차에 피해자를 태워 보내고 세현은 미친 사람처럼 질주해 도망치듯 현장을 빠져나왔다. 세현은 태어나서 그렇게 빨리 뛰어본 적이 없었다. 그땐 정말이지 심장 소리에 귀가 멎는 줄 알았다. 세현은 그렇게 생판 처음 보는 도로에서 길을 잃었다.

더는 용천에서 헤맬 수 없어 서울까지 택시를 타고 올라왔다. 도착하자마자 피해자의 사망 소식을 전해 들었다. 발견했을 때부터 출혈성 쇼크로 급성호흡부전이 온 상태라 지혈로 어떻게 해볼 수 없는 상태였지만, 세현은 밀려오는 구토감에 자리를 박차고 화장실로 달려갔다. 뱉어낼 게 없는 위장을 뒤틀어 짜서 마지막까지 속을 게워냈다. 세현은 덜덜 떨리는 몸을 주체하지 못하고 그대로 바닥에 주저앉았다.

세현은 조균에 관한 것이라면 사소한 것까지 모조리 다 꿰고 있다고 생각했다. 그가 사람을 폭행할 때 입버릇처럼 내뱉는 욕설이나 칼을 쥐는 방식이나 선호하는 시간대 등 무엇이 그의 기분을 좋아지게 하는지 다 알고 있었는데, 자꾸 빗나가는 예측에 견딜 수 없이 막막해졌다. 처음부터 그가 세현을 노리고 있었다면 언제든지 찾아와 죽일 기회는 충분했다. 그러나 조균은 그러지 않았다.

세현은 오랜만에 깔끔하게 치워진 책상 위에 세 명의 피해자 부검 감정서와 사진을 늘어놓았다. 부검 감정서를 보면 볼수록 그가 범행 수법을 바꿔가면서까지 세현을 압박해 얻어내려는 게 무엇인지 감이 잡히지 않았다. 조금 전 전원을 켜둔 핸드폰으로 기다렸다는 듯이 문자가 왔다. 정현이 보낸 문자였다. 부검 때문에 급하게 서울로 올라왔다고 짧게 답장을 남겨두었다.

정현은 결국 강력팀에서 쫓겨났다. 그를 벼랑 끝까지 몰고 가 걷어차기까지 한 건 세현이었다. 그런데 막상 그가 진짜로 강력팀에서 쫓겨나니 어딘가 모르게 허전했다. 혹시 모를 싹을 잘라 내서 뿌듯한 마음이 차올랐다가 오래가지 못하고 금세 사그라 들었다.

세현은 다시 핸드폰을 들어 괜찮냐고 말을 덧붙여 보냈다. 차마 답장을 볼 용기가 나지 않아 빠르게 전원을 껐다. 갈피를 잡지 못하는 감정의 회로가 낯설었다. 조균이 나타난 이후로 세현은 자신이 점점 이상해져 가고 있다는 것을 깨달았다.

세현은 혹시나 놓친 부분이 있는지 확인하고 싶어 다시 감정서에 집중하기로 했다. 가장 눈에 띄는 부분은 깨끗한 등이었다. 해부학을 제대로 공부한 사람이라면 등과 목뒤부터 시작했을 것이다. 그다음 팔의 움직임을 익히기 위해 팔을 해부하거나 겨드랑이의 얇은 근육까지 하나씩 차근차근 순서를 맞췄겠지만, 이 사체는 유독 특정 부위에 집중해서 개복이 이루어져 있었다.

첫 번째 사체는 복부와 오른쪽 정강이 그리고 신장을 적출했다. 두 번째 사체는 목과 어깨에서 양팔까지 집중적으로 손상했다. 정해진 순서도 없고 제멋대로였지만, 사체 유기 시 부피를 줄이기 위해 어떻게 등분할지 짚어둔 솜씨는 조균의 것이 확실했다.

첫 해부학 수업 때 교수들의 시선을 단박에 사로잡을 수 있었던 것도 조균의 가르침 덕분이었지만, 세현은 그가 물려준 능력이 미치도록 혐오스러웠다. 어렸을 때부터 조균에게 사체 처리를 위한 인체의 구조나 관절, 그 주위를 둘러싼 신경과 근육에 대해 귀에 딱지가 앉도록 들어서 세현에게는 공부도 실습도 어느 것 하나 어려울 게 없었다.

온전한 지식 없이도 칼을 능숙하게 썼다. 선배들이 알려주는 족보 없이도 손상 없이 피부를 박리했고, 엉킨 신경을 빠르게 풀 수 있었으며, 장기를 적출할 때 깔끔하게 드러낼 수 있었다. 첫 해부학 실습 때 옆에서 경악하던 동기들의 얼빠진 표정이 생각나 세현은 작게 미소 지었다.

세현은 그때 의과 대학에 다니던 어느 누구보다 치열하게 공부했다고 자부할 수 있었다. 손에 익은 본능을 부정하고 새로운 지식을 습득하고자 졸업 전까지 6년을 침대맡에 편히 누워본 적이 없었다. 이름과 얼굴을 바꾸며 본능을 죽인다면 과거 따위는 아무것도 아닌 양 살아갈 수 있을 거라 믿었다.

그러나 조균은 아니었다. 그는 마치 연속극을 보는 것처럼 사람을 죽이고 나면 다음 살인이 시작되기 전까지 살인 장면을 쉬지 않고 마음속으로 재생했다. 그러니 욕구는 점차 강해지고 방법은 더 간결해져야 했다. 그런데 조균이 갑자기 복잡하게 실을 사용한 이유를 알 수 없었다.

세현은 사진 속 피로 얼룩덜룩 물들어 있는 실을 바라보았다. 이 실은 조균이 세현에게 남긴 메시지였다. 조균이 던진 빨간 실에 그를 닮은 세현의 새끼손가락이 꽁꽁 묶여 어딘가로 끌려가는 기분이 들었다.

***

"일은 할만해?"

"그냥 뭐…… 단순 서류 작업인데요."

"아무리 바빠도 그렇지. 생존 신고는 좀 하고 살자."

선우는 따뜻한 육수 국물을 비어있는 정현의 컵에 따라주며 말했다.

"정신이 없었어요."

정현은 민망한 마음에 맞은편을 제대로 바라보지도 못하고 건성으로 대답했다.

"또 제대로 안 보고 대충 대답하는 것 좀 봐. 자기도 잘못한 건 안다 이거지. 지금도 맛있는 거 사준다니까 막국수 집을 데려오는 게 말이 되냐고. 하여간 인간이 성의가 없어요."

선우는 옆자리에 앉은 산악회 무리의 시끄러운 건배사에 귀를 후비며 말했다.

"여기 용천 맛집이에요."

정현이 중얼거리며 젓가락으로 국수를 뒤적이자 선우는 그런 정현을 못마땅하다는 듯이 쩨려보았다.

"선배님. 혹시 서세현 과장님이랑 개인적으로 아는 사이에요?"

"누구?"

선우가 아직 입으로 들어가지 못한 국수 한 가락을 급하게

228

입안으로 넣었다. 정현은 휴지를 건네며 어서 대답해 보라고 보챘다.

"그 서울국과수에서 일하시는 법의관님이요."

"왜? 관심 있어?"

"진짜 선배는 맨날 그 소리. 그런 거 아닙니다."

"말만 해. 내가 지금부터 노력하면 둘 다 올겨울은 따뜻하게 보낼 수 있다."

"그러니까 잘 모른다는 거죠?"

정현이 툴툴거리며 만두를 대충 반으로 갈랐다. 선우는 그의 반응이 재밌다는 듯이 웃으며 정현이 자른 만두 반쪽을 날름 자기 입안으로 가져갔다.

"근데 다른 사람한테 물어봐도 별 수확은 없을걸. 다들 친해지고 싶어 하는데 그런 듯 아닌 듯 선 열심히 긋더라. 숨겨둔 과거가 있어서 그런가."

"아니, 서 과장님한테 무슨 과거가 있다고 그런 식으로 말해요."

"그 사람 학교 다닐 때 별명이 시체 귀신이었대."

"네? 무슨 귀신이요?"

정현은 순간 자신의 목소리가 너무 컸다는 생각에 입을 틀어막고 몸을 웅크렸다. 선우는 그 모습에 덩달아 자세를 낮추고 속삭이며 말을 이어갔다.

"본과 1학년짜리가 해부를 교수들보다 잘해서 학교에서 유명 인사였다더라고."

"그거 누구한테 들은 정보예요? 제대로 된 정보 맞아요?"

"아, 진짜. 자꾸 의심할래? 내 여자친구한테서 들은 거야. 서 과장 후배였거든."

"선배 여자친구분 선배랑 동갑이잖아요."

"서 과장이 나이에 안 맞게 학교를 좀 일찍 들어와서 선배님 이시란다. 나이도 어린데 그 난다 긴다 하는 똑똑이들 사이에서도 유명했으니 얼마나 기상천외한 사람인지 감이 와?"

정현은 선우의 이야기에 별 관심 없다는 듯 남은 만두를 앞 접시에 옮겨두고 한 입 베어 물었다. 선우는 정현이 별 반응이 없자 혼자 흥분해서 입을 더 빠르게 움직였다.

"그 천재가 국과수에서 썩고 있으니 본인은 얼마나 마음이 안 좋겠어."

"왜 그런 쪽으로만 생각해요? 그분 같은 인재가 자진해서 일해주니 얼마나 고마워요."

"자진은 무슨."

선우는 버럭 큰 소리를 내다 말고 무슨 중대한 기밀을 털어놓는 것처럼 몸을 앞으로 쭉 빼고 조심스럽게 속삭였다.

"그 사람 예전에 병원에서 레지던트로 일할 때 사고 치고 쫓겨났었어."

정현이 우물거리던 만두를 그대로 뿜었다. 선우는 짜증스럽게 휴지를 던지며 핀잔을 줬다. 정현은 넋이 나간 채 입에 남은 만두를 썹었다. 선우의 말을 믿지 못하겠다는 표정이었다. 선우는 억울하다는 듯이 구구절절 설명을 늘어놓기 시작했다.

"서 과장이 수술할 때, 집도의 몰래 환자한테 자기가 연구한 걸 적용해 보겠다고 멋대로 손대서 의료사고가 났나 봐. 그 교수, 서 과장 학부생일 때부터 엄청 예뻐해서 인턴으로 병원에도 꽂아주고 수술실까지 데리고 다니던 사람이었는데, 서 과장 때문에 경력 다 망칠뻔하고 배신감이 얼마나 컸겠어. 꽤 영향력 있는 사람이 한을 지독하게 품었는지 여기저기 소문내고 다녀서 서 과장 지금 서울에 있는 유명 병원에는 발도 못 들인다나 뭐라나."

정현은 세현에 관한 허무맹랑한 이야기 때문에 아까 먹은 국수가 체한 것처럼 속이 답답해졌다.

"하여간 실력 좋은 건 알고 있었는데, 그만큼 정신은 정상이 아니었던 거지."

"그 환자는 어떻게 됐어요?"

"다행히 바로 처치해서 큰 문제없이 넘어갔대. 만약에 그 환자한테 무슨 일 있었으면 국과수에도 발 못 붙였지. 다 먹었어? 나 화장실 갔다 올 테니까 이걸로 계산하고 먼저 나가 있어."

정현은 컵에 남아있는 물을 한번에 들이켜고 자리에서 일어났다. 선우를 기다리며 입구에서 서성이다가 닫히는 문에 팔이 끼었다. 다가오는 종업원에게 괜찮다고 했지만 부딪힌 팔꿈치가 신경 쓰여 계속 쓰다듬었다. 순간 정의감과 사명감으로 법의관을 선택했다고 망설임 없이 말했던 세현의 모습이 머릿속을 스쳐 지나갔다. 자동차 바퀴에 자갈이 헛도는 소리가 소름 끼치게 들려 머리칼이 곤두섰다. 고개를 돌리니 이글거리는 태양 빛이 그대로 정현의 두 눈 위로 떨어졌다. 정현은 아득해진 정신을 깨우려 눈을 비볐다.

7월 25일

정현은 민원인에게 방긋 미소를 지으며 인사했다. 폭염 경보로 어제와 달리 오후 방문자 수가 현저하게 줄었다. 정현은 나른한 표정으로 인쇄한 소책자 종이를 반으로 접어 스테이플러를 찍었다. 머리가 복잡할 때는 역시 단순노동이 해결책이었다. 부검 때문에 일찍 갔다는 세현의 문자에 하루가 지나도 답장을 보내지 못했다.

선우가 들려준 세현의 과거 이야기가 자꾸 그녀의 웃는 모습을 의심하게 했다. 그런 마음으로 아무렇지 않은 척 연락하는 건 도저히 못 하겠다 싶었다. 정현은 찍다 만 소책자에 정신을 집중하기로 했다.

"저 아저씨 또 왔네."

화장실을 다녀온 옆자리 경사가 짜증스럽게 물기를 닦던 손

수건을 책상 위에 내동댕이쳤다.

"무슨 일 있으십니까?"

"별일 아닙니다. 그리고 언제쯤 말 편하게 해주실 겁니까? 앞으로도 계속 그렇게 말씀하시면 같이 일하는데 부담스럽습니다."

"아, 죄송합니다. 제가 그…… 말을 잘 못 놔서."

"습관이 참 무서운 거 아니겠습니까?"

정현과 마주 보는 경사의 얼굴에 미소가 가득 번졌다. 용천경찰서 민원실은 다른 부서와 달리 각자 맡은 업무가 정확하게 분장되어 있어서 주어진 일만 밀리지 않고 처리하면 되는 분위기였다. 경찰서에 살림을 차리고 증거 영상을 돌려 본다거나, 이리저리 현장을 뛰어다니던 강력팀과는 달리 처리해야 할 업무가 정해져 있어서 민원실 안에서 일하는 사람들은 전반적으로 여유로운 느낌을 풍겼다. 정현도 거기에 맞춰 적응하려고 노력했다.

정현은 아직도 피해자들을 떠나보낸 죄책감에 일상생활을 하다가도 가끔 감정이 북받치곤 했지만, 그럴 때일수록 자신이 사건에 개입하지 않는 게 그들을 위하는 것이라 생각하며 시간을 흘려보내고 있었다.

정현은 무거운 생각을 떨쳐내려고 입구에 있는 정수기로 물을 받으러 갔다. 그때, 갑자기 밖에서 들리는 커다란 고함 소리에 하마터면 들고 있던 컵을 떨어트릴 뻔했다. 정현은 문을 살짝 열고 고개를 내밀어 고성이 오가는 장소를 살폈다. 어떤 남자가 여자 순경의 어깨를 밀치며 위협을 가하고 있었다. 정현은 깜짝 놀라 재빨리 순경의 앞을 가로막았다.

"당장 안 비켜?"

"경찰서에서 소란 피우시면 공무 집행 방해로 체포될 수 있습니다. 말로 하십쇼. 무슨 일입니까?"

"어린 게 버릇없이 어른한테 꼬박꼬박 말대꾸하잖아!"

"저는 여기 계신 경찰관분께 여쭤본 겁니다."

정현의 단호한 음성에 타오르던 남성의 분노가 신기할 정도로 빠르게 소화됐다. 사건의 전말은 민원을 받아주지 않는다며 소리를 지르는 남성에게 순경이 접수 방법을 설명한 것뿐이었는데, 별안간 그가 화를 내며 난동을 피웠다는 것이었다. 남자는 순경이 차분한 목소리로 설명하는 내내 옆에 붙어 훼방을 놓으며 이야기 흐름을 끊었다.

참다못한 정현이 순경에게 들어가라고 손짓하고 남자를 경찰서 밖으로 데리고 나왔다. 그에게 직접 무슨 일인지 설명해 달라 하자 남자는 기다렸다는 듯이 열정적으로 침까지 튀겨가며 말했다.

"나 경찰서 뒤에 사는 사람이요. 국민을 지켜주라고 있는 경찰이 선량한 시민한테 사기나 치고 말이야."

"진정하시고 알아들을 수 있게 처음부터 말씀해 주세요."

"내 블랙박스 영상 필요하다고 조를 때는 언제고, 이제 와서 딱 시치미 떼는데 내가 안 억울하게 생겼어?"

"경찰서 뒤면 최근 발생한 사건 때문에 증거로 제출하신 겁니까?"

"그래. 보니까 다른 사람은 안 그랬는데 나만 두 번이나 냈더라니까. 그럼 더 고마워하면서 뭐라도 얹어서 가져다줄 생각을 해야지. 어디 주인이 이렇게 찾아오게 만들어?"

"상황 이해했습니다, 선생님. 많이 답답하셨겠습니다. 혹시 그 수사관이 남긴 명함이나 연락처 같은 건 따로 없습니까?"

"이미 전화했지. 근데 없는 번호라잖아."

"제가 한 번만 더 확인할 수 있을까요?"

남자가 주머니에서 꾸깃꾸깃하게 구겨진 포스트잇을 탁탁 털어서 건넸다. 정현은 곧장 정보과로 전화를 넣어 용천경찰서 직원 일람에 있는 번호가 맞는지 확인해 달라고 부탁했다. 그사이 남자는 품 안에서 한지로 만든 부채를 꺼내 부쳤다. 부채에 있는 한자는 그가 손수 적기라도 한 듯 삐져나온 부분 없이 깔끔했다.

정현은 수사관이 혹시나 실수로 한 글자를 다르게 썼을 수도 있겠다는 생각에 몇 번이고 번호를 바꿔서 확인했지만, 수확은 없었다. 옆에서 통화 내용을 엿듣던 남자가 이때다 싶어 다시 목소리를 키우며 윽박지르기 시작했다.

"그거 봐. 내가 이미 해봤다니까. 하여간 우리나라 경찰 진짜 말 안 들어."

"죄송합니다. 혹시 그 블랙박스를 수거해 갔다는 수사관 어떻게 생겼는지 기억나세요?"

"그 여자 눈이 이렇게 옆으로 쫙 찢어졌어."

남자는 두 손으로 직접 눈을 찢는 시범을 보이며 열정 넘치게 설명했다.

"딱 봐도 눈이 사고 잘 치게 생겼다 싶었는데. 얼굴은 삐쩍 말라서 해골이야. 머리는 이러고."

남자가 어깨선에서 조금 밑으로 내려온 곳을 손으로 짚었다. 정현은 남자가 알려준 대로 자신의 어깨 밑으로 손을 대보았다. 불현듯 이 정도의 머리 길이가 잘 어울리던 사람이 떠올랐다.

"저 혹시 잠시만요."

정현은 인터넷 뉴스창에 접속해 용천 브리핑을 검색했다. 고작 다섯 글자를 누르는데 얼마나 떨었는지 이 더위에도 손끝이 차갑게 식었다.

"어! 맞아. 이 여자야."

남자는 아직 정현이 보여주지도 않은 화면을 힐끔 훔쳐보더니 맞다며 호들갑을 떨었다.

"잠깐만요. 다시 제대로 봐보세요."

확신에 찬 남자의 대답에 당황한 정현이 허겁지겁 사진을 확대해 화면을 돌려서 보여줬다.

"맞다니까. 또 내 말 안 믿네. 눈이 완전 뱀처럼 찢어져서는 머리 길이도 딱 맞고 얼굴에 살도 없잖아."

정현은 무어라고 말해야 할지 몰라 계속 입만 벙긋거렸다. 보다 못한 남자가 당장 블랙박스를 가져오라고 정현을 채근했다.

"도대체 그 영상에 뭐가 있길래 보여달라고 한 겁니까?"

"그래. 이렇게 시치미를 떼주셔야지. 내가 너네 다 한통속인 거 모를 것 같아? 이럴 줄 알고 다 준비해 왔어. 다른 사람들이었으면 아주 호되게 당했겠어. 대한민국 경찰 정말 대단하다. 나는 다 컴퓨터에 저장해 놓는다고."

정현은 대기실에서 기다리라는 말만 더듬거리며 반복하고 남자에게서 받은 USB를 들고 황급히 민원실로 뛰어 들어갔다. 다급한 마음에 USB 구멍 입구를 제대로 못 찾고 몇 번이고 헛손질했다. 정현은 제일 최근 영상부터 재생해 익숙한 장면이 나올 때까지 시간을 뒤로 빠르게 돌렸다. 세 번째 영상을 재생했을 때 정현은 이 동영상 때문에 사달이 났다는 걸 직감적으로 느낄 수 있었다.

두 번째 사건이 발생한 날 당일에 찍힌 영상이었다. 이미 정현을 포함한 강력팀이 몇 시간이고 달라붙어 초 단위까지 쪼개서 분석했던 영상이었다. 그땐 몰랐지만, 이젠 누굴 찾아야 하는지 알 것 같았다. 정현은 기억을 더듬으며 어두워질 때까지 빠르게 동영상을 뒤로 돌려 감았다. 여름 노을이 근사하게 내려앉자 골목을 통과하는 해맑은 얼굴의 중학생 무리가 보였다. 만약 기억이 맞는다면, 이쯤 모습을 드러낼 때가 됐다.

비가 내리기 시작하고 어둠이 짙게 깔리자 교복에 비옷을 걸친 여자아이가 골목을 빠져나오더니 유유히 화면 밖으로 사라졌다. 세현은 이 영상을 보고 그동안 왜 한마디도 하지 않았을까. 그간 정현이 과거 사건에 대한 의문을 품을 때면 어김없이 피곤해하던 세현의 반응과 신분을 위장하면서까지 얻어낸 이 영상 사이에 무슨 연관이라도 있을까 두려워졌다.

순간 사진이 덕지덕지 붙어있던 두꺼운 노트가 정현의 뇌리를 스치고 지나갔다. 얼핏 본 사진 속에는 끽해야 초등학생 저학년 정도 돼 보이던 여자아이가 있었다. 단순히 전 남자친구가 보냈다고 넘어가기에는 수상한 게 많은 사진이었다.

그동안 공범에 관한 이야기를 꺼낼 때마다, 세현이 공격적인 태세를 취한 것도 이제 보니 과한 반응이었다. 생각을 거듭할수록 과거 토막 살인 사건과 지금 일어나고 있는 연쇄 살인 사건 사이로 세현의 모습이 선명하게 드러났다.

여기까지 생각이 닿자 정현은 급히 핸드폰을 찾았다. 화면 잠금을 풀자마자 방금 검색한 브리핑 기사가 보였다. 정현은 서랍에서 헤드셋을 꺼내 귀에 착용했다. 기사 밑에 첨부된 브리핑 동영상을 재생하자 세현이 능숙하게 기자들의 질문에 답변하는 모습이 나왔다.

세현은 첫 번째 피해자의 인적 사항을 경찰서에서 엿들었다고 했다. 정현은 그동안 형사과에서 공유한 자료를 다시 곱씹어보았다. 사방이 꽉 막힌 것처럼 답답했다. 한번 녹진하게 들러붙은 의문은 좀처럼 떨어질 생각이 없었다.

세현이 두 번째 사체를 발견한 것도 그저 우연이었을까. 터무니없는 가정이 머릿속을 휘젓고 다니다 세현의 앞으로 발송된 노트로 되돌아왔다. 정현은 그 안에 무슨 사진이 담겨있는지 반드시 확인해야겠다는 다짐이 섰다.

* * *

세현은 어제부터 부검할 때를 제외하고는 사무실 밖으로 한 발자국도 나서지 않았다. 식사도 샌드위치나 김밥같이 한입에 넣을 수 있는 것들로 끼니를 해결했다. 화장실 가는 시간도 아까워서 삶을 살아가는 데 필수품인 커피를 제외한 액체류는 입에 대지도 않았다.

세현의 목표는 조균에게 가는 유일한 단서인 실의 의미를 밝혀내는 것이었다. 세현은 혹시 몰라 학교 다닐 때 공부하던 자료까지 뒤져가며 실에 담긴 의미를 찾아내려고 애를 썼다.

에어컨 바람에 머리카락이 흩날리는 게 싫어서 전부 뒤로 빼 하나로 묶었다. 훤하게 드러난 목에 소름이 우수수 돋았다. 세현이 서랍 맨 밑에서 담요를 꺼내 성의 없이 두르는 순간 코피가 터졌다. 험한 세상을 살아가기에 역부족인 몸뚱이였다. 어이가 없어 실소가 나왔다.

세현은 흐르는 피를 대충 휴지로 막으려 했지만 이미 책상과 바닥에 엉망으로 피가 튀었다. 세현은 짜증스럽게 의자를 밀치고 일어나 문을 열었다. 열린 문 앞에는 위아래로 시커먼 양복을 차려입은 남자가 멀뚱히 서있었다. 이제 보니 하나가 아니라 그 뒤로 여럿이 파란 박스를 들고 줄줄이 서서 기다리고 있었다. 세현은 굳은 얼굴을 하고 본능적으로 사무실 앞을 가로막고 물었다.

"뭡니까?"

"서세현 과장님 맞으십니까? 서울서부지검에서 나왔습니다. 최근 발생한 세 건의 변사체 사건과 관련된 주요 증거품을 수거해 가셨다고 해서 다시 받으러 왔습니다."

세현은 수사관이 한 말에 불쾌한 표정을 드러내고 되물었다.

"지금 영장 가지고 오신 거예요?"

"아닙니다. 임의로 제출하셨던 증거품은 영장 없이 압수수색 가능합니다."

수사관은 가지런하게 양손을 모아 공손한 태도를 유지했지만, 세현은 불청객의 강압적인 방문에 당혹스러움을 감추지 못했다.

"저는 증거품 제출한 적도, 수거한 적도 없습니다. 전혀 모르는 일인데요."

"서적류라고 전해 들었습니다."

수사관의 말에 세현은 궁지에 몰린 기분이었다. 무슨 연유로 세현이 수사의 표적이 된 건지 모르겠지만, 수사관들이 그녀의 사무실 앞에서만 얼쩡거리는 건 국과수는 수색하고 싶지 않다는 완곡한 의사 표현이었다. 그 모습에 심기가 뒤틀린 세현은 지지 않고 맞섰다.

"그런 거 없으니까 직접 와서 확인해 보세요."

단호한 음성에 검찰 수사관이 주춤하자 세현은 사무실 문을 활짝 열어 들어오라고 손짓했다. 그제야 하나둘 들어오며 책상에 올려둔 해부학 자료부터 뒤적이기 시작했다. 그다음 서랍을 열어 두께가 있는 종이 뭉치를 풀어헤쳤다. 전공책이 두껍다 보니 책장에 꽂힌 것들까지 다 확인하기에 시간이 부족했는지 세현에게 양해를 구하고 박스에 통째로 옮겨 담았다.

세현의 사무실이 수색받고 있다는 사실이 금세 국과수 전체로 퍼져 사람들이 복도와 계단에 빼곡히 서서 진귀한 광경을 구경하고 있었다. 수사관들도 그 시선이 부담스러웠는지 필요한 물건을 챙기자 곧바로 세현의 사무실을 깔끔하게 정리해 두고 밖으로 나갔다. 저 멀리서 신이 나 달려오는 준경의 구두 굽 소리가 세현의 귀를 거슬리게 했다.

급하게 가방만 챙긴 세현은 거칠게 문을 닫고 반대편 계단으로 내려갔다. 분노를 식히기 위해 계속 숨을 뱉어냈다. 연가는 차고 넘치게 있으니 상관없지만 이렇게 자리를 비우게 된 것이 이번 달만 벌써 두 번째라는 게 마음에 걸렸다.

완벽하던 일상이 엉망으로 뭉개지는 걸 보는 게 괴로웠다. 세현은 길게 드리워진 그림자를 밟고 서있는 누군가의 기척에 걸음을 멈추었다. 용천에 있어야 할 정현이 왜 세현을 가로막고 있는지 의문이었다.

세현은 말없이 자신을 바라보고 있는 그의 곧은 눈빛에서 이미 친 짓이 누구의 소행인지 읽어낼 수 있었다. 세현은 당장이라도 정현의 뺨을 후려갈기고 싶다는 욕구에 휩싸였지만, 더 이상의 소란은 부담스러웠다.

"여쭤볼 게 있어서 왔습니다."

정현의 덤덤한 목소리에 세현은 담백하게 대답했다.

"물어보세요."

"혹시 미제 사건에 대해 따로 숨기고 있는 정보가 있습니까?"

세현은 그의 말이 끝나기도 전에 헛웃음을 쳤다. 그에게 숨기는 건 셀 수 없을 정도로 많았다.

"저는 서 과장님 믿고 싶습니다. 그러니까 혹시나 알고 있는 게 있으면 저에게 먼저 말씀해 주세요. 그러면 제가……."

"왜 절 의심하세요? 전 형사님이 과거에 저지른 잘못 용서받겠다고 나대는 거 받아준 죄밖에 없는데."

정현은 잠깐 숨을 멈췄다. 용천에서 서울로 올라가는 길 내내 망설였지만, 끝내 압수수색을 멈춰달라 요청하지 않았다. 그 노트가 세현의 이름으로 들어왔다 해도 사건의 담당인 강력팀 주소로 온 소포이기도 했다. 정현은 압수수색영장을 발급받기에 시간이 촉박해 임의제출물로 간주하고 무리하게 압수수색을 진행하기로 결정했다. 그래서 세현의 공격적인 태도를 어느 정도 감수해야 한다고 마음먹었지만, 지금 정현 앞에 서있는 그녀는 완전히 다른 사람 같았다. 세현은 그때 나누었던 위로를 모두 부정하는 듯한 말로 정현의 상처를 후벼팠다. 정현은 떨리는 목소리를 숨기려고 했지만, 자꾸만 목이 메 결국 고개를 떨굴 수밖에 없었다.

세현은 그런 정현의 모습에 짜증이 솟구쳤다. 감정적인 부분에 반응하는 게 세현에게는 가장 어려운 일이었다. 그래서 이야기를 하다 말고 눈물부터 찍어 바르는 사람을 볼 때면 화부터 났다.

"형사님이 뭘 찾고 계시는지 몰라서 그냥 다 가져가라고 했어요. 제가 숨기는 게 있다면 금방 밝혀지겠죠. 그런데 방금 형사님이 벌인 일 때문에 제 가을 전근 자리가 날아갔어요. 미제 사건을 조사하든 그 남자를 잡으러 가든 신경 안 쓸 테니까 이제부터는 형사님 혼자 알아서 하세요."

세현은 정현이 어떤 표정을 짓고 있는지 궁금하지 않았다. 그냥 한시라도 빨리 국과수를 벗어나고 싶단 생각뿐이었다.

"과장님도…… 그 남자 만난 적 있죠."

세현은 걸음을 멈췄다. 조균의 등장으로 흐려진 집중력 때문에 몇 번 흘린 불씨가 이렇게 크게 번질 거라 예상 못 했다. 곧 저녁이 된다. 사람들이 몰릴 것이고 여기서 불편한 이야기가 새어 나가는 건 막아야 했다. 세현은 자리를 피하려 걸음을 재촉했다.

"그래서 제가 처음에 이야기 꺼냈을 때, 놀라지 않았던 거잖아요. 그렇죠? 서 과장님도 그 남자를 알고 있었으니까. 그래서……."

세현은 들고 있던 가방을 그대로 정현의 얼굴로 내던졌다. 예고도 없이 터진 분노에 세현은 숨을 거칠게 몰아쉬며 가방끈을 막무가내로 잡아당겼다. 그러자 안에 있던 내용물이 바닥에 와르르 쏟아졌다. 세현은 머리가 아팠다. 두통 때문인지, 갑자기 터트린 분노 때문인지 판단이 되지 않았다.

"어떻게 만난 겁니까?"

왼쪽 뺨이 부어오른 채로 여전히 곧은 자세를 유지하는 정현을 보고 있으니, 모든 고통을 그에게 청구하고 싶었다. 세현은 정현의 쓸쓸한 시선을 뒤로하고 주차장으로 뛰어갔다. 정현은 그녀를 더 잡지 않았다. 세현은 정현의 흔적을 뭉개듯 거칠게 핸들을 돌렸다.

* * *

세현은 지하철역 근처 갓길에 대충 차머리를 밀어 넣었다. 치솟는 메슥거림에 지하철역 화장실로 달려갔다. 목구멍에 손가락을 넣어 그동안 정현에게 받았던 마음을 모조리 뱉어내듯 속을 게워냈다. 세면대로 비틀거리며 걸어가 양치를 하고 턱 밑으로 떨어지는 물방울을 아무렇게나 닦아냈다. 며칠 사이 볼살이 눈에 띄게 빠졌다. 화장실 거울로 자신을 바라보는 한 여자아이가 세현의 시야에 들어왔다. 고개를 돌리자 양갈래로 단정하게 머리를 묶은 아이가 세현을 멀뚱히 바라보고 있었다. 조균의 생존을 확인한 이후로 받아들이기 싫은 기억들이 수시로 떠올랐다.

세현의 상상인지 실제로 있었던 일인지 분간이 가지 않는 일
도 많았지만 조균에게 맞은 기억은 그때 날씨가 어땠는지까지
정확하게 뇌에 박혀있었다. 지금 생각하면 웃기지만 조균은 어
릴 적 세현이 머리를 기르는 걸 싫어해서 머리카락이 귀를 덮으
면 바로 잘라버렸다. 세현 역시 활동하기 편해 짧은 머리를 훨씬
선호했으면서도 양갈래로 묶은 머리카락에는 언제나 미련이 남
았다. 아이는 금세 세현에게 관심이 떨어진 건지 하고 있던 색칠
놀이에 열중했다. 세현은 아이의 동그랗고 단정한 뒤통수를 원
없이 바라보다 밖으로 나섰다.

세현은 화장실 옆 물품 보관함에서 노트를 꺼냈다. 한 달 장
기 보관료를 다 지급했는데 이렇게 빨리 꺼낼 거라 생각 못 했
다. 날린 돈이 아까웠지만, 결과적으로는 잘한 선택이었다. 정현
이 자신을 상대로 검찰 수사관을 보낼 거라 생각 못 했던 것처
럼 한 치 앞도 모르는 게 사람 일이었다.

노트는 그사이 장마철 습기를 먹어 묵직하게 부풀어 있었다.
세현은 개찰구 옆에 있는 빵집에서 도넛을 몇 개 구매하고 좁은
의자에 몸을 구겨 앉았다. 수분이 말라 퍽퍽해진 꽈배기를 두 입
베어 물고 다시 봉투에 담았다.

직장도 있고 집도 두 채나 있지만, 마음 편히 몸 하나 뉠 곳이
없다고 생각하자 극심한 피로가 몰려왔다. 가방을 품에 안고 등
그렇게 몸을 말자 금방 노곤해졌다. 당장에라도 잠이 들 것 같아

눈을 감지 않으려고 애썼다. 삶에 집착하는 자신의 모습이 어느 날은 신기하고 또 어느 날은 낯설게 느껴졌지만, 그래도 아직은 조금 더 살아있고 싶었다.

세현은 노트를 들어 눈 앞에 가까이 가져다 댔다. 이 노트가 뭐라고. 세현은 표지를 넘기다 말고 정현의 마지막 모습이 떠올라 한숨을 내쉬었다. 세현은 정현의 감정을 제어할 때 즐거웠다. 세현은 정현의 고립된 마음을 달래주었고 그가 비밀을 털어놓을 수 있게 기댈 곳을 마련해 주었다. 가장 비열하면서도 원하는 것을 빠르게 얻는 효과적인 방법이었다. 세현에게 의지한 정현은 의식적으로든 무의식적으로든 계속해서 수사 자료를 흘렸다. 그가 가만히 있었다면 세현은 조균을 잡고 정현의 과오를 대신 속죄해 주는 그럴듯한 결말을 만들 수 있었는데, 정현이 다 망쳐버렸다.

국과수에서 마주친 정현의 모습이 끊임없이 세현의 신경을 자극했다. 세현은 이제 그만 정현에 관한 생각을 정리하고 싶어 노트를 넘겼다. 어떤 사진은 이목구비가 분간이 안 갈 정도로 얼굴이 터져있었다. 조균은 제대로 할 줄 아는 게 없으면서 세현의 실수에는 유독 민감하게 반응했다. 작업이 하나라도 어긋나는 날에는 운전하고 집으로 돌아오는 길 내내 옆 좌석에 앉은 세현을 두들겨 팼다.

어느 날은 맞다가 앞니가 빠져서 피가 줄줄 흐른 채로 화장실도 못 가고 집에 돌아온 적이 있었다. 그대로 까무러쳐 꼬박 이

틀을 잤다. 조균은 그날부터 한 달 동안 세현을 건들지 않았다. 그래서 세현은 한 달이 지나고 그 반대편 이를 돌로 깨부줬다. 안타깝게 이는 빠지지 않았지만, 입술이 찢어져서 또 몇 주간 맞지 않고 무사히 지낼 수 있었다.

세현은 그땐 그랬지, 하며 마치 추억 여행을 하는 듯한 기분이 들었다. 고통스러운 기억이 많았지만, 그땐 지금처럼 외롭진 않았다. 사진 한 장, 한 장에 푹 빠져 마지막 페이지까지 왔다. 엄지손가락만 한 두께의 노트 마지막까지 오는 동안 한번도 웃지 않던 어릴 적 세현이 빠진 앞니를 시원하게 드러내며 웃고 있었다. 그럴만한 일이 없었을 텐데 사진 속 세현은 참 행복해 보였다. 유일하게 동물의 사체가 같이 찍혀있지 않은 걸 보니 이날은 칭찬이라도 들었나 싶었다.

그런데 이상하게 보면 볼수록 사진이 낯설었다. 낙엽이 수북하게 깔린 걸 보니 가을에 집 앞 산책로에서 찍은 사진이란 것은 알겠는데 사진 속 여자아이는 낯설다 못해 처음 보는 사람 같았다. 세현은 다급하게 노트를 덮었다. 이유 모를 불안감에 방금 먹었던 꽈배기가 올라올 것 같아 자연스럽게 손톱으로 입이 갔다. 손톱이 갈가리 찢길 때까지 엉망진창으로 물어뜯고 나서야 세현은 짐을 챙겨 자리에서 일어났다.

세현은 머리를 식히려고 지하철 출구로 나가는 길목에 있는 서점에 잠시 들렀다. 조금 전 화장실에서 만났던 양갈래 머리를 한 아이가 글자를 하나씩 짚으며 소리 내 책을 읽고 있었다. 세현은 책을 꺼내던 자세 그대로 멈춰 섰다. 단어 사이를 연필로 그어가며 읽던 조균의 모습이 불현듯 떠올랐다. 왜 여태 이 사실을 기억하지 못했나. 조균은 난독증이 있어 혼자서는 일반 해부학책 한 권도 제대로 소화해 내지 못하는 사람이었다. 그런 그가 매일같이 끌어안고 살던 책이 있었는데, 인체 구조가 한 면 전체에 큼직하게 그려진 책이었다. 인체 구조에 관한 자세한 설명은 없고 이름과 그 부위의 위치를 파악하는 걸 목표로 제작된 서적이었다.

조균은 색연필로 장기를 구분해 칠했고, 한 페이지를 다 끝내면 신체 부위와 이름이 맞아떨어지게 선을 그어 표시했다. 첫 번째 사체 정강이뼈 주변 근육에 일일이 꿰매 달아놓은 실처럼.

세현은 책 제목이 정확히 기억나지 않아 생각나는 단어를 닥치는 대로 연관 지어 검색했다. 별다른 성과가 없자 세현은 다시 터미널로 가는 개찰구 안으로 달려 들어갔다. 이미 지하철은 떠나고 없었지만, 도저히 직접 운전할 정신이 없어서 다음 차를 기다리기로 했다. 세현은 가만히 서있지 못하고 제자리를 빙빙 돌았다. 스크린 도어에 비치는 세현의 얼굴 위로 노트 마지막 사진 속에 담긴 여자아이의 얼굴이 겹쳐 보였다.

손에 자꾸만 땀이 맺히는 건 후덥지근한 날씨 때문이 아니었다. 긴장감이 등을 깊게 긁고 내려가서 의지와 상관없이 몸이 엉망으로 비틀렸다. 열차가 들어오는 신호음에 세현은 고개를 번쩍 들었다. 포개져 있던 여자아이의 얼굴이 그사이 옆으로 비켜

서서 세현을 지그시 바라보고 있었다.

* * *

용천시에서 관리하는 통합 도서관이라 그런지 운영시간이
길어 늦은 저녁에도 사람이 붐볐다. 내부를 새로 리모델링 한 건
지 에어컨 바람을 타고 희미하게 페인트 냄새가 났다. 세현은 해
부학 서적이 있는 서재에 기대서서 천천히 책 제목을 읽어 내려
갔다. 조금이라도 익숙한 느낌이 들면 바로 꺼내서 내용을 확인
했다. 그렇게 몇 번을 반복하다 맨 밑 칸에서 책등을 투박하게
테이프로 감싸놓은 책을 발견했다.

세월을 이기지 못한 종이가 안으로 동그랗게 말려있어 펼치
는 데 애를 먹었다. 머리말에는 출간 연도가 1996년이라고 적혀
있었다. 세현은 책을 열어보다가 다시 황급히 닫았다. 누군가 책
장 사이로 자신을 훔쳐보고 있는 것 같아 팔뚝에 소름이 돋았다.
세현은 황급히 계단을 내려가 대출대 앞에 섰다. 칸막이 뒤에 앉
아있던 직원이 세현을 보고 다가왔다.

"대출할 책 올려주세요."

세현은 표지 가운데가 반으로 찢어져 너덜거리는 책을 내밀
었지만 대출 기계에 올려두지는 않았다. 여자가 의아하다는 표
정으로 책을 가져가려고 하자 세현은 더 강하게 버텼다.

"이 책 대출 이력 좀 봅시다."

세현의 낮게 깔린 목소리에서 위압감을 느낀 건지 직원은 바로 다른 사람에게 도움을 요청했다.

"무슨 일이죠?"

조금 전 직원보다 확실히 더 연륜 있어 보이는 여자가 단박에 세현의 행색을 살폈다.

"용천경찰서 과학수사대에서 나왔습니다."

세현은 용천경찰서에서 발부받은 임시 출입증을 주머니에서 꺼내 내밀었다. 여자는 출입증에 적힌 내용을 한참 뜯어보더니 안으로 들어오라 손짓했다. 세현은 손에서 책을 놓지 않고 누렇게 바래진 청구기호를 보여줬다. 여자는 세현의 눈치를 보다 재빨리 청구기호를 받아 적어 다른 직원에게 건넸다. 둘은 컴퓨터 앞에 옹기종기 모여 머리를 맞대고 속닥거리기 시작했다.

세현은 가슴에 품고 있는 책에서 마치 심장박동 소리가 들리는 것 같았다. 조균은 자신의 흔적이 남는 걸 극도로 싫어하는 성격 탓에 택배도 시키지 않았고 배달음식도 먹지 않았다. 그래서인지 그는 도서관을 참 좋아했다. 책을 빌리고 반납해 버리면 누가 읽었는지 알 수 없다며 대출 서비스를 자주 애용했다. 단 한 번도 연체한 적 없었고, 잠깐 사이에 누군가 책을 빌려 갈까 염려해 도서관 문이 닫히기 직전에 반납하고 다음 날 문이 열리자마자 다시 대출하다 보니 그 책은 조균의 소유나 다를 바 없었다.

"대출 이력 조회해 봤는데요. 3개월 동안 같은 분이 계속 빌려

가셨네요. 주소까지 알려드려야 하는 건가요?"

"그거 받으러 온 겁니다."

"근데 이건 개인정보라서 이렇게 아무 절차 없이 막 알려주면 안 되거든요."

여자는 말끝을 흐렸고 다른 직원은 이 일과는 전혀 상관없는 사람처럼 바쁜 기색을 내비쳤다.

"영장 받아올까요?"

여자는 고심하는 척했지만, 세현은 이미 그녀의 손안에서 동그랗게 말아진 포스트잇의 존재를 확인했다. 세현은 여유로운 태도를 유지했다. 어차피 여자는 피곤한 일에 얽히기 싫으니 곧 세현에게 종이를 건네며 넌지시 우리끼리 비밀로 해달라고 부탁할 것이다.

"이거 서버에서 찾은 자료죠? 영장 받으면 저 컴퓨터도 가져가야 해요."

세현은 여자의 자리에 놓인 컴퓨터를 손가락으로 짚으며 허공에 빙그르르 원을 그렸다. 여자는 세현이 들고 있는 책 위에 살며시 포스트잇을 붙이며 오래된 책이니 조심히 다뤄달라고 속삭이듯 당부했다. 그리고 아무 일도 없었다는 듯 다시 자기 자리로 돌아갔다.

세현 역시 따로 말을 얹지 않고 모자를 깊게 눌러 쓰며 밖으로 나섰다. 세현은 포스트잇에 적힌 주소를 지도 앱에 검색했다. 만약 정현이 이 주소를 찾아낸다면, 어떤 선택을 할지 궁금했다.

조균을 세상 밖으로 끄집어넣을지 아니면 세현의 남은 삶을 구제하기 위해 기꺼이 침묵할지.

마지막으로 만난 게 불과 몇 시간 전인데도 정현의 얼굴이 쉽게 그려지지 않았다. 그의 부어오른 뺨을 마주하는 게 싫어 끝까지 고개를 돌려 외면했다. 만약 정현이 한 번만 더 기회를 준다면, 그땐 조금 더 친절하게 그를 설득해서 돌려보내고 싶었다.

세현은 시답잖은 생각을 떨쳐내려고 걸음을 재촉했다. 그리 멀지 않은 거리라 금방 용천여중에 도착했다. 큰 도로를 따라 내려가니 작은 분식집이 보였다. 그 옆으로 난 좁은 골목길은 첫 번째 피해자가 살았던 원룸과 두 번째 피해자가 다녔던 체대 입시 학원이 있던 큰 도로와 맞닿아 있었다. 골목 안은 대부분 가정집이거나 소규모로 장사하는 가게가 자리를 차지하고 있었다. 세현은 골목으로 들어가기도 전에 입구에서부터 멈칫했다.

분명 여성 안심 귀갓길이라 적혀있었지만, 지도는 조균에게 향하는 길이라고 분명히 가리키고 있었다. 받은 주소 건너편에는 짙은 색깔의 방수 천이 덮인 탑차가 주차되어 있었다. 골목 담벼락에 그려진 건반이 입을 옆으로 길게 찢으며 웃는 것처럼 보였다.

세현은 가방에서 전기 충격기를 꺼냈다. 용천 집이 털리고 나서 바로 구비해 둔 호신 도구였다. 이걸 맞고 그가 한 방에 죽어버리는 건 억울하다고 생각했는데, 세현은 밀려드는 불안감에 전기 충격기의 세기를 가장 높은 단계로 다시 조절하고 골목 안으로 걸어 들어갔다.

길 찾기 안내가 끝나는 곳에 귀여운 한글 간판을 단 조그만 세탁소가 있었다. 세현은 어둠 속에서 바짝 자세를 낮춰 벽 뒤로 몸을 숨겼다. 누군가 안에서 다리미질을 하는지 희미하게 켜진 불빛 사이로 연기가 뿜어져 나왔다. 세현은 그림자만으로도 안에 있는 남자가 조균이라고 확신할 수 있었다.

세현은 숨을 죽이고 반쯤 열린 문틈으로 몸을 구겨 들어갔다. 심장 소리가 너무 커서 혹시나 그가 듣고 뒤를 돌아보지 않을까 걱정돼 아예 숨을 쉬지 않기로 했다. 조균은 메리야스만 걸친 채 땀을 뻘뻘 흘리고 있어서 전기 충격기의 먹잇감이 되기 최적의 상태였다.

전기 충격기 끝에 달린 침을 조균에게 내리꽂으려는 순간, 세현은 강한 충격을 받고 그대로 바닥에 주저앉았다. 처음엔 몰랐는데 머리가 웡웡 울리는 걸 보니 누군가 세현의 머리를 가격한 모양이었다. 세현은 흐려지는 시야 사이로 눈을 부릅떴지만, 다시 한번 머리로 타격이 가해졌다. 서서히 감기는 눈 사이로 머리를 짧게 자른 아이가 보였다. 세현은 문득 어릴 적 꿈을 꾸는 건 아닐까 하는 생각이 들었다.

"출근을 안 했다고요?"

조사관이 거짓말을 하진 않겠지만 정현은 그래도 믿기지 않아 다시 한번 물었다. 조사관은 아침부터 끈질기게 수화기를 잡고 놔주지 않는 정현에게 곤란하다는 듯이 답했다.

— 요즘 계속 무리하셔서 그런가 봐요.

조사관의 말에 정현은 괜히 양심에 찔렸다. 그녀를 무리하게 한 데에 아무래도 자신의 지분이 클 것이다. 정현은 감사 인사를 끝으로 전화를 끊었다. 창문에 반사된 정현의 왼쪽 뺨에는 일자로 긁힌 자국이 선명하게 새겨져 있었다. 세현에게 서운함을 느꼈다기보다는 사라지는 그녀를 끝내 잡지 못한 자신을 탓하고 싶었다. 그땐 낯설어진 세현과 더 마주하고 있을 용기가 없었다.

아무리 그래도 한마디 언질도 없이 무작정 사무실을 수색한 건 좀 심했다는 생각이 들어 정현은 복잡한 마음에 머리칼을 어지럽게 헝클어뜨렸다. 무슨 각오로 그런 짓을 벌인 건지 모르겠다. 만약 세현에게 먼저 물어봤다면 상황이 달라졌을까? 정현은 머리를 짚은 채 생각을 거듭했다.

정현이 본 세현은 곁을 내주지는 않았어도 누구보다 솔직했던 사람이다. 어쩌면 그런 점이 세현을 더 의지하게 했을지도 모른다. 세현은 사건 해결에 열심이었고, 정현은 그런 그녀와 함께 범인을 잡고 싶었을 뿐이다. 자신의 판단 착오로 둘의 관계를 망친 것 같아 마음이 무거워졌다. 그렇게 마음을 정리하자, 정현은 하루라도 빨리 세현에게 사과하고 싶었다.

그런데 어제저녁부터 세현의 핸드폰이 계속 꺼져있었고, 아침이 되어도 켜질 생각이 없어 보였다. 정현은 불안한 마음에 세현의 사무실 번호를 알아내 전화를 걸었다. 전화를 받은 조사관은 평소에 절대 그런 분이 아니라고 하면서 어제 오후 일로 사무실을 나가고 아직 출근하지 않았다는 소식을 전해왔다.

세현의 행방이 묘연해진 지 벌써 하루가 지났다. 정현은 결국 점심시간을 이용해 경찰서 근처에 있는 세현의 집을 찾아갔다. 세현이 싫어할 행동인 건 알았지만, 그렇다고 아무것도 하지 않고 식당에 앉아 밥만 먹기에는 마음이 불편해서 견딜 수 없었다. 게다가 그 근처에서 불미스러운 일도 있었던 탓에 걱정은 더 깊어졌다. 정현은 조심히 계단을 올라가 문 앞에 서서 몇 번을 더 고민한 끝에 문을 두드렸다.

"누구세요?"

계단 밑에서 익숙한 여자 목소리가 들렸다. 정현이 난간을 잡고 고개를 내밀자 전에 한 번 만난 적 있는 주인집 여자가 정현을 알아보고 빠르게 계단을 올라왔다.

"이 학생 남자친구 맞죠?"

"아, 아닙니다. 직장 동료입니다."

"학생 아니었어요? 아무튼, 이 사람한테 연락 좀 해봐요. 우리 다음 주에 배수관 공사할 때 여기 화장실도 같이 손봐야 하는데 학생이랑 연락이 너무 안 돼. 집에 오지도 않고."

"집에 안 왔다고요? 언제부터요?"

"어휴, 나야 모르지. 그때 난리 친 거 못 봤어요? 무서워서 근처에 얼씬도 못 했어. 또 누가 마음대로 들어왔다고 신고라도 할까 봐. 근데 어제인가? 한밤중에 위에서 시끄러운 소리가 나길래 들어온 줄 알았더니 오늘 아침에 올라오니까 그새 나갔나 또안 보이더라고."

여자는 그렇게 한참을 넋두리를 늘어놓다 세현을 데려오겠다는 약속을 받아내고 나서야 다시 가게로 들어갔다. 정현은 길을 나서다 말고 좁은 골목 앞에 우뚝 섰다. 피해자가 발견된 전봇대 밑을 하염없이 바라보다 큰 도로로 돌아서 다시 경찰서로 복귀했다.

"팀장님!"

귀에 익은 목소리에 고개를 돌리자 한달음에 나온 석우가 정현을 얼싸안고 반가운 티를 냈다.

"박 형사님! 잘 지내셨어요?"

"아휴, 말도 마요. 어제 밥 먹다가 팀장님 밑에서 일할 때가 세상 좋았다고 창진 선배가 그러더라니까요."

"저 이제 팀장 아닌데, 그냥 편하게 불러주세요."

"한번 팀장님은 영원한 팀장님이죠! 어떻게 민원실 일은 할 만해요?"

"네. 요즘엔 잠도 잘 자고 밥도 잘 먹고 그럽니다."

"그래요. 그게 사람 사는 거지. 저흰 뭐 예전에 갔던 곳 똑같이 수색하고 돌려봤던 영상 또 돌려보고 그러고 있네요. 시간 지나고 화제성 떨어지니까 언론에서 시들해져서 그나마 이렇게 숨 쉬고 삽니다."

정현은 반가워하는 석우에 맞춰보려 했지만, 금세 표정이 침울하게 변했다. 석우는 티 나게 어두워진 정현의 표정을 눈치챈 건지 그를 경찰서 옆 벤치로 끌었다.

"무슨 일 있어요?"

"아니요. 아무 일도 없습니다."

"아니긴요. 표정이 누구한테 얻어맞고 온 사람처럼 죽을상인데. 뭔데 그래요?"

석우가 털어놓지 않으면 절대 보내주지 않겠다는 각오로 팔짱을 끼고 놔주질 않았다. 정현은 몇 번을 더 고민하다 주변에 사람이 없다는 걸 확인하고 조심히 입을 뗐다.

"그…… 평상시에는 출근도 잘하고 연락도 잘되는 사람이 하루 내내 소식이 없으면 걱정되는 상황인 거 맞죠?"

"에이, 하루 정도면 좀 더 기다려봐요. 누군데 그래요? 딱 보니까 팀장님이 그 사람한테 뭐 잘못한 거 있어서 지금 이렇게 안절부절못하는 거 같은데."

"그렇죠? 제가 너무 예민하게 반응하는 거 맞죠?"

"근데 혹시 그분 용천 살아요?"

"회사가 서울이긴 한데, 집은 용천이라고……. 갑자기 그건 왜……."

"나이대가 어떻게 되는데요?"

"만 32세였으니까……."

"여자예요?"

질문을 거듭할수록 석우의 표정이 심각해졌다. 마지막 질문에 정현이 고개를 끄덕이자 석우는 곧장 그를 데리고 경찰서 엘리베이터에 올라탔다. 정현은 자신을 끌어당기는 석우의 손길을 거절하지 못했다.

정현은 석우를 따라 오랜만에 강력팀 사무실 안으로 들어왔다. 그를 바라보는 형사들의 눈에서 정현은 상황이 심상치 않다는 것을 읽어낼 수 있었다. 정현은 자꾸만 최악을 그리는 망령된 생각을 끊어내려고 애를 썼다.

　　　　　＊＊＊

　정신을 차린 세현은 제일 먼저 오른쪽 어깨에 강한 통증을 느꼈다. 눈언저리에 무언가 말라붙어 있어서 제대로 눈을 뜨기도 힘들었다. 주위를 둘러보아도 지독한 어둠뿐이었다. 아직도 귀가 멍하게 울려서 자신이 지금 제대로 깨어있는 건지 아니면 꿈을 꾸고 있는 건지 분간이 잘 가지 않았다.

　세현이 자리에서 일어나려고 다리에 힘을 주자 그대로 균형이 무너져 바닥으로 고꾸라졌다. 넘어질 때 턱을 부딪친 것인지 싸한 기운이 돌아 점점 욱신거리기 시작했다. 어깨가 왜 아픈가 했더니 누군가 세현의 양팔을 뒤로 꺾어 묶어두었다. 쥐가 난 건지 손가락 끝까지 찌릿찌릿해 움직일수록 고통이 더해졌다. 누구 짓인지 모르겠지만, 평소 스트레칭도 제대로 안 하는 세현에게 알맞은 고문이었다.

　세현은 다시 무릎을 꿇고 일어나 희미하게 새어 나오는 빛을 향해 힘겹게 기어갔다. 잠깐 쉬려고 문에 어깨를 기대자마자 갑자기 문이 열려 바닥에 그대로 곤두박질쳤다. 입에서 악 소리가 터져 나왔다. 먼지가 거칠게 숨을 고르는 세현의 입과 코로 들어가 고통스러운 기침이 나왔다.

　바닥에 누워 몇 분을 기다려도 통증은 쉽게 가라앉지 않았다. 세현은 팔이라도 풀어볼 작정으로 다시 힘겹게 일어나 주위를 둘러봤다. 바로 앞에 큰 강과 주차된 탑차가 보였다. 조균이 탑차에서 조리도구를 꺼내며 세현에게 눈인사를 건넸다. 그가 보는 앞에서 당장이라도 죽을 사람처럼 앓는 소리를 냈다는 사실에 치욕스러워졌다.

세현은 멀어지는 조균의 등을 따라 절뚝거리며 걸었다. 의자두 개가 접이식 식탁 양 끝에 놓여있었다. 조균은 앉으라고 손짓하고 가위로 방금 조리한 고기를 잘랐다. 그 사이로 의자 하나가 불쑥 들어오더니 중학생 정도 되어 보이는 여자아이가 자리에 앉아 칼로 마늘을 쪼갰다.

세현은 멍하니 서서 그 둘을 바라보았다. 누군가 강가에 노을을 펴 발라둔 것처럼 흔들리는 물결마다 주황빛이 근사하게 아른거렸다. 길게 늘어진 여름의 억새가 세현의 뺨을 간지럽혔다. 세현은 자연스럽게 비어있는 의자에 가서 앉았다. 조균은 야채에 고기를 크게 싸서 한입에 넣었다. 양념 섞인 밥풀이 그의 입가 주변으로 지저분하게 묻었고 입안에서 분쇄되는 음식물이 보였다가 사라졌다.

세현이 가만히 앉아서 둘을 바라보고만 있자, 조균은 여자아이에게 손을 풀어주라고 지시했다. 조균은 다시 고기를 입에 넣으며 밥 먹는 데 집중했다. 손이 자유로워진 세현은 망설임 없이 앉았던 의자를 식탁에 내던지고 뒤도 돌아보지 않고 도망쳤다.

한참을 달리는데 세현의 고개가 뒤로 꺾이더니 등부터 바닥에 떨어졌다. 숨이 턱하고 막혀 기침하자 조균이 물병을 들어 세현의 얼굴 위로 쏟아부었다. 갑자기 쏟아지는 물줄기에 세현은 숨을 쉴 수가 없어 목을 움켜쥐고 흙바닥에 나뒹굴었다. 조균에게 잡힌 머리카락 때문에 두피는 불에 타듯이 아팠다. 세현은 그대로 바닥에 질질 끌려 다시 여자아이 옆으로 옮겨졌다.

조균은 여자아이를 윤세은이라 짧게 소개하고 이미 더러워진 그릇을 주워 식탁 위에 던져두었다. 세현은 떨리는 손으로 젓가락을 들어 식사를 시작했다. 21년 만에 다시 집으로 돌아왔다.

* * *

정현은 가만히 앉아있지 못하겠는지 다리를 덜덜 떨었다. 4평 남짓 되는 조사실에 참고인 자격으로 들어와 있다는 사실이 그를 더 긴장하게 만들었다. 석우의 손에 이끌려 급하게 세현의 실종 신고를 하고 마지막 목격자로 참고인 조사를 받았다. 그러다 퇴근길에 뜬금없이 다시 조사실로 불려 들어갔다. 현재 상황을 알 수 없어서 답답했고 아직도 소식 없는 세현의 행방 때문에 마음이 불안했다.

굳게 닫혀있던 조사실 문이 열리고 비장한 표정을 한 형사 둘이 들어왔다. 하나는 멀찌감치 떨어진 채로 문에 기대서 있었고, 다른 하나는 곧은 자세로 앉아 두 손을 가지런히 책상에 올려둔 채 정현의 이름을 불렀다.

"정정현 씨."

다음 말이 없자 정현은 슬슬 답답한 기색을 내비쳤다.

"제가 지금 왜 불려 온 건지 이유를 알아야겠습니다."

"서세현 씨 아시죠?"

"당연히 알죠. 오후에 제가 목격자 진술서 작성했습니다."

정현의 대답에 분위기는 더 싸늘하게 굳었다.

"저 지금 참고인 조사받고 있습니다. 더 하실 말씀 없으시면 나가보겠습니다."

사태의 심각성을 느낀 정현은 말을 마치자마자 거칠게 의자를 뒤로 빼며 일어났다.

"앉아요!"

다른 형사가 정현을 가로막으며 엄한 목소리로 타이르자, 정현은 망설임 없이 형사를 밀치고 문 쪽으로 걸어갔다.

"그럼 잠깐 이것만 보고 가세요."

형사는 책상 위로 사진을 흩뿌리듯 던졌다. 어딘가 낯익은 느낌에 정현은 책상 위에서 사진을 집어 들어 자세히 살펴보았다. 여긴 세현의 집이었다.

"이거 어디서 났어요?"

사진을 든 손과 함께 정현의 목소리가 떨리기 시작했다. 그의 감정 변화를 눈치챈 두 사람은 가만히 입을 닫은 채 눈빛만 교환했다. 어제 본 세현의 뒷모습이 떠올랐다. 그들을 자극해서는 어떤 정보도 얻을 수 없을 것 같아 자꾸만 조바심이 났다.

"서세현 과장님은 이번 사건으로 알게 된 사람입니다. 브리핑 내용 보시면 아시겠지만 서 과장님이 이번 사건 담당 부검의였습니다. 어제부터 하루 동안 연락이 닿질 않아서 박석우 형사님께 진술했고, 사진 장소는 우연히 방문한 적이 있어서 알아본 겁니다."

정현은 굳이 블랙박스 이야기나 과거 토막 사체 이야기를 꺼내 불필요한 논쟁을 만들고 싶지 않았다.

"이 사진이랑 그다음 사진 보이시죠. 실종 신고 받고 서세현 씨 거주지와 행적을 조사하다 발견한 겁니다. 이거는 첫 번째 피해자가 쓰던 이어폰이고 또 이거는 두 번째 피해자가 바르던 립밤이랍니다. 두 개 다 서세현 씨 집 앞에 버려진 쓰레기봉투에서 나왔어요."

형사에 말에 큰 충격을 받은 정현은 무슨 말부터 먼저 꺼내야 할지 몰라 그 상태로 몸이 굳었다. 맞은편에 있는 형사가 앉으라 신호하자 정현은 그제야 쓰러지듯 의자에 걸터앉았다. 두 형사는 그럴 줄 알았다는 눈으로 서로 신호를 주고받았다. 형사는 사진을 정리해 옆으로 밀어두고 종이 한 장을 들이밀었다.

"두 번째 피해자 최초 발견자 진술서입니다. 여기 서세현 씨가 직접 한 서명 날인 있습니다."

정현은 낚아채듯이 종이를 가져와 읽어 내려갔지만, 문제 될 만한 사항은 없었다. 정현은 퉁명스러운 말투로 반문했다.

"뭐가 잘못됐습니까?"

"피해자 소지품을 가지고 있던 사람 집 바로 앞에서 변사체가 발견됐고, 그걸 발견한 사람이 작성한 진술서인데 아직도 이상한 게 없어 보이십니까? 그동안 정정현 씨도 꽤 의심했던 모양인데."

세현이 서명한 진술서 위로 어제 발부받았던 압수수색영장이 살포시 포개졌다.

"뭘 그렇게 찾고 싶어서 국과수 사무실까지 뒤졌어요?"

"그건……. 강력팀 앞으로 온 소포를 서 과장님이 임의로 보관하고 있었기 때문입니다. 이번 사건이랑 연관이 있는지 직접 확인하고 싶었습니다."

정현은 자신이 벌인 일을 후회하고 싶지 않았지만, 그가 당긴 화살은 이미 세현을 향해 날아가고 있었다.

"정말 이유가 그것뿐이었으면 그냥 달라고 전화 한 통 드리지 그랬어요. 그런 걸로 검찰 수사관도 대동하고 참 대단하시네."

"가지고 있는 게 이게 답니까? 정황 증거밖에 없는 것 같은데 이걸로 범죄 사실 증명할 수 있겠어요?"

형사가 한심하다는 듯이 혀를 끌끌 차며 정현을 쏘아보았다. 정현은 따갑게 느껴지는 시선에도 아랑곳하지 않고 계속 말을 이었다. 더는 조사실에서 시간 낭비하고 싶지 않았다.

"어젯밤 집주인이 위층에서 인기척을 들었다고 말했습니다. 필요하시면 지금 가서 진술받아 오겠습니다. 그 증거품, 범인이 직접 두고 갔을 가능성도 같이 살펴봐야 하는 것 아닙니까?"

"어휴, 그만해요."

"그러니까. 보는 사람 안타깝게."

정현은 낄낄거리는 형사들의 음성에 얼굴이 화끈거릴 정도로 화가 치밀어 올랐다. 보다 못한 정현이 자리를 박차고 일어서자 그의 앞으로 메시지창을 캡처해 인쇄한 종이 뭉치가 뿌려지듯이 날아왔다.

"그동안 정보가 자꾸 언론으로 줄줄 샜죠? 그 사람 진짜 위험한 사람이던데. 같이 있으면서 눈치 못 챘어요?"

정현은 제어되지 않는 감정을 겨우 달래며 첫 장부터 차근차근 읽어보았다. 한쪽 메시지는 텅 비어있는데 건너편에서는 연신 감사하다는 인사를 했다. 도대체 이게 무슨 상황인가 싶어 어리둥절한 표정을 지었다.

"사진은 용천여중 실종자 목격자 제보를 단독으로 낸 기자 메신저예요. 메시지 나눈 상대가 누구일 것 같아요? 사람을 얼마나 구워삶은 건지 그 기자는 입 딱 닫고 모르쇠로 발뺌하는데, 여기서 걸렸어요."

형사는 비닐백에 담긴 핸드폰을 넌지시 책상 위로 올렸다.

"서세현 씨 집 수색하다 발견한 본인 핸드폰입니다. 디지털 포렌식으로 삭제한 메시지 복구했고요. 그걸로 다시 기자 신문하니까 반응이 오더라고요."

옆에서 씩씩거리던 다른 형사가 사진 한 장을 던지다시피 정현에게 건네며 말했다. 사진에 찍힌 사람의 형태는 흐릿했지만, 주변을 살피는 세현의 옆모습이 정확히 찍혀있었다.

"막판에 그 기자가 싹 다 불었어요. 용천여중 목격자 제보 서 세현이 뿌린 거랍니다. 어디 겁도 없이 경찰 핸드폰을 훔쳐서 말이야."

"가로등에 설치된 CCTV 영상 분석해서 승합차에 다녀갔던 사람들 핸드폰도 전부 조사 끝냈습니다."

공격적인 형사들의 설명이 정현의 이성을 끝으로 몰아붙였다. 세현의 사진을 움켜쥔 정현은 허탈한 표정으로 쓰러지듯 의자에 기댔다. 그러다 갑자기 열리는 문소리에 놀라 몸을 벌떡 일으켰다. 형사들은 이제 그런 정현을 한심하다 못해 안쓰럽다는 눈으로 쳐다보며 밖으로 나갔다. 정현은 빠르게 그 뒤를 따라가 한 형사의 팔을 붙들었다.

"다시 한번 검토해 보세요. 그럴 리 없습니다. 그분 사건 해결하는 데 앞뒤 안 가릴 정도로 열심인 분입니다. 게다가 유명한 법의관이에요. 생각해 보세요. 그런 분이 범죄를 왜 저지릅니까? 네? 얻을 게 뭐가 있다고. 저 정말 이해가 안 가서 그럽니다. 도대체 왜……?"

"이 사람아, 지금 당신도 의심스러워. 괜히 도주원조죄로 구속되기 싫으면 수사 방해하지 말고 얌전히 계시라고."

다른 형사가 그의 어깨를 거칠게 밀어내려 하자 정현은 밀리지 않고 그의 손을 꺾었다. 복도에서 시끄럽게 악을 쓰는 소리가 울리자 근처에 있던 순경 둘이 달려 나와 정현을 떼어놓았다. 형사는 짜증스럽게 옷을 털며 정현에게 으름장을 놓고 자리를 떴다. 지켜보던 다른 형사도 말없이 그의 뒤를 따랐다.

"이제 어떻게 되는 겁니까?"

남겨진 정현은 힘 빠진 목소리로 자문하듯 물었다.

"뭘 어떡합니까? 이미 공범으로 수배 내려졌어요. 왜 그랬는지는 용의자로 잡히면 당사자한테 직접 물어보세요."

7월 27일

조균은 능숙하게 번호판을 갈아 끼웠다. 차 키를 세은에게 던져주자 그녀는 익숙하게 받아 들고 운전석으로 향했다. 세현은 열린 틈으로 어둑한 밖을 보며 밤이라고 추측했다. 지금 멈춰 선 곳도, 어디를 향하는지도, 탑차 화물칸에 갇힌 지 며칠이 흘렀는지도 감이 오지 않았다. 밥을 끼니마다 챙겨 먹지 않아서 그것으로 시간을 계산하는 것도 의미가 없었다.

화물칸을 간이 숙소처럼 꾸며둬서 종종 조균이나 세은이 번갈아 들어와 잠을 잤다. 틈틈이 화물칸에 방수 천을 씌우거나 번호판을 바꿔 마치 다른 차인 것처럼 눈속임을 쓰며 끊임없이 이동했다.

조균이 신발에 묻은 흙을 털고 화물칸에 올라타자 세은은 밖에서 문을 걸어 잠갔다. 세현은 고개를 돌려 그를 무시했다. 어차피 팔이 저릴 정도로 감아둔 노끈 때문에 움직일 수 없어 도 망은 빠르게 포기했다. 다만 제대로 씻지도 못하고 자지도 못하는 괴팍한 생활을 언제까지 해야 할지 몰라 한숨만 나왔다.

그러나 곧 세현이 국과수에 출근하지 않는 것을 이상하게 여기는 사람이 나올 것이다. 세현의 밑에서 일하는 조사관이든 재수 없는 준경이든 일 시킬 사람이 필요한 소장이든. 누군가 경찰에 실종 신고를 했다면 세현의 핸드폰이 먼저 조사될 것 같아 걱정이었지만, 이렇게 살 바에는 차라리 그게 더 나았다.

안 그래도 얼마 전에 세 번째 피해자가 나왔는데 또 비슷한 나이대의 여자가 실종되었다는 사실이 알려지면 금세 수사에 다시 불이 붙을 것이다. 만약 정현에게 세현의 소식이 전해진다면, 그는 어떤 선택을 할까. 무슨 수를 써서라도 세현을 찾으러 와줄지, 잘됐다며 무관심으로 넘겨버릴지 궁금해졌다.

조균의 발걸음이 자신을 향해 다가오는 게 느껴지자 세현은 불쾌한 표정을 숨기지 않은 채 그를 노려보았다. 조균은 아무 말 없이 뉴스창을 핸드폰 화면에 띄워 세현에게 보여주었다. 세현이 고개를 돌리려 하자 조균이 우악스럽게 얼굴을 잡아 화면 가까이에 고정했다.

세현은 5분이나 되는 영상에서 자신의 이름이 몇 번이나 나왔는지 세어보려다 포기했다. 지금 세현의 꼬락서니를 보고도 저렇게 말할 수 있을까 싶어 억울한 마음이 들었다.

이런 부류의 사람들을 반사회성 인격장애를 앓고 있다고 하죠. 일명 소시오패스입니다. 사실 그렇게 놀라실 필요가 없는 게 대다수의 소시오패스는 우리 주변에서 평범하게 직장 생활을 하고 인간관계를 꾸리며 살고 있습니다.

남자 아나운서와 범죄 전문가 패널들이 둥그렇게 모여 앉아 세현이 저지른 극악무도한 일에 대해 토의하고 있었다. 세현이 헛웃음을 터트리자 옆에 있던 조균도 목젖이 다 드러나게 입을 벌리고 시끄러운 소리를 내며 웃었다.

그러다 결국 자신의 타고난 본성을 숨기지 못해 범죄를 저지르고, 그걸 숨기기 위해 더 많은 불법을 저지르는 것 또한 꺼리지 않죠. 지금 보는 사진이 서 씨의 집 앞에서 발견된 피해자의 소지품입니다. 범죄 현장을 다니며 수사하는 내내 이 소지품을 보관하고 있었으면서 사람들에게는 뻔뻔하게 거짓말을 했습니다.

화면 밑으로는 세현을 공범으로 지목하고 수배를 내렸다는 자막이 흐르고 있었다. 세현은 소지품을 자세히 확인하려고 화면 가까이 얼굴을 들이밀었다. 처음 보는 물건이었다. 옆에서 뿌듯해하는 조균 때문에 더 보지 않아도 그의 소행일 거라 쉽게 짐작할 수 있었다.

다음으로 범인과의 관계성을 파악하겠다며 세현의 과거부터 현재까지의 일생을 도식화한 창이 떠올랐다. 꽤 열심히 찾아본 건지 조균을 제외한 다른 내용은 얼추 맞았다. 조균은 뭐가 그렇게 재미있는지 별거 아닌 말에도 요란하게 벙글거렸다. 아마도 세현이 돌아갈 곳이 없어졌다는 사실이 그를 가장 기쁘게 해주었을 것이다. 조균은 기분 나쁘게 세현의 볼을 툭툭 건드리고는 다시 매트리스로 돌아가 대자로 뻗은 채 코를 골았다.

조균은 지난 일에 대해 단 한마디도 꺼내지 않았지만, 그때 사고로 팔을 심하게 다친 모양이었다. 일상생활을 하는 데 무리가 없어 보여도 가끔 오는 근육 통증으로 발작을 일으켰고 세은은 그런 그를 위해 매일같이 약을 챙겨줬다.

세은은 아직 나이가 어려서 그런지 같이 시간을 조금 보내니 금세 또래 아이들처럼 조잘거리며 이야기를 늘어놓았다. 엄마는 집을 나갔다 했지만, 아마 조균의 손에 죽었을 것이다. 그런 세은도 조균에 관한 이야기를 할 때면 종종 몸을 사리는 기색이 역력했다. 세현의 앞에서는 그렇게 다정한 척하더니 보이지 않는 곳에서는 자신에게 그랬던 것처럼 세은을 험하게 다루는 듯했다.

갑자기 시끄러운 경광등 소리가 울리자 조균이 벌떡 몸을 일으켰다. 터널에서 나는 졸음 방지용 알람 소리였다. 조균은 갑자기 화물칸 앞으로 달려가 주먹으로 격하게 벽을 내리치며 분풀이했다. 제 버릇 개 못 준다는 말이 떠올라 세현의 입에서 조소가 흘러나왔다. 찰나의 순간에 세현의 뺨으로 강한 충격이 오더니 입에서 피 맛이 났다.

조균은 한 대로는 분이 풀리지 않는지 더 때리려고 시늉하다 매트리스를 밟고 바닥에 미끄러졌다. 참아보려 했지만, 이번에는 더 크게 웃음이 터졌다. 그는 여전했다. 그때처럼 연약해 보이는 것들에게만 분노를 주체하지 못했다. 세현은 드디어 자신이 여태 죽지 않고 살아있는 이유를 알게 되었다. 이 비정상적인 가족관계에서 세현의 역할은 딱 하나였다. 조균이 누군가를 죽이면, 세현은 그의 손에 죽은 이들이 세상 밖으로 나오지 못하게 지켜내야 했다. 조균은 앞으로도 계속 강한 자들의 눈을 피해 힘없는 사람을 골라 죽이는 삶을 살아갈 것이다.

* * *

정현은 오늘도 세현의 집 근처를 배회하다 다시 경찰서로 되돌아왔다. 세현은 하루아침에 유명 인사가 되었다. 범죄 시사 프로그램에서는 그녀의 생애를 재조명하며 함께 범죄를 저질렀을 사람을 유추해 냈다. 전 남자친구부터 숨겨둔 아들까지 말도 안 되는 별의별 추측들이 쏟아져 나왔다. 이제는 범인을 잡고 싶어서가 아니라 세현의 삶을 해부하는 것 자체를 즐기는 것처럼 보였다.

정현에게 강력팀은 이제 거의 출입 금지 구역이나 다름없어서 수사가 어떻게 진행되고 있는지 알 수 없었지만, 아마 세현의 집과 사무실을 탈탈 털어 나온 증거품을 분석하는 데만 몰두하는 것 같았다.

정현은 더는 가만히 앉아있을 수 없어 그동안 조사한 내용을 정리하기 시작했다. 1999년 7월 하룡, 9월 시흥 그리고 2000년 10월 서평택, 2002년 8월 용천. 네 곳 전부 서해안고속도로를 통과하는 도시다. 정현이 이 이야기를 꺼냈을 때 세현은 과거 사건에 대한 언급 자체를 꺼리는 것처럼 태도가 급속도로 달라졌었다. 그녀와 관련된 의문을 풀기 위해서 과거 사건을 더 깊숙이 파고들어야 했다.

정현은 선우에게 몰래 건네받은 수사 자료를 조심히 꺼내 살펴보았다. 선우에게 다른 지역청에 보관된 미제 사건 자료를 살펴봐 달라고 부탁해서 겨우 받은 자료였다. 정현은 자료 안에 적힌 내용과 서해안고속도로를 지나는 다른 지역을 비교 분석했다. 2001년 6월 군산과 2001년 11월 무안에서 또 사건이 일어났다. 범인은 절대 같은 지역, 같은 달에 범죄를 저지르지 않았다. 인적이 드문 곳에서 범행을 저지르고 그 장소에서 멀리 떨어진 곳에 사체를 유기한 후 유유히 도시를 떴다.

이렇게 유사성이 많은 범죄인데도 범인을 잡지 못했던 건 1년 단위로 광범위한 지역에서 범죄가 발생했기 때문이었다. 사건이 발생하는 건수는 증가하는데 그 시절에는 각 지역청끼리 교류가 활발하지 않다 보니 정보를 공유하기도 어려웠을 것이다. 그러나 그들의 안일함이 결국 무고한 피해자를 여섯 명이나 발생하게 했다는 사실은 변하지 않았다.

그런데 왜 2002년에 범죄가 끊긴 것일까. 무언가 정현의 머리를 스치고 지나갔다. 2000년에 발생한 사건의 발견자 진술과 7월 19일에 발견된 두 번째 변사체 수사 자료를 덧대 보았다. 과거 사건의 발견자 진술에 미성년자가 있었고, 현재 사건에도 식별이 어려운 지문이 나왔다. 어쩌면 최근 발견된 지문의 주인 또한 미성년자일 가능성이 높다. 그렇다면 이것이 과거와 현재 발생한 사건의 연결고리가 되어줄 수도 있다.

정현은 손가락을 전부 펼쳐 하나씩 시간을 거슬러 세어보았다. 2002년이면 세현의 나이가 딱 열두 살이다. 발견자가 물가에서 마주쳤다는 아이의 나이와 얼추 비슷했다. 그날 물을 길었던 아이가 세현이었을까? 세현은 도대체 무슨 이유로 사체 유기를 도왔던 것일까.

노트 위를 정신없이 질주하던 정현의 글씨가 뚝 하고 끊겼다. 만약 과거 사건과 지금 일어나고 있는 연쇄 살인이 동일범의 소행이라면 정말 세현이 이번 사건과 연관되어 있지 않다고 확신할 수 있을까? 과거와 현재의 사건 모두 단독 범행이 아니었다. 지문이 묻어도 찾을 수 없는 어린아이가 사체 처리를 맡았다면 사체에서 발견된 지문의 주인을 찾을 수 없었던 것도 말이 된다. 그렇다면 범인과 세현, 그 둘의 관계는 무엇일까? 쉴 새 없이 떠오르는 질문에 머리가 어지러웠다. 문득 삐쩍 마른 손으로 양동이를 질질 끌고 가는 어린 세현의 모습이 상상돼 정현의 기분은 더 엉망이 되었다.

변사체의 사후 훼손 시간을 고려하면 세현의 알리바이는 완벽했다. 세현과 피해자들 간의 연관성도 없고 증거품에서 그녀의 DNA 증거가 발견된 것도 아니었다. 그러나 세현이 서울에서 용천까지 그 먼 거리를 빈번하게 다니며 수사에 관여한 것도, 굳이 경찰서 근처에 따로 집을 구해 살았던 수상스러운 행적도, 그 집 앞에서 피해자의 소지품이 나왔다는 사실까지, 세현을 공범으로 지목할 근거는 충분했다.

하지만 아무리 생각해도 이렇게 갑작스럽게 사라지는 건 세현답지 않았다. 믿고 싶은 것만 믿겠다는 게 아니다. 세현을 잘 알고 있다 확신하는 것은 더더욱 아니었다. 만약 정말로 세현이 공범이었다면, 자신이 이렇게까지 사건에 깊게 관여할 수 없었을 거라는 확신이 들었을 뿐이다. 요 며칠간 곁에서 지켜본 세현은 눈가리개를 하고 계단을 내려가는 사람처럼 위태로워 보였다. 그날 밤 무릎이 피투성이가 되었는지도 모른 채 골목을 헤매던 세현의 초조한 눈빛은 도와달라고 말하고 있었다.

점심시간이 거의 다 끝나가는지 밖에서 웅성거리는 소리가 들렸다. 정현은 황급히 자료를 정리해 가방에 넣어두고 오늘 아침에 들어온 음주 운전자의 임의동행 동의서에 서명이 되어있는지 검토했다. 요즘 부쩍 고민이 늘어 가만히 앉아있는데도 습관적으로 한숨이 나왔다.

세현은 어떤 삶을 살아왔을까. 검색창에 이름 석 자만 입력해도 관련 기사와 논문이 빼곡히 자리를 차지하고, 그녀의 실력을 증명하는 수많은 학회지가 나오는데, 그중 무엇으로도 그녀의 과거를 설명할 수 없다는 게 참 아이러니했다. 정현은 세현과 일하는 내내 그녀의 감각에 놀랐고, 부러웠다. 세현을 향한 마음은 동경으로 시작했지만 같이 시간을 보내며 자연스럽게 호감으로 변해갔다. 세현에게 비밀을 털어놓을 때도 그녀는 정현을 질책하지 않았고 그렇다고 동정하지도 않았다.

세현의 무덤덤함이 결국은 그가 과거에 할 수 없었던 일과 현재 해야 하는 일을 구분할 수 있게 해주었다. 그런데 사람들이 떠들어대는 소리를 들어보면 이 모든 게 세현의 철저한 계략이었고 정현은 거기에 넘어간 머저리였다. 하지만 세현의 호의를 얌전히 받아먹던 주변인들까지 그녀가 얼마나 끔찍한 사람이었는지 서로 경쟁하듯 떠벌리는 모습을 보면 정현은 차라리 머저리로 남고 싶었다. 세현이 정말 공범이라면, 지금 해야 할 일은 범죄를 저지른 범인을 잡고 세현의 죄를 단죄하는 것인데, 언론에서 씹어대는 이야기는 온통 세현이 얼마나 악독한 사람이었는지에 대한 것뿐이었다.

어떻게 범죄자를 추적하고 있는지, 앞으로 수사 진행 방향은 어떤 식으로 흘러가는지 살펴볼 생각은 하지 않고 세현의 대학 동기를 불러와 인터뷰나 해대는 꼴을 보기 싫었다. 세현을 비정상이라고 비난하는 정상인들이 하는 일은 제대로 된 일인지 도리어 의문이었다.

컴퓨터 하단창에 메시지가 왔다는 알림이 뜨자 정현은 기다렸다는 듯이 바로 메일에 접속했다. 메일함에는 석우를 졸라서 겨우 받아낸 자료가 담겨있었다. 정현은 석우에게 아이디와 비밀번호를 알려주고 '내게 쓰기'를 해달라고 부탁했다. 만약 자료가 새어나갔다는 게 알려지면 정현이 석우의 메일함에 직접 들어가서 캐냈다고 둘러댈 작정이었다.

자료는 세현이 사라지기 전 마지막 날의 인터넷 검색 기록을 담고 있었다. 이런 걸 두고 직업병이라고 하는 건지 세현의 마지막 검색 기록은 해부학책으로 도배되어 있었다. 스크롤을 아무리 내려도 책 제목에 관한 기록이 끊이질 않았다. 용천으로 가는 버스표 결제 기록과 검색 시간을 보면 그녀가 버스 안에서도 계속 검색했던 것을 확인할 수 있었다. 그런데 이상한 점은 인터넷 서점에 접속한 내역이 없었다. 구매하지도 않을 책을 왜 이렇게 많이 검색했을까?

만약 용천에 내려온 이유가 어떤 책을 찾기 위해서였다면, 세현이 갈 곳은 이미 정해져 있었다. 정현은 급하게 밖으로 뛰쳐나갔다. 용천시에는 도서관이 세 개 있는데 하나는 리모델링을 하는 중이라 잠시 문을 닫았고, 다른 하나는 용천대학교 안에 있는 도서관이라 용천대학교 학생이나 용천시 시민만 이용할 수 있다. 마지막은 용천시에서 운영하는 통합 도서관이었다. 정현은 망설임 없이 목적지를 선택하고 택시에 올랐다.

7월 28일

세현은 양손이 묶인 채로 마늘을 벗기고 있었다. 끈으로 팔을
꽉 조인 데다 칼날이 둔해서 마늘 하나를 벗기는 데도 힘이 들
어가 땀이 삘삘 흘렀다. 해가 저물고 있는 것을 보니 또 하루가
지난 모양이었다. 꽤 시간이 지난 것 같은데 아직도 조균이 수사
망에 오르지 않는 게 이제는 그저 신기하기만 했다. 이렇게 살다
보면 한 달도 1년도 무서울 것 없이 흘러갈 것 같았다. 확신 없
는 것은 딱 질색인데 제대로 알고 있는 것 하나 없이 갇혀있다
보니 생각도 점점 바뀌었다. 식탁 위로 큼직한 냄비가 올라왔고
그 안에 뭘 넣고 볶은 건지 정체를 알 수 없는 밥이 들어있었다.
온종일 굶어 생마늘이라도 감지덕지라고 생각하며 세현은 크게
한 숟갈을 퍼 입에 넣었다.

"세진 언니는요?"

세은의 물음에 일순간 고요한 침묵이 찾아왔다. 세현은 옆에 앉아있는 조균에게 눈짓을 했지만, 그는 이미 국에 만 밥을 마시듯 먹고 자리에서 일어났다. 세현은 이상하다고 생각하며 다시 숟가락을 냄비에 찔러 넣었다.

"진짜 언니가 죽었어요?"

세현은 그제야 세은의 질문이 자신을 향하고 있다는 것을 깨닫고 인상을 구겼다.

"아빠가 그랬는데."

세현은 아빠라는 단어에 치밀어 오르는 분노를 참지 못하고 자리에서 벌떡 일어섰다. 식탁 끝에 둔 밥그릇이 바닥으로 처참하게 떨어졌다. 세현은 뺨이라도 맞을까 이를 악물고 있었는데 의외로 조균은 별 반응 없이 남은 채소를 보관함에 옮겨 담았다. 세은도 떨어진 음식은 신경 쓰지 않고 자신의 그릇에 볶음밥을 옮겨 담는 데 집중하며 제멋대로 말을 걸었다.

"근데 언니는 의사예요? 아빠가 그러는데 이제부터 언니가 가르쳐줄 거래요."

세현은 들고 있던 숟가락을 식탁에 던지고 조균에게 성큼성큼 다가갔다. 되지도 않는 아빠 타령이며, 피비린내 나는 조균의 미래 계획 따위는 더 듣고 싶지 않았다. 숟가락이 냄비에 맞고 힘없이 떨어지면서 밥알이 여기저기로 튀었다.

"너 도대체 거기서 어떻게 살아 나왔어?"

열이 바짝 오른 세현의 음성에도 조균은 아무런 반응이 없었다. 오기가 생긴 세현은 정리함을 발로 차려 했지만, 균형을 잃고 꼴사납게 바닥에 엎어졌다. 입안으로 마른 잎이 들어와 세현은 연거푸 침을 뱉었다. 결박된 손 때문에 세현은 무릎을 꿇고 겨우 몸을 일으켰다.

"세진 언니 때처럼 셋이 오붓하게 살면 언니가 좋아할 거라고 했는데……."

세진, 낯설고 쓸쓸한 이름이었다. 세현은 옅은 숨을 고르게 내쉬었다. 속절없이 저문 여름 해 때문에 노을빛이 사납게 물들었다. 세현은 그 너머를 응시했다. 이유 모를 감정에 지고 싶지 않았다.

"그게 누군데?"

세현의 담담한 표정에 세은은 당황한 눈치였다. 조균은 세은에게 가까이 오라 손짓했다. 세은이 조균에게 다가가자 무어라 귓가에 속삭였다. 세현은 조균이 세은과 가까이 있는 모습을 보는 게 불쾌했다. 한시라도 빨리 둘을 떨어트려 놓고 싶어 힘겹게 몸을 움직였다.

"언니가 죽인 아빠 딸이래요."

겨우 발을 뗀 세현은 그대로 몸이 굳었다.

"무슨 말도 안 되는 소리를 하는 거야?"

조균은 자신을 바라보는 세현에게 가소롭다는 듯이 조소를 보냈다.

"웃지 말고 똑바로 대답해. 난 외동이잖아. 너를 닮았다며. 그래서 혼자인 게 좋을 거라며!"

세현은 말을 할수록 점점 정신이 아득해지고 호흡이 가빠왔다. 가만히 서있는데 전력 질주를 한 것처럼 숨이 턱턱 막혔다. 세현은 기댈 곳이 필요해 식탁을 잡고 겨우 몸을 지탱했다. 조균은 세현에게 더 볼일 없다는 식으로 다시 식기를 정리했다. 세현은 옆에 덩그러니 놓인 칼을 집어 있는 힘껏 조균의 등에 내리꽂고 달렸다.

꿈에서처럼 질척거리는 흙이 바지와 신발에 엉망으로 튀었다. 그리고 이번에도 어김없이 어딘가에 걸려 넘어졌다. 파묻혀 있던 손이 하나둘 바닥에서 튀어나와 세현을 옭아매며 속삭였다.

"그럼 이제 너도 죗값을 치러."

이번엔 상상이 아니라 진짜로 숨을 쉴 수가 없었다. 세현은 조균에게 목이 졸린 채로 질질 끌려와 다시 식탁 위로 던져졌다. 세현이 캑캑거리며 기침을 하고 몸부림을 치자 조균이 육중한 몸으로 찍어 눌렀다. 조균의 손짓에 세은이 머뭇거리며 다가와 세현의 오른쪽 팔을 식탁에 고정했다.

"사체 처리하는데 손가락 열 개 다 필요해?"

세은의 고개가 조용히 돌아갔다. 그게 세현이 기억하는 마지막 장면이었다. 정신을 차리고 보니 사라진 오른쪽 새끼손가락 위로 피가 범벅이 된 거즈가 올라가 있었다. 약지는 두 번째 마디까지 어디로 날아간 건지 보이지 않았다.

움직임을 최대한 줄여보려고 했지만, 구역질이 올라와 그대로 바닥에 토악질을 했다. 퍼지는 고통에 식은땀이 흐르고 몸이 덜덜 떨려왔다. 몇 시간이 지난 건지 모르겠지만, 지금 당장 병원에 가면 봉합할 수 있다. 세현은 혹시 조균이 친절을 베풀어 잘려나간 손가락을 주머니에라도 넣어뒀을까 힘겹게 주위를 살폈다.

"말 잘 들으면 다시 붙여준대요."

세은이 비닐팩을 들어 올리자 잘린 손가락이 꿈틀거리며 주인을 향해 인사하는 것 같았다. 세은이 아이스박스에 다시 손가락을 넣어두고 세현의 맞은편에 앉아 그녀를 지켜보았다.

"그 실력으로? 실 네가 꿰맨 거 맞지? 보니까 형편없던데."

세현은 조균에게 하듯 비꼬는 말투로 세은을 자극했다. 어렸을 때 세현은 조균을 닮아 자존심 긁는 이야기에 민감하게 반응했었다. 세은 역시 똑같을 거라 예상하고 던진 말이었지만 반응이 시큰둥했다.

세은은 피곤한지 무릎 사이에 고개를 파묻고 꾸벅꾸벅 졸기 시작했다. 세현은 화물칸에 갇혀 세은을 보고 있는 게 고통스러웠다. 핸들이 거세게 돌아가면서 차체가 요동쳤다. 세현은 굴러 떨어지지 않으려고 벽에 단단히 몸을 기댔다. 다시 중심을 잡은 차는 흔들림 없이 앞으로 질주했다. 잘린 손가락 때문인지 머리를 압박하는 흐린 기억과 현실이 분간이 가지 않았다.

"괜찮아."

귀로 속닥거리는 소리가 들려오며 노트 사진 속 여자아이의 얼굴이 이번에는 세은의 곁에서 둥둥 떠다녔다. 세현은 무릎 사이에 얼굴을 묻고 고통에 몸부림쳤다.

＊ ＊ ＊

얼마나 시간이 지난 건지, 정신을 차려보니 세현의 입술이 말라있었다. 텁텁한 기운에 물을 찾아 몸을 일으키려던 찰나에 찢어지는 고통이 먼저 오른손을 강타했다. 세현은 벽에 고개를 박고 고통스러운 신음을 씹어 삼켰다. 피로 범벅이 된 거즈 뭉치가 흔들리는 차체를 따라 이리저리 굴러다니고 있었다. 거즈를 고정하던 반창고를 걷어내며 몇 번을 망설였는지 모른다. 끈적하게 붙어있던 접착 부분을 뜯어내자 참았던 비명이 터져 나왔다. 세현은 입을 틀어막으며 소리를 삼키려고 애를 쓰다 가만히 자신의 발버둥을 지켜보고 있던 세은과 눈이 마주쳤다.

"압박 붕대 없어?"

세은은 졸린 눈을 비비며 고개를 저었다.

"진통제는?"

굼뜨게 몸을 움직여 플라스틱 상자를 뒤지던 세은의 손에 타이레놀 두 알이 딸려 나왔다.

"장난해?"

알약 두 개에 감정이 격해져 팔을 휘두르자 작은 움직임에도 고통은 곱절로 돌아왔다. 머리카락의 절반은 흘러내린 땀과 함께 이마 주변에 붙어있었고, 나머지 절반은 알아보기 힘들 정도로 뒤통수에 엉켜있었다. 세현은 당장 숨이 넘어갈 사람처럼 앓는 소리를 냈다.

"병원에 데려가 줘. 제발."

세은은 이번에도 말없이 멀뚱멀뚱하게 서서 세현의 상태를 지켜보다 물을 한 컵 가득 따라 내밀었다.

"나 죽으면 네가 책임질 거야?"

세현이 손가락을 내밀어 보이자 세은은 그제야 쪼그려 앉아 절단 부위를 살폈다. 두 가닥이나 날아간 손가락 절단면 위로 무언가 시커멓게 올라와 있었다. 피가 굳은 모양과는 달랐다. 세은은 매트리스 옆에 쌓여있는 책을 펼쳐 세현의 손가락과 번갈아 비교해 보았다. 세현은 이때를 놓치면 다신 기회가 오지 않을 거라는 생각에 당장 죽을 사람처럼 신음했다.

생명이 어떻게 꺼져가는지 본 적 없는 사람처럼 세은의 얼굴에는 당황한 기색이 역력했다. 세현이 손을 붙들며 바닥에 고개를 처박고 쓰러지자 손가락을 지혈하고 있던 거즈가 세은이 서 있던 자리까지 날아갔다. 흥건하게 묻어있던 피는 후끈한 화물칸 온도 때문에 어느새 말라있었다. 쓰러진 세현은 미동이 없었다. 세은은 피로 물든 거즈를 만지작거렸다. 절단 후 시간이 꽤 많이 흘러 세현의 말마따나 이대로 내버려 두면 정말 죽어버릴 것만 같았다.

세은은 몇 번을 망설이다 운전석 쪽을 박자에 맞춰 두들겼다.

두어 번 반복하니 차가 갓길에 정차하는 소리가 들렸다. 얼마 지나지 않아 문이 열렸고 세은은 기다렸다는 듯이 바깥으로 뛰어나갔다. 그 후 아무 소리도 들리지 않자 세현은 화물칸에 이 꼴을 한 자기만 내버려 두고 둘 다 도망쳤을까 봐 걱정이 앞섰다.

설마 하는 마음에 상체를 일으키는데 조균이 조심성 없게 화물칸으로 올라탔다. 화물칸이 위아래로 요란하게 움직여 손가락에 고통이 고스란히 전해졌다. 조균이 거칠게 세현의 손을 위로 올려 들자 세현의 입에서 외마디 비명이 흘러나왔다. 손가락에 붙은 불이 온몸으로 번진 것처럼 달아올라 다시 식은땀이 흘러내렸다. 세현은 고통에 기절할 것처럼 눈앞이 아찔해져서 고개를 바닥에 떨궜다.

"시간이 지났는데도 피가 멈추질 않아서……."

세은이 말꼬리를 흐리자 조균의 표정이 험악하게 변했다. 놀란 세은은 황급히 또박또박 발음하며 말을 덧붙였다.

"괴사가 온 것 같아요. 병원 갈 필요는 없어요. 약만 있으면 제가 치료할 수 있어요."

조균은 손가락의 절단면을 몇 번 더 살펴보더니 바닥에 내팽개치듯 던져두고 밖으로 나가 다시 문을 걸어 잠갔다. 다시 시동 거는 소리가 나고 차가 출발하자 그제야 세은은 참았던 숨을 전부 뱉고 다시 책에 시선을 고정했다. 표지를 보니 응급처치에 관한 책인 것 같은데, 세현의 손가락은 이미 응급처치로 치료할 수 있는 수준이 아니었다.

"뭘 사와야 하는지 알려줄게."

세은은 이제 세현이 하는 말이라면 전부 무시하기로 작정한 건지 볼펜을 들어 책에 동그라미를 치고 다시 그걸 손등에 옮겨 적는 과정을 반복했다.

"소독제랑 식염수랑 압박 붕대는 반드시 사오고 창상피복제도 같이 사와."

세은은 책에서 눈을 떼지 않았지만, 세현은 세은이 자신이 하는 말에 신경을 곤두세우고 있다는 것을 알고 있었다. 조균에게 배울 수 있는 지식은 한정돼 있다 보니 세은은 그와 같이 생활하면서 작은 문제를 해결하는 데도 수시로 부족함을 느끼고 어려움을 겪었을 것이다.

게다가 조균은 여전히 사소한 실수에도 가혹한 벌을 내리는 건지 그가 주머니에서 손을 꺼내면 옆에 서있던 세은은 이유 없이 몸을 움찔거리곤 했다. 이런 상황에서도 세은은 용케 혼자서 어떻게든 살아보겠다며 발버둥을 쳐왔던 모양이었다. 그걸 반증하듯 조균이라면 단 한 번도 펼쳐보지 않았을 법한 책들이 화물칸 곳곳에 쌓여있었다.

찢긴 머리 상처를 직접 치료하는 세현을 보며 단 한순간도 눈을 떼지 못한 것도 이와 같은 이유였을 것이다. 상처 연고라고 하면 될 것을 굳이 어려운 단어를 골라 쓴 것도 지식의 궁핍에 대한 갈망이 세은을 되레 당황하게 만드는 순간을 노리기 위해서였다.

"펜타닐도 같이 달라고 해."

세현은 병원에서 사용하는 마약성 진통제 이름을 과감하게 얹어 말했다. 역시나 세은은 아무 반응이 없었다. 차가 멈추고 시끄러운 쇠 긁는 소리와 함께 문이 열리자 세은의 얼굴에는 긴장한 기색이 묻어났다. 나이가 어려서 그런지 감정을 숨기는 능력이 떨어졌다. 세현은 문득 어릴 적 자신의 표정은 어땠는지 떠올려 보다 피식 웃음을 지었다.

세현의 웃는 소리에 밖으로 나가려던 세은이 자연스럽게 뒤를 돌아보았다. 세현은 빙그레 웃으며 그런 세은을 향해 손가락이 잘린 오른손을 흔들어 보였다. 세현은 조균과 함께하는 동안 단 한 번도 그를 실망시킨 적이 없었다. 그게 바로 지금까지 살아서 고통받는 이유였다. 세현은 이제 곧 탑차 밖으로 나갈 수 있음을 직감했다.

역시 얼마 지나지 않아 세은은 잔뜩 긴장한 얼굴을 하고서 다시 화물칸으로 돌아왔다.

"조금 전에 말한 거 다시 알려줘요."

"뭘?"

"약 이름이요."

세은은 흘깃 열린 문 뒤에 숨어있는 조균을 훔쳐보더니 빨리 약 이름을 말하라고 성화였다.

"알아듣게 천천히 말해."

세현이 쓰는 말투에서 조균의 습성을 감지한 세은은 주춤거리며 뒤로 물러섰다. 갑자기 조균의 손이 우악스럽게 들어와 세현을 벌하듯 끄집어냈다. 세현은 혹시 또 바닥으로 떨어질까 봐 전전긍긍하며 팔을 휘둘러 균형을 잡다 악 소리를 내었다. 조균은 세현의 입을 틀어막은 채 그녀의 얼굴을 자신의 앞으로 바싹 당겨왔다. 입을 막은 손아귀 힘보다 조균의 손에서 나는 시큼한 땀 냄새 때문에 숨이 막혀왔다. 조균은 습기에 곰팡이가 슨은 검정 겉옷을 세현의 어깨에 둘러주고 모자를 씌웠다. 조균의 체취가 묻은 재킷은 헐렁한 사이즈임에도 불구하고 온몸을 옥죄는 구속복 같았다.

세은은 세현이 걸친 재킷의 소매를 당겼다. 신호등은 고장 난 것처럼 노란불만 깜박거렸고 넓은 2차선 도로는 갓길에 불법 주차한 차량 몇 대를 빼고는 통제된 것처럼 텅 비어있었다. 앞으로 당기는 힘에 세현은 순간 발을 헛디딜 뻔했다. 작은 충격에도 잘린 손가락이 죽을 것처럼 아팠다. 세현은 힘겹게 세은의 뒤를 따라 걸었다. 저 멀리서 조균이 세현의 움직임을 하나하나 씹어 먹을 것처럼 보고 있었다.

24시간 동안 운영하는 약국이 있는 걸 보니 그렇게 작은 도시는 아닌 듯했다. 세현은 눈을 돌려 주소를 확인하려다 유리문을 통해 쏟아지는 형광등 빛에 눈살을 찌푸렸다. 세은은 세현이 더 가까이 다가오지 못하게 입구 옆에 있는 의자에 앉히고 빨리 말하라며 재촉했다.

"소염진통제 노란색 통에 담긴 거랑 상처 연고, 거즈도 같이."

세은은 재빨리 몸을 돌려 약사에게 다가갔다. 약사는 친절하게 하나씩 보여주고 봉투에 차곡차곡 담아 넣었다. 약사는 세은이 미리 준비한 현금을 받다 말고 시선을 더 뒤쪽으로 보냈다. 당황한 세은은 황급히 둘 사이를 가로막았지만, 세현의 턱에도 겨우 닿을 정도인 세은의 키는 약사의 관심을 막기에 역부족이었다.

"더 필요한 거 있으세요?"

"스프레이형 파스도 같이 담아주세요."

세현은 약사에게 봉투를 건네받고는 망설임 없이 뒤를 돌았다. 청아하게 울리는 종소리에 세은이 그제야 굳은 몸을 풀고 허겁지겁 거스름돈을 챙겨 몸을 돌렸다. 그 순간, 차가운 기운이 세은의 눈가에 내려앉았다. 축축한 느낌에 세은이 눈에 손을 가져다 대자 날카로운 유리 조각이 눈을 찌르는 것처럼 통증이 몰려왔다. 세은은 세현이 들고 있는 스프레이형 파스를 뺏기 위해 팔을 허우적거렸다. 이번에는 차가운 느낌이 얼굴 전체를 뒤덮었고 세은은 뒤이어 밀려오는 고통에 중심을 잡지 못하고 선반 위로 엎어졌다.

세현은 바닥에 나뒹구는 세은을 피해 밖으로 도망가려던 찰나 유리창 너머에서 조균의 얼굴이 가까워져 오는 게 보였다.

"지금 당장 경찰에 신고해요."

세현은 입만 벙긋거리는 약사에게 모자를 벗고 소리친 다음 문이 열리며 나는 종소리를 신호 삼아 바로 옆문으로 달려나갔다.

한 발씩 내디딜 때마다 발이 바닥에 푹푹 꽂히는 것처럼 속도가 안 났다. 소매 밖으로 손을 빼서 보니 잘린 손가락 끝으로 또 피가 줄줄 흘러내리고 있었다. 이러다가 과다 출혈로 죽을지도 모른다는 예감이 엄습했다. 튀어나온 보도블록에 발이 걸리면서 세현은 앞으로 풀썩 주저앉았다. 세현은 머리를 보호하려고 양손을 들어 감쌌다. 바닥과 손가락이 충돌하면서 오는 고통에 더 크게 울부짖었다.

뒤따라온 조균이 세현의 목을 졸라 기절시키려고 하자, 세현은 약국 쓰레기통 옆에서 주운 손바닥만 한 유리병으로 그의 머리를 내리쳤다. 유리병이 깨지지 않아 세현의 손목에도 그대로 충격이 전해져 시큰거렸지만, 갑작스럽게 타격을 받은 탓인지 조균의 손아귀 힘도 느슨해졌다. 세현은 그 틈을 타 그에게서 벗어나려고 안간힘을 썼다.

세현은 네발로 기듯이 바닥을 짚고 도망쳤다. 숨이 끝까지 차올라 헛구역질이 나오려는 것을 삼키고 몸을 일으키려는데 조균에게 발목이 잡히면서 다시 꼴사납게 바닥에 넘어졌다. 이번에는 턱을 부딪힌 건지 입 주변에 감각이 없었다. 세현은 길게 드리워지는 조균의 그림자에 눈을 질끈 감았다.

아무리 기다려도 느껴져야 할 고통이 오지 않아 몸을 틀자, 조균의 어깨를 무릎으로 저지하며 그의 머리를 바닥에 내리누르고 있는 정현과 눈이 마주쳤다. 그가 무어라 소리치는 것 같았는데 긴장이 풀려서인지 물속에 있는 것처럼 먹먹해 잘 알아들을 수가 없었다. 그때, 격양된 정현의 얼굴이 순식간에 뒤로 넘어갔다. 그 뒤에는 벌겋게 부어오른 얼굴을 한 세은이 스프레이형 파스를 들고 있었다. 세은이 압박 붕대로 정현의 목을 졸라맸다. 어디서 배운 솜씨인지 자기보다 세 배나 커 보이는 남자의 숨통을 단숨에 제압하는 데 흐트러짐이 없었다.

비틀거리며 일어나는 조균의 손에는 세현의 손가락을 잘라 냈던 칼이 들려있었고, 칼날은 정확히 정현의 목을 겨냥했다. 세현은 기겁하며 정현에게 몸을 날려 그의 무게중심을 바닥으로 흩트렸다. 정현의 몸이 기울자 칼은 그대로 그의 어깻죽지를 파고들었다. 정현의 큼직한 몸이 뒤로 넘어가면서 세은은 힘을 더 써보지도 못하고 같이 무너져 내렸다.

약사가 신고한 건지 희미한 사이렌 소리가 새벽 공기를 타고 들려왔다. 상황 파악을 끝낸 조균은 세현의 머리채를 휘어잡고 거칠게 잡아끌었다. 세현은 끌려가지 않으려고 허우적거렸다. 정현은 그런 세현을 향해 있는 힘껏 손을 뻗었다. 평소의 세현이라면 사람의 저의를 따져보고 두 번은 더 재어봤을 법한데 이번에는 고민 없이 정현의 손을 붙들었다.

조균은 세현의 머리카락을 우악스럽게 잡아당겼고 세은이 둘의 엮인 손가락을 떼어내려 안간힘을 썼다. 정현은 어깨에 칼이 꽂힌 쪽의 손까지 써서 세현의 팔목을 강하게 감쌌다. 정현의 당기는 힘에 세현이 끌려갔다.

그렇게 정신없이 정현의 팔에 매달려 있던 세현은 멀리서 들리는 달음박질 소리에 눈을 떴다. 아까까지 세현이 갇혀있던 탑차에 시동이 걸리며 화물칸이 잠깐 덜컹거리더니 빠르게 시야에서 사라졌다. 세현은 차 번호를 외우려다 포기했다.

세현은 인기척에 정신을 차리고 정현을 살펴보았다. 정현의 어깨는 심각해 보였다. 세현은 황급히 그의 목을 조르고 있던 압박 붕대를 풀어 정현의 어깨에 둘렀다. 죽어가는 사람을 살려본 경험이 까마득해서 세은의 솜씨를 비웃을 처지가 못 됐다. 정현은 세현의 어깨에 기대어 쓰러졌지만, 겉옷을 움켜쥔 손을 풀지 않았다.

지혈하려고 어깨를 누를수록 손 틈 사이로 흘러나온 피가 세현의 얼굴에 튀었고 땀방울과 섞여 볼을 타고 흘러내렸다. 찢어질 듯이 옷을 붙잡고 있던 정현의 손이 힘없이 바닥으로 떨어졌다. 세현은 고개를 숙여 정현의 상태를 확인했다. 내려앉은 눈꺼풀처럼 정현의 몸이 완전히 세현의 품으로 기울어져 있었다. 정현의 피가 이제는 세현의 어깨를 타고 흘러내리기 시작했다.

세현은 떨리는 손으로 정현을 받아 안았다. 정현의 숨이 잦아드는 소리에 덜컥 겁이 났다. 세현은 가만히 눈을 감고 자신의 품에 안겼던 모든 생명이 꺼져가던 순간을 회상했다. 갯벌에 묻힌 엄마도, 냉동 탑차 안에서 식어가던 세진도.

조균은 세현에게 죽음을 받아들이는 능력이 탁월하다며 입버릇처럼 칭찬했었다. 그래서 세현은 구급대원의 손에 이끌려 자신의 품에서 멀어지는 정현을 차마 붙잡을 수가 없었다. 가만히 바닥에 주저앉아 구급차로 옮겨지는 정현을 바라보는 게 세현이 할 수 있는 전부였다.

1999년 7월 4일

아홉 번째 생일날, 우리 가족은 간단하게 짐을 정리해 집에서 꽤 멀리 떨어진 곳으로 이사를 했다. 새로 이사 온 집 주변에는 큼직한 나무가 많았다. 그는 그곳을 고향 집이라고 소개했고, 우리는 앞으로 그곳을 오두막이라고 부르기로 했다.

세진은 종종 엄마가 보고 싶다고 울었다. 나는 어차피 평소에도 자주 만나지 못했으니 예전과 별반 다를 게 없다는 생각을 했다. 그래도 한동안 엄마가 죽었다는 사실을 어떻게 받아들여야 할지 몰라 갈팡질팡했다. 가끔 엄마가 해주던 맛있는 수제비를 먹지 못해 아쉬웠는데, 시간이 흐르자 세진은 금세 엄마의 손맛을 따라잡았고 내 아쉬움은 그렇게 금방 사그라졌다.

그는 산책로를 관리하는 새 직장을 얻었고, 이사를 하고 나서부터 내 머리카락을 짧게 잘라냈다. 그때부터 세진은 아침마다 내 머리를 양갈래로 묶어줄 필요가 없게 되었다. 예전에 배달 일을 할 때 쓰던 차는 팔지 않고 산사태로 무너져 공사가 중단된 다른 산책로 근처에 세워두었다. 그리고 얼마 안 돼 그 차는 내 새로운 보금자리가 되었다.

계절이 바뀌기 전, 다들 새로운 생활에 적응해 나갔다. 세진은 방학이 끝나고 새로운 학교로 전학을 갔다. 나는 그즈음에 지독한 감기를 앓았었는데, 그와 함께 갯벌에 다녀온 후로는 병원에 갈 수조차 없었다. 그는 내가 이제 세상에 존재하지 않는 사람이니 무슨 일이든 혼자서 견뎌내야 한다며 다그쳤다.

처음에는 무슨 말인지 몰랐는데, 시간이 더 지나고 나서 우리가 가족임을 증명하는 서류에 내 이름만 빠져있는 것을 보고 비로소 그 뜻을 이해할 수 있었다. 세진이 새로운 학교에 적응하느라 정신이 없을 때, 그는 나를 데리고 여행을 떠났다. 그 어둑한 날 엄마를 짊어지고 좁디좁은 길을 걸어 갯벌로 향했을 때처럼, 모르는 사람을 태우고 밤새 고속도로를 달렸다.

가족은 서로 같이 고생하는 거라고 말하면서, 매번 사체가 담긴 통을 옮기는 건 내 담당이었다. 통은 너무 크고 무거워서 목적지에 도착하기 전까지 몇 번이고 멈춰 서서 쉴 수밖에 없었는데 추위를 잘 타는 나에게는 가혹한 일이었다.

여행을 마치고 다시 오두막으로 돌아오고 나면 며칠은 화물칸에 밴 냄새 때문에 환기를 시켜야 했고, 덕분에 그동안은 집안에서 생활할 수 있었다. 그때가 유일하게 세진과 만날 수 있는 시간이었는데, 그녀는 아무것도 모르면서 곧잘 나를 안쓰러워했다. 나를 무슨 죽을병에 걸린 사람처럼 대하며 집에서 가장 좋은 침대 자리를 내어주었다. 그래서 그녀의 방에 들어갈 때면 난 정말 몹쓸 병에 걸린 사람처럼 연기했다.

가만히 침대에 누워 한쪽 벽면에 가득 쌓인 인형을 볼 때면 언젠가 내가 강가에 내버려 두고 온 양동이가 생각났다. 나는 결국 참지 못하고 한밤중에 밖으로 나가 산길을 헤맸다. 멧돼지가 나오니 조심하라는 표지판을 봐도 이상하게 무섭지가 않았다. 정처 없이 산길을 헤매다 새벽에 돌아와 식탁에 쓰러지듯 잠이 들었다.

나는 그날부터 쉽게 잠자리에 들지 못했다. 주변이 어두워지면 이상하게 피가 빠르게 돌아 가만히 누워있을 수가 없었다. 그럴 때는 어김없이 밖으로 나돌았는데, 방황의 시간이 길어질수록 내 사냥 실력도 나날이 발전했다.

창고에서 발견한 쥐와 세진이 학교 앞에서 사온 병아리부터 시작해 사람 손을 탄 고양이도 사냥했다. 몸이 날쌘 날에는 토끼도 곧잘 잡아 왔다. 칼을 가는 솜씨도 늘었고 손을 쓰면 쓸수록 또래 아이들과 비교도 할 수 없을 만큼 섬세한 작업이 가능해졌다. 조균은 흡족해하며 나를 데리고 또 긴 여행을 떠났다.

내 삶이 완전히 뒤틀리기 시작한 건 고등학교에 진학한 세진이 좋아하던 양갈래를 풀고 교복을 입기 시작하면서부터였다. 그녀는 자신의 장래 희망이 선생님으로 바뀌었다고 한동안 떠들어대더니, 그 후로 틈만 나면 나를 책상에 앉히고 공부를 가르쳐주었다. 세진에게 짜증 내는 걸 들키면 그의 손에 얻어터지는 날이라, 나는 그냥 얌전히 앉아 세진이 말하는 이야기를 열심히 듣는 척했다. 그렇게 시작한 공부는 시간이 지날수록 재미가 붙었다. 세진은 공부 시간을 빌미로 시시콜콜한 수다를 늘어놓기도 했다.

단짝 친구 이야기나 얼마 전부터 눈길이 가는 옆 학교 남학생이 생긴 이야기 그리고 엊그제 숙제를 다 못 하고 자서 선생님께 매를 맞았다는 이야기나 매점 인기 상품에 관한 이야기가 대부분이었다.

어느 날 밤엔 세진의 교복을 입고 밖으로 나가고 싶었다. 나는 빳빳한 감촉과 묵직하게 무릎을 덮는 치마 길이에 어쩔 줄 몰라 하다 나뭇가지에 걸려 결국 치마 밑단이 찢어졌다. 세진은 아침에 아무 말 없이 체육복을 입고 등교했다.

나는 그때부터 도둑질에 눈이 뜨여서 세진의 가방을 뒤졌다. 덕분에 매점에서 가장 유행하는 햄버거도 종류별로 먹어보고 인형 머리가 달린 볼펜으로 메모도 할 수 있게 되었다. 어느 날은 세진이 지갑에 숨겨둔 편지까지 꺼내 읽었다. 세진에게 들켰을 때는 그녀가 당장이라도 조균에게 일러바칠까 봐 잔뜩 겁을 먹었지만, 편지를 쓴 애가 다른 친구들을 괴롭혀서 싫다는 볼멘소리만 했다.

세진은 편지를 접어 서랍 안에 넣어두고는 가방에서 해바라기가 그려진 노트와 12색 볼펜 세트를 꺼내주었다. 그리고 앞으로 가지고 싶은 게 있거나 하고 싶은 게 있으면 이 노트에 적어서 가방에 다시 넣어달라고 했다. 그날은 오두막 바닥에 엎드려 누워 밤이 새도록 고민했다. 태어나서 처음으로 누려본 자유였다. 나는 그 후로도 사냥을 멈추지 않았지만, 손을 깨끗이 씻는 버릇이 생겼다.

해바라기 노트를 거의 다 써갈 때쯤에 세진은 많이 자라있었다. 나를 품에 폭 안을 수 있을 정도로 키가 커졌고, 무릎을 덮던 치마도 짧아져서 새로 구매했다. 세진의 성장은 키에서 멈추지 않았다. 그렇게 따르던 아빠에게도 비밀이 생겼고 밖에서 받아온 편지는 나에게 보여주지 않으려고 했다. 그가 주말에 일하러 나갈 때면, 우리는 몰래 산책을 나왔고 나는 자연스럽게 비밀스러운 불면에 대해 털어놓았다. 그때 세진은 충격받은 표정을 지었다. 며칠을 말이 없더니 세진은 갑자기 무덤 쌓는 법을 알려주겠다며 돌을 한 움큼 주워 와서는 엊그제 내 손에 척추가 끊긴 쥐를 묻어주었다. 그날 밤 나는 갯벌에 누워있는 엄마 꿈을 꾸었다.

여행은 계속되었고 내 솜씨는 나날이 늘었다. 이제는 어디를 쑤셔야 뼈와 살을 깔끔하게 분리할 수 있는지 알았고, 어느 혈관을 잘라야 적당히 피를 내 귀찮게 바닥 청소를 하지 않을 수 있는지도 깨우쳤다. 그날도 어김없이 툴툴거리며 양동이를 버리고 오는데 이상하게 손이 근질거렸다. 그게 다였다. 손이 너무 간지러워서 흙을 대충 파서 땅을 덮고 돌아서다 말고 양동이를 뒤집어 올렸다. 세진에게 들은 왕의 무덤 옆에 세워둔 석상처럼 양동이가 나쁜 기운으로부터 이 무덤을 지켜주길 바라는 마음이었다.

그는 나보다 더 빠르게 내 변화를 눈치챘고 그날부터 나는 절대 오두막에서 잘 수 없었다. 또 그는 어디서 낡아빠진 카메라를 들고 와 사진을 찍어주곤 했다. 누군가는 세상 다정한 아빠라며 추켜세울지 모르지만, 사진을 찍히는 날에는 항상 손에 짐승의 피를 범벅으로 묻혀야만 했다. 그날부터 이상하게 아무리 손을 깨끗이 씻어도 피 냄새가 빠지지 않았다. 세진은 학교에서 집으로 들어가기 전 매일 내가 사는 탑차의 문을 두들겨 안부 인사를 건넸다. 머리가 커질수록 욕심이 늘어난 나는 따뜻한 라볶이보다 그녀가 빌려온 책이 더 좋았다.

비행기를 타보고 싶었다. 오두막 밖이 궁금했다. 다리를 겨우 접어야 잘 수 있는 운전석의 세상은 나에게 너무도 좁았다. 차키를 훔쳐 당장이라도 달아날 수 있었지만, 그러지 않았다. 세진에게 무슨 일이 있어도 혼자 도망치지 않겠다고 약속했다. 그즈음부터 나는 조균에게서 받은 사진을 깔끔하게 노트에 붙여 정리하기 시작했다. 나는 누군가를 죽이려는 욕구와 살아남으려는 욕구 사이에서 팽팽하게 갈등하며 성장했다.

그날따라 무슨 바람이 든 건지 자꾸만 세진이 그의 심기를 건드렸다. 쓸데없는 질문을 던지며 그를 못살게 굴었고 참다못한 그에게 뺨을 맞고 힘없이 나가떨어졌다. 바닥에 널브러진 세진을 보고서야 그녀가 얼마나 엄마를 닮았는지 알게 되었다.

그날도 어김없이 긴 여행을 마치고 녹초가 되어 돌아왔다. 여행을 끝내고 난 그는 마치 다른 사람 같아 보였다. 용기가 넘쳤고 눈에는 총기가 가득했다. 사람들은 신기할 정도로 그를 좋아했다. 어린 딸을 키우려고 밤낮없이 고생하는 젊은 청년이라며 반찬까지 챙겨 보내주었다. 그날따라 유독 그 꼴이 보기 싫어 뒷정리를 미루고 평소보다 더 멀리 산책하러 나갔다. 그러다 화물칸 문을 깜박하고 잠그지 않은 기억이 떠올라 헐레벌떡 달려갔다. 피로 범벅된 화물칸 앞에 서있던 세진은 툭 치면 날아갈 잿더미 같았다.

나는 세진의 손에 이끌려 비탈길을 달려 내려갔다. 내 두 발로 가장 멀리 오두막에서 나간 날이었다. 뛰어서 기분이 좋은 건지 웃어서 좋은 건지 몰랐다. 하지만 우리의 자유는 그리 오래가지 못했다. 그가 항상 칼을 품고 다니는 사실은 알고 있었지만, 그 칼이 세진을 노릴 거라고 예상하지 못했기 때문이었다. 얼굴을 덮은 미지근한 핏줄기의 감촉이 아직도 생생했다.

나는 깜짝 놀라 그의 다리에 힘껏 몸을 부딪쳤다. 그는 금방 중심을 잃고서 가파른 경사 밑으로 미끄러졌다. 나보다 두 뼘이나 더 큰 세진을 어깨에 짊어지고 산에서 내려가는 게 여간 고된 일이 아니었지만, 여기서 세진을 놓으면 다시는 그녀와 만나지 못할 것 같은 기분이 들었다. 그래서 마음을 다잡고 땀을 뻘

뻘 흘리며 포장도로까지 그녀를 짊어지고 내려갔다.

길은 너무 길었고 달이 먹구름에 가려져 어두웠던 기억이 난다. 얼마나 걸었을까? 어디선가 희미하게 탑차의 바퀴가 돌아가면서 내는 기분 나쁜 마찰음이 들려왔다. 소리만 들어도 알 수 있었다. 그가 오고 있었다. 당장 숨을 곳이 필요했다. 갓길 배수구를 덮어놓은 그레이팅을 열어 세진을 하수구로 밀어 넣었다. 물 썩은 냄새가 진동했지만, 한동안 비가 오지 않아 찰박거리는 정도의 수위에 감사하며 우리는 그 안에 몸을 구기고 숨을 죽였다.

얼마 안 있어 차가 멈추는 소리가 들렸다. 그는 우리가 밟고 지나와 부러진 나뭇가지들을 따라 다시 산으로 올라갔다. 부스럭거리는 소리가 잠잠해지자 도로에는 여름 바람 냄새와 풀벌레의 날갯짓, 그리고 우리의 호흡밖에 남지 않았다. 그때, 무슨 용기가 났던 건지 세진을 끌어내 탑차 조수석에 구겨 넣고 황급히 운전석에 올라 차에 시동을 걸었다. 몇십 년을 타 낡아빠진 엔진이 가래를 뱉는 것처럼 요란한 소리를 내며 반응했다. 그때 허겁지겁 산에서 튀어나온 그가 씩씩거리며 탑차 앞을 가로막았다. 분노에 찬 두 눈에서 나를 가르친 나날을 후회하는 기색을 읽었다.

나는 빨리 이 상황을 벗어나고 싶은 마음뿐이어서 무작정 차를 출발시켰다. 낭떠러지 반대편으로 붙어 그를 따돌릴 생각이었는데 순간 차가 균형을 잃고 휘청거렸다. 세진이 안간힘을 쓰며 핸들을 낭떠러지 방향으로 돌리고 있었다. 차는 그가 서있던 쪽으로 급하게 회전하며 출렁거렸고 예전에 고라니를 쳤을 때와는 비교도 안 될 정도로 묵직한 무언가가 차 앞 범퍼에 부딪혔다. 충격으로 차는 가드레일을 깔아뭉개며 왼쪽으로 드러누웠다. 헛돌아 가는 바퀴 때문에 차체는 아래로 점점 기울었다. 나는 세진을 데리고 밖으로 나가려고 했는데, 정작 그녀는 그대로 추락하고 싶은 사람처럼 손잡이를 잡고 버텼다.

나 역시도 세진처럼 눈으로 직접 확인하지 않으면 평생 그에게서 벗어나지 못할지도 몰랐다. 나는 두 눈을 똑바로 뜨고 시선을 아래로 고정했다. 그는 떨어진 가드레일과 함께 깊은 낭떠러지 밑 나뭇가지에 힘없이 널려있었고, 그의 팔은 등 뒤로 두어 번 비틀려 꺾여있었다. 바닥과 가까운 곳에 구겨진 그의 하찮은 모습에 안도감과 동시에 후회가 밀려왔다. 이렇게 쉬운 줄 알았으면 애초에 망설일 필요가 없었다. 나는 세진을 차에서 꺼내 도로 위로 올려놓았다.

당장 숨이 넘어갈 것처럼 울어대던 세진의 울음이 점차 잦아들었다. 세진과 함께 계속 걷다 보니 집에서 얼마 떨어지지 않은 곳에 있는 폐업한 휴게소를 찾았다. 그때는 어떻게든 이곳에서 멀리 떨어져야겠다는 생각뿐이라 무작정 시동이 걸린 냉동 탑차 화물칸에 올라타 숨었다. 화물칸에 가득한 비린내와 냉기를 알아차리고 밖으로 나가려 할 때는 이미 문은 굳게 닫힌 뒤였다. 세진은 급격하게 떨어지는 체온에 말이 없어졌다. 나는 손이 벌젖게 부어오를 때까지 몇 번이고 문을 두들겼다.

문은 열리지 않았고 하염없이 시간만 흘렀다. 우리는 최대한 가까이 붙어있기로 약속했다. 세진의 상처를 살펴보고 싶었는데 자꾸 괜찮다고 거절하기에 나도 그냥 신경 쓰지 않았다. 둘이서 같이 몸을 웅크리고 있으니 서서히 긴장이 풀리고 잠이 왔다. 팔이 저려서 눈을 떠보니 세진의 겉옷이 어깨에 걸쳐있었고 세진은 내 어깨에 기대어 잠들어 있었다. 세진을 깨우려고 흔드니, 차갑게 식은 몸뚱이가 힘없이 바닥으로 추락했다. 깜짝 놀라 바닥을 짚고 일어서자 손이 이상할 정도로 축축했다. 세진이 앉은 자리에는 이미 피가 흥건하게 고여있었다.

물도 마시지 못하고 달리느라 땀을 꽤 흘렸는데도 세진의 몸속에 이렇게나 많은 양의 수분이 들어있다는 게 신기했다. 세진의 이름을 부르며 흔들어도 반응이 없었다. 코밑에 손가락을 가져갔는데 아무런 느낌이 없었다. 눈꺼풀을 뒤집었더니 동공이 풀려 초점이 흐릿했다. 나는 어떻게 해야 할지 몰라 계속 가만히 있었다. 세진에게 배웠던 것처럼 무덤을 만들어주고 싶었는데 화물칸 안에는 그녀를 묻어줄 마땅한 곳을 찾을 수 없어서 일단 겉옷을 벗어서 덮어두었다.

달리는 차는 멈출 기미가 보이지 않았고 홀로 남은 나의 체온은 급격히 아래로 떨어져 갔다. 나는 책임이 1그램도 들어있지 않은 '어쩔 수 없었다'라는 말을 참 좋아했는데 그때도 그랬다. 정말 어쩔 수 없었다. 살기 위해 세진의 옷을 하나씩 빼앗아 껴

입었다. 그래도 추위에 자꾸 눈이 감겼다. 결국, 축 늘어진 세진을 들쳐 안았다. 빳빳하게 굳은 세진의 몸은 따뜻했지만, 이상하게 계속 떨려왔다. 내가 먼저 변화를 알아차리기 전에 언제나 그렇듯 세진은 한 발 더 빨랐다. 세진은 덮고 있던 겉옷의 소매를 내 등 뒤로 꽉 묶고 놔주질 않았다. 어떻게든 그녀를 떼어내 보려고 발버둥을 쳤지만 그럴수록 세진은 나를 더 강하게 끌어안았다. 그녀의 얼굴은 점점 새하얗게 질려갔다.

사실 나는 문이 열리기 직전까지도 세진이 살아있었다고 믿었다. 나를 안아주는 그녀의 품은 포근했고 계속 뜨끈한 피가 나왔다. 탑차 기사는 바닥에 흥건한 피를 보고도 포장이 미흡한 아이스박스에서 흘러나왔을 거라 생각했을 것이다. 그는 냉동 탑차에 사람을 태우고 달렸다는 사실도 알아차리지 못할 만큼 둔했다. 나는 문이 열린 사이 세진을 업고 도망쳐 나와 창고 주차장을 벗어났다. 주차장 철조망 사이 이가 빠진 틈을 따라 바로 연결된 산을 끊임없이 올랐고 안으로 더 깊숙이 들어갔다. 왠지 그곳에 우리가 살던 오두막이 있을 것만 같았다. 이 모든 게 꿈이었고 나는 평소처럼 긴 여행을 마치고 돌아와 소소하게 언니의 물건을 도둑질하는 괘씸한 동생으로 남고 싶었다.

나는 세진을 나무 밑에 묻어주었다. 근처에 그럴싸해 보이는 돌을 몇 개 주워 석상을 세우려다 다시 무너트렸다. 악한 것이라도 좋으니 누구든 와서 우리를 데려가 주길 바랐다. 그날부터 나는 계속 잠을 잤다. 비가 오면 눈을 뜨고 해가 뜨면 다시 감았다.

죽음이 스쳐 지나가는 순간을 겸허하게 받아들였다.

＊ ＊ ＊

"여기 사람이 쓰러져 있어."

"뭐 해! 빨리 구급차 불러, 빨리!"

"꼬마야. 너 이름이 뭐니?"

"눈 감으면 안 돼. 얘, 정신 좀 차려 봐."

"……."

"이름이 뭐라고?"

"……은."

"세…… 뭐라고?"

"세현이?"

"세현아. 지금 병원 갈 거야. 엄마는 어디 있어?"

소나기가 내려 세현의 얼굴에 묻은 피가 거의 다 씻겨 내려갔다. 세현은 반쯤 무너진 돌탑을 바라보다 가만히 눈을 감았다. 시끄러운 사이렌 소리가 났고 사람들의 웅성거림이 커졌다가 작아졌다. 하얀 조명이 눈앞으로 번쩍하며 왔다 갔다 했다. 어지러움을 참지 못하고 세현은 다시 눈을 감았다.

침대에서 몸을 일으키던 정현의 입에서 앓는 소리가 터져 나왔다. 천천히 심호흡하며 발을 먼저 이불 밖으로 빼냈다. 왼쪽 어깨 근육이 찢어져 고정해 둔 찜질팩이 묵직한 돌덩이처럼 느껴졌다. 칼에 찔려 파상풍 주사를 맞았고 상처를 여러 번 꿰맸다. 출혈이 심해서 수혈까지 받았다. 정현은 에어컨으로 차가워진 슬리퍼를 신으며 조금만 더 늦었으면 상황이 어떻게 바뀌었을지 생각하다 고개를 가로저었다.

정현은 이틀 전 용천시에서 운영하는 통합 도서관에서 얻은 주소로 찾아가 문을 닫은 세탁소를 발견하고 탄식했다. 현대 사회에서 피해자의 개인정보를 얻어내기에 이처럼 좋은 장소를 왜 생각해 내지 못했을까. 정현은 곧장 근처 공인중개소로 들어가 건물 주인에게 세탁소 세입자 핸드폰 번호를 알아냈다. 그 후

선우에게 위치 추적을 부탁해 용의자가 용천에서 멀리 떨어진 무안에 숨어있다는 사실을 알게 되었다.

그러나 아무리 위치 추적을 한다고 하더라도 기지국에서 반경 1킬로미터 내외에서만 전파가 잡히다 보니 주변을 배회하며 직접 추적하는 방법밖에 없었다. 다행히 용의자는 한 지역에 들어서면 그 지역 전체를 다 돌기 전까지 다른 지역으로 떠나지 않아 행동반경이 좁았다. 그는 용의선상에 올라가지 않을 거라는 자신감이 있었던 건지 핸드폰도 끄지 않았다. 정현은 그의 뒤를 밟으며 신중하게 거리를 좁혀갔다.

그날 밤에는 유독 안구 건조증이 심해져서 눈을 제대로 뜰 수 없었다. 하필 병원에서 처방받은 인공눈물도 다 떨어진 상태였다. 다행히 용의자의 활동 반경에서 그닥 벗어나지 않는 범위에 있는 24시간 운영하는 약국을 찾았고 급히 방향을 틀었다. 그 앞에서 세현을 만날 거라고 생각 못 했지만, 누군가의 손에 무자비하게 짓눌러진 그녀를 본 순간 몸이 먼저 반응했다.

구급차 안 오락가락한 정신 사이로 세현을 봤던 것도 같은데 수술이 끝나고 눈을 떠보니 그녀는 어디에도 없었다. 정현은 다리를 절뚝거리며 병실 밖으로 걸음을 옮겼다. 이른 새벽이라 잠깐 눈을 붙이려는 보호자를 제외하고 한산할 거라 생각했던 로비에는 인파가 가득했다. 가까이 갈수록 웅성거리는 소리가 커지자 정현은 괜히 또 마음이 다급해졌다.

어둑한 로비를 밝게 비추는 텔레비전 빛에 정현은 잠시 눈을 찌푸리다 곧 화면 속 익숙한 얼굴을 알아보고 경악을 금치 못했다. 사람들이 조용히 좀 하라고 혀를 차며 눈치를 줘도 정현은 홀린 듯 앞으로 나가 화면 중앙을 가로막고 섰다. 마지막으로 얼핏 봤을 때도 세현의 상태가 심각하다고 생각했는데, 자세히 보니 얼마 전까지 멀쩡하던 세현의 새끼손가락과 약지 두 마디가 흔적도 없이 날아가 있었다. 세현의 처참한 모습에 로비 곳곳에서 짧은 탄식이 흘러나왔고 정현도 눈을 질끈 감았다.

세현은 파란색 배경 위를 날아다니는 듯한 노란 참수리를 등에 업고 무안경찰서에서 브리핑하고 있었다. 용천에서 브리핑하던 세현의 모습과는 너무 딴판이라 그 둘이 동일 인물임을 알아보는 사람이 있을지 의아할 정도였다. 준비해 둔 대본이 따로 없을 텐데 세현은 단상에서 고개를 들지 못했다. 떨리는 목소리와 막무가내로 터지는 플래시에 움찔거리는 반응이 그녀가 얼마나 불안정한 상태인지 알려주고 있었다.

"그 사건이 첫 살인이었습니다. 그는 집요하게 피해자의 생활 반경을 살피고 평소 일상에 대해 세밀하게 기록하고 계획을 짰습니다. 모든 것이 준비되면 그때 움직였습니다."

세현은 잠시 하던 말을 멈추고 단상에 고개를 박으며 숨을 골랐다. 세현은 천천히 고개를 들어 올려 정면을 바라보았다. 나약하지만 의연한 눈동자였다.

"처음 범행 장소는 갯벌이었습니다."

흘러나오는 자막은 이 사건이 1999년 7월 하룡군에서 발생한 범죄라고 알려주었다. 정현은 머릿속으로 미제 사건의 기록을 시간순으로 떠올려 자료화면과 비교했다. 갑자기 누군가 채널을 돌린 건지 브리핑 장면이 없어졌다. 정현은 깜짝 놀라 옆 사람에게서 리모컨을 뺏어 다시 채널을 돌렸다. 세현의 물기 어린 목소리가 병원 로비를 가득 메웠다.

"저는 재단사 사건의 용의자이자 1999년부터 발생한 여섯 건의 미제 토막 살인 사건의 범인인 윤조균의 딸입니다."

사람들은 미리 짜기라도 한 듯 일제히 한숨 섞인 아우성을 냈다. 정현은 방금 자신의 귀로 들려온 말을 온전하게 받아들이고 싶었다. 정신을 놓지 않으려고 애를 썼지만, 충격으로 열이 올라 다친 어깨가 아팠다. 누군가 엉킨 실타래를 멋대로 가위로 자르고 도망가 버린 것 같았다.

세현이 토막 사체 수사를 꺼렸던 이유, 경찰서로 배송된 낡은 노트와 양동이를 든 여자아이, 재단사. 그동안 정현을 괴롭혔던 의혹이 세현이 뱉은 한 문장으로 말끔히 풀렸다. 끝을 향해 달려가는 세현의 이야기는 맨정신으로 들을 수 없을 만큼 참혹했다. 세현은 자신의 엄마를 잔혹하게 살해한 조균의 손에서 자랐다고 했다. 그녀의 고해성사 화면 위로 '연쇄 살인마 윤조균의 생물학적 자식'이라는 자막이 잔인하게 빛났다.

"그가 다시 범죄를 저지른다면 알아차릴 수 있을 거라 믿었습니다. 그게 제가 법의관이 된 이유입니다. 그래서 쉬지 않고 일했습니다. 잡고 싶어서. 정말로 그 사람 잡고 싶어서……. 잡아서 반드시 죗값을 치르게 하고 싶었습니다……."

글썽이던 눈물이 정처 없이 세현의 볼을 타고 흘렀다. 터지는 플래시에 반사된 얼굴이 투명해 보일 정도로 눈물범벅이었다. 점점 호흡이 가빠오는지 세현은 숨을 골랐고 단상을 붙잡고 있는 세 손가락이 사정없이 떨렸다.

"저의 욕심이 수사 과정에 혼선을 주었다면 이 자리를 빌려 깊이 사죄드리고 싶습니다. 어떤 벌이든 다 받겠습니다……. 죄송합니다. 정말 죄송합니다."

세현은 앞으로 나와 연신 고개를 숙였다. 급하게 응급처치 한 듯 그녀가 서있던 카펫 위로 핏방울이 후두둑 떨어졌다. 앞줄에 서있던 기자들이 기겁하며 이제 그만하고 병원에 가서 치료를 받으라고 외쳤다. 허리를 세운 세현은 잠시 휘청이다 마이크를 고쳐 잡더니 떨리는 음성으로 말했다.

"지금도 한 여자아이가 용의자에게 잡혀있습니다. 키는 겨우 제 턱만큼 오는 아이인데……. 하얀색 탑차에 타고 있는 아이를 보시면 꼭 신고 부탁드리겠습니다."

경찰 측에서 억지로라도 세현을 내보내려고 마이크 전원을 껐지만, 세현은 계속해서 갈라진 목소리로 소리쳤다. 세현의 위태로운 상태를 보다 못한 경찰관이 그녀를 부축해 단상에서 끌어 내리듯 데리고 나갔다. 정현은 뉴스 화면이 스튜디오로 바뀌고 나서야 조금 전까지 보던 영상이 실시간이 아니라 편집된 영상이었다는 것을 알아차렸다.

기자는 앞으로의 수사 방향에 대해 간략하게 설명했다. 그 뒤로 세현이 병원 구급차에 실려 응급실로 향하는 모습이 찍힌 영상이 송출됐다. 정현은 자신이 입고 있는 환자복 가슴팍에 적힌 병원 이름을 확인하고 곧바로 안내 데스크로 뛰어갔다. 빠른 걸음을 감당하지 못한 어깨가 고통을 호소했지만, 정현은 멈추지 않았다.

세현이 입원한 병실 호수를 알아낸 정현은 엘리베이터를 기다리지 못하고 비상계단으로 뛰어 올라갔다. 병실 앞에 도착한 정현은 조심스럽게 노크를 하고 문을 열었다. 오른손 전체에 붕대를 감은 세현은 등받이를 세우고 침대에 앉아 자신이 나온 뉴스를 보고 있었다. 문 열리는 소리에 세현이 고개를 돌려 안으로 들어오는 정현을 보았다.

"어깨는 괜찮아요?"

뉴스에서 본 처절하게 울던 모습이 기억나지 않을 만큼 세현은 평소보다 더 차분했다. 사실 조금 전 브리핑을 보면서도 세현의 입에서 나오는 말이 어디까지가 진실이고 어디까지가 꾸며낸 이야기인지 구분하기 어려웠다. 그녀는 사명감에 법의관이 되고 싶다고 말하다가 어느 날은 승진 때문이라고 하더니 갑자기 연쇄 살인범인 자신의 아버지를 잡기 위해서였다며 몇 번이고 말을 바꿨다.

정현은 문을 닫고 걸어가 세현의 맞은편 간이침대에 기대어 섰다. 세현을 따라 죽집에 갔던 게 오래전 일도 아닌데 이렇게 엉망인 모습으로 서로 마주 보고 있으니 그날이 까마득하게 느껴졌다. 세현의 얼굴 살은 절반이나 빠졌고, 턱 밑은 까진 건지 거즈를 여러 장 덧댄 다음 그 위로 손바닥만 한 반창고를 붙여 두었다. 눈은 충혈되어 피곤해 보였지만 어느 때보다 맑았다.

지금은 조그마한 빙산처럼 보이는 세현이지만, 그녀의 깊은 마음에 또 어떤 욕망이 감추어져 있을지는 모를 일이었다. 하지만 정현은 가해자의 공범이자 동시에 가족을 잃은 유가족이자 범죄 피해자인 세현을 차마 비난할 수 없었다. 정현은 이제 진실과 거짓을 구분하며 세현을 재단하는 짓을 그만하고 싶었다. 만약 세현이 빙산이라면 정현은 그저 빙산 아래 바닷속을 유영하는 사람이 되고 싶었다. 블라인드 사이로 비춘 해가 세현의 난도질 당한 손가락에 내리꽂혔다. 세현은 반대 손을 포개어 조균이 남긴 상흔을 가리려 했다. 정현은 그 모습에 잠시 눈을 찡그리다 조용히 걸음을 옮겼다.

블라인드를 내리는 정현의 뒷모습을 응시하던 세현의 시선이 다친 어깨에 머물렀다 다시 그의 눈동자로 향했다. 창문에 부딪히며 나는 블라인드 손잡이의 철컹거리는 소리를 끝으로 둘 사이에 다시 고요한 적막이 찾아왔다. 정현은 세현의 잘린 손가락을 조심스럽게 들어 올리며 말했다.

"다시 돌아오기까지 많이 힘드셨을 거 압니다. 그래도 잘 오셨어요."

정현의 나지막한 목소리에 세현의 마음속 깊숙한 곳 무언가가 무너져 내리는 소리가 들렸다. 세현은 가만히 눈을 감고 조균이 보냈던 낡은 노트 속에서 마주한 과거의 진실을 차분히 되새겨 보았다. 유독 이질적으로 느껴졌던 마지막 사진은 어린 세진이었다. 앞니가 빠지고 나서는 웃을 때 바람 소리가 나서 좋다며 입을 더 크게 벌려 미소 짓던 그녀였다. 노트 속 사진의 세진은 세현과 닮아 보였다. 그 사진이 꽤나 마음에 들었던 건지 세현은 노트 마지막 페이지에 꼼꼼하게 풀을 발라 붙여두었다. 그 후로 세현은 아닌 척하면서 사소한 것마저도 세진의 행동을 몰래 따라 하려고 애썼다.

언젠가 함께 무덤을 만들고 흙투성이가 된 손으로 돌아가는 길에 세진은 그런 말을 했었다. 누군가를 사랑하는 건 스며드는 것처럼 이해가 아닌 인정에서 오는 거라며, 새벽이 올 때까지 세현의 옆을 지키며 속삭였다. 세진은 세현을 고치려 들지 않았으며 세현이 잘못되었다고 손가락질하지 않았다. 대신 해바라기 노트가 빼곡히 찰 때까지 세현이 원하는 것을 적게 해주었고 함께 이루어갔다. 차가운 냉동 탑차 안에서 죽어가던 세진은 오두막에 살 때가 참 행복했다고 말했다. 같이 식탁에 앉아 맛있는 음식을 먹고 원하는 것을 부족함 없이 사주는 아빠가 있어서, 자주 보지 못해도 한번 만나면 밤이 새도록 이야기를 나눌 수 있는 동생이 있어서 참 감사했다고 말했다.

매일 밤 셋의 행복을 위해 기도했다고 고백했다. 그리고 그 기도가 세현을 불행하게 만들어 미안하다고 사과했다. 포근한 이불 밑에 숨어서 사랑을 이야기하던 세진은 차디찬 화물칸 바닥에서 세현에게 전부를 건네주고는 떠났다. 세진의 마지막 말은 행복이 찾아올 때까지 살아보라는 당부였다. 세현은 문득 세진을 보내고 난 후로 얼마나 오랫동안 사람의 온기를 느끼지 못했던 건지 마음속으로 조용히 헤아려보았다.

세현에게 마음을 썼던 사람들은 죄다 세상을 등지고 떠났다. 엄마가 그랬던 것처럼, 엄마를 닮은 세진이 그랬던 것처럼 세진을 닮은 정현 또한 그러리라 생각했다. 그랬던 그가 지금 세현 앞에 서있다. 숨을 쉬고 있고 말을 하고 있었다. 도망치지 않았으며 곁을 내어주었다.

세현은 그동안 단 한 번도 정현에게 부채감을 느껴본 적이 없었다. 그래서 사과할 이유도 없었다. 오히려 정현이 자신에게 마음을 쓸 때면, 마치 그를 정복한 사람처럼 도취감에 휩싸이곤 했다. 정현에게 닥친 시련이 마땅하다 여겼다. 부검 감정서를 언론에 흘렸을 때도, 노트 속 사진에 대해 거짓말을 하고 실종자 수색에 혼선을 주었을 때도, 조균의 칼날이 그를 향했을 때마저도 세현은 흔들림이 없었다.

그러나 그를 죽게 내버려 둘 수 없었다. 엄마에게도 세진에게도 다른 피해자들에게도 그럴 수 있었다면 어땠을까. 정현이 내려준 블라인드 덕분인지 데일 것처럼 뜨겁던 손가락이 거짓말처럼 차게 식었다. 세현은 용기를 내 뭉툭해진 손끝을 만져보았다. 유독 조균의 것과 닮았던 새끼손가락이 이젠 사라지고 없다.

세현은 그제야 비로소 자신의 등 뒤에 서서 내내 입맛을 다시고 있던 파멸에서 한 걸음 멀어졌다고 느꼈다. 도저히 헤어나올 수 없을 것 같던 홍수에서 우연히 구조된 것처럼 흠뻑 젖어 녹초가 된 몸은 힘이 하나도 없었지만, 오히려 정신은 깨끗이 씻긴 듯 개운했다.

* * *

무안을 벗어나는 톨게이트에 조균이 탄 탑차가 통과했다는 소식이 무전기를 통해 들려왔다. 정현은 자신의 어깨가 멀쩡하지 않다는 것을 알지만 여기까지 와서 가만히 손을 놓고 보고만 있을 수 없었다. 소식을 들은 용천경찰서에서도 수사팀을 급히 내려보냈다. 전남경찰청에서 보충해 준 인력으로 퇴로를 봉쇄해 조균을 향한 수색망을 촘촘하게 좁히면서 바짝 추격해 갔다. 세현이 제대로 걷지도 못하면서 함께 가겠다고 고집을 부렸다. 정현은 그녀의 상태를 몇 번이고 설명하고 설득해서 겨우 만류했다. 병실을 떠나기 전까지도 세현은 침대에 누워서 줄곧 뉴스를 보고 있었다. 잠을 좀 잤으면 좋겠다고 생각했는데, 세현은 자신의 브리핑 뉴스 영상을 몇 번이고 반복해서 돌려봤다.

정현은 혹시나 세현에게 방해가 될까 조용히 짐을 챙겼다. 나가기 전 어떻게 인사를 해야 할지 몰라 머뭇거리는데 세현이 먼저 몸조심하라며 당부했다. 그 많은 일을 겪고도 세현은 흐트러짐이 없어 보였다. 몸은 엉망으로 찢겨있었지만, 활력이 넘쳐 보였고 확신에 차있었다. 정현은 문득 혼자 남겨진 세현의 안위가 걱정되어 전화를 걸어 보려다 다시 핸드폰을 무릎 위에 올려두었다. 그녀가 괜찮은 척하고 있다고 멋대로 의심하지 않기로 했다.

순간 다급한 목소리가 무전기에서 터져 나왔다. 정현은 천천히 말해달라고 다시 요청했지만, 상대는 잠잠했다. 정현은 괜한 불안감에 핸드폰을 집어 들었다. 핸드폰엔 부재중 전화와 메시지로 가득 차있었지만, 지금은 일일이 답변해 주고 있을 여유가 없었다. 정현은 무전기에 대고 또박또박하게 다시 말해달라고 요청했다. 정현의 말이 끝나기도 전에 건너편에서 고함치듯 차량 등록 번호를 불렀다. 정현은 몸을 가운데로 밀어 넣고 지나가는 차량을 살폈다. 멀지 않은 곳에 카키색 방수 천을 씌운 탑차 하나가 아슬아슬하게 차선을 넘나들며 운전하는 게 눈에 들어왔다.

"저기. 앞에 보이는 차 따라가 주세요. 82보 3749. 방수 천 씌워진 하얀색 탑차요."

가까이 다가가서 보니 탑차는 당장이라도 넘어질 것처럼 심하게 비틀거렸다. 자칫하다가는 큰 사고로 이어질 것 같아 정현은 뒤에 따라오는 차들을 통제해 달라고 무전기로 알리고 적당한 간격을 유지해서 따라붙자고 말했다. 내비게이션에 찍힌 속도는 어느새 150킬로미터에 육박했고, 탑차는 아예 차선을 가운데에 걸치고 질주하고 있었다.

"이대로 가면 가드레일에 부딪힐 것 같은데요."

운전대를 잡은 형사가 걱정스러운 목소리로 말했다. 정현은 조균의 행동이 이해가 가질 않았다. 이쯤이면 경찰차가 뒤따라오는 것을 눈치챘을 것이다. 추격을 피해 도망갈 생각이라면 속력을 올리거나 다른 길로 빠져서 혼선을 줘야 하는데 그는 그러지 않았다. 대신 차선을 제멋대로 넘나들면서 아슬아슬한 질주만 계속하고 있었다. 용천으로 향하는 걸까? 정현은 지도 앱을 켜 그가 타고 있는 도로를 확인했다. 용천까지 도착하기에는 거리가 한참 부족했다.

탑차가 크게 휘청하자 경찰차 안 사람들이 짧게 탄식했다. 보다 못한 정현은 속도를 높여 탑차를 앞질러 달라고 부탁했다. 차곡차곡 쌓이는 숫자에 긴장이 고조되었다. 경찰차는 어느새 탑차를 따라잡았고 거의 맞닿을 듯이 나란히 옆을 스치고 지나갔다. 짙게 칠해진 유리창 너머로 조균이 어떤 표정을 짓고 있을지 궁금했다. 운전석에 앉은 형사는 능숙하게 탑차를 앞질렀고, 정현은 충격에 대비해 손잡이를 잡았다. 얼마 지나지 않아 뒤를 강하게 때리는 타격에 차가 크게 휘청이더니 무릎이 앞 좌석에 부딪혔다. 천천히 속도가 줄어드는 게 느껴졌지만, 흔들림이 심해 완전히 차가 멈추기 전까지는 긴장을 늦출 수 없었다.

정현은 정차한 탑차의 문을 거칠게 열어젖혔다. 뒤에서 정현을 말리는 소리가 들렸지만 부상당한 왼팔로 테이저건을 들고 운전석 문을 열었다. 운전석을 확인한 정현은 겨누고 있던 총구를 힘없이 바닥에 떨어트렸다. 온몸에 긴장이 풀렸다. 정현은 테이저건을 바닥에 두고 조심히 운전석으로 다가갔다.

세은의 시선은 앞 유리창에 고정되어 있었다. 불안에 떨고 있는 세은의 얼굴에서 순간 골목을 헤매던 세현의 모습이 스쳐 지나갔다. 처음에는 세은이 그때처럼 공격적으로 나올 수 있다고 판단해 경계를 풀지 않았다. 그러나 가까이에서 본 세은의 파리한 낯빛은 이미 눈물로 가득했다. 무엇보다 그녀의 등을 받치고 있는 허리 쿠션에는 피가 흥건하게 묻어있었다. 정현은 사람을 부르기 위해 차에서 뛰어내리려 했다.

"도와……주세요."

정현은 그제야 왜 세현을 떠올렸는지 알 것 같았다. 소동이 있던 날 밤, 문을 걸어 잠근 채 텅 빈 거실에 남으려는 세현의 곁에 누군가 필요하다고 생각했기 때문이다. 정현은 세은의 말에 망설임 없이 탑차의 발 받침을 밟고 올라서서 안전벨트를 풀었다. 정현은 구급차를 불러 달라고 소리치고 세은의 상태를 살폈다. 부상 부위가 정확히 어디인지 알아차릴 수 없을 만큼 복부 전체에 피가 흥건하게 묻어있었다. 정현은 머릿속으로 구급차 도착 예상 시각을 헤아려보았다.

톨게이트를 벗어나 꽤 오랫동안 차를 운전했으니, 구급차가 아무리 빨리 와도 이곳까지 도착하는 데 족히 20분은 더 걸릴 것 같았다. 정현은 다가오는 형사에게 혹시 과학수사대요원이 같이 타고 왔는지 확인했지만, 그는 고개를 저었다. 당장 지혈이 필요해 보여 다른 형사들에게 응급처치 방법을 물어도 다들 어떻게 해야 할지 몰라 우왕좌왕하기만 했다.

"구급차 어디까지 왔어요?"

"아직 고속도로에 진입 못 했답니다."

정현은 답답한 마음에 머리를 헝클였다. 그 사이 세은의 눈빛이 점차 흐려져 가는 걸 보고 생각나는 대로 아무 말이든 내뱉고 봤다.

"저는 용천경찰서에서 근무하고 있는 정정현이라고 합니다. 우리 낯이 익죠? 그때 약국 앞에서 봤잖아요."

정현의 목소리에 세은이 힘겹게 고개를 돌렸다.

"이름 한 번만 알려주세요."

세은은 힘겹게 입을 떼 한 글자마다 힘을 주어 내뱉었다.

"윤……세은……."

"세은 씨, 지금 많이 힘드신 거 압니다. 구급차가 거의 다 왔다고 하니까 조금만 더 기다리면 돼요."

정현은 세은의 손이 왼쪽 갈비뼈 근처에 머무르는 것을 보고 구급상자에서 꺼낸 거즈를 그 위에 조심히 얹어서 눌렀다. 세은의 고통 섞인 비명에 어쩔 줄 몰랐지만, 세은에게는 지혈이 시급해 보였다. 정현이 할 수 있는 일이라고는 제발 피가 조금만 더 천천히 흐르기를 바라며 새 거즈를 꺼내 상처 주변부에 묻은 피를 닦아내는 것뿐이었다. 정현은 세은이 정신을 잃지 않도록 계속해서 말을 걸었다.

"어…… 서 과장님한테 이야기 많이 들었습니다. 서세현 과장님 아시죠? 저 그분이랑 친합니다."

세현의 이야기에 잠깐이었지만 세은의 초점이 또렷해지는 것을 느꼈다. 정현은 계속해서 세현에 관한 이야기를 꺼내 고통을 분산시키려 했다.

"그분 무사합니다. 많이 다치긴 했는데 괜찮아요. 그러니까 세은 씨도 조금만 참으면 곧 괜찮아질 겁니다."

정현은 애써 밝은 표정을 하고서 손목시계의 시간을 확인했다. 벌써 30분은 지난 것 같은데 이제 겨우 3분이 흘렀다. 세은이 얼마나 버텨줄지 미지수였지만 정현이 할 수 있는 일은 옆에서 시시콜콜한 이야기를 늘어놓는 것뿐이었다. 세은은 자꾸 눈을 깊게 감았다가 떴다. 눈꺼풀이 올라오는 속도가 더뎌질수록 정현의 속은 타들어 갔다. 멀리서 질주해 오는 차 소리에 다른 형사를 보채 확인해 달라 했지만, 도로를 통제하고 합류하기 위해 온 경찰 승합차였다. 정현은 최대한 실망한 티를 감추고 다시 세은에게 고개를 돌렸다.

"이제 거의 다 왔대요. 세은 씨? 잠깐 눈 좀 떠보세요. 세은 씨!"

세은의 눈에는 초점이 없었다. 정현은 다급하게 세은을 불렀다. 정현은 뒤에서 자신을 끌어내리려는 손을 거칠게 쳐내고 계속해서 세은의 이름을 목이 터져라 외쳤다.

"정 형사님!"

한 형사가 정현의 어깨를 끌어당기고 억지로 고개를 돌려 뒤를 보게 했다. 소방대원이 들것을 들고 세은을 옮길 준비를 하고 있었다. 정현은 그 모습에 급하게 자리를 비키려다 발을 헛디뎌 바닥에 무릎을 찧었다. 아픔을 느끼지 못할 정도로 정신이 없었다. 그 어디에도 구급차는 보이지 않았다. 구급대원이 세은을 들것에 옮겨 지혈하고 타고 왔던 승합차로 빠르게 이동했다. 눈 깜짝할 사이에 좌석을 눕혀 들것이 들어갈 수 있게 자리를 만든 다음 문을 닫고 출발했다.

"어떻게 된 겁니까?"

정현은 갑작스러운 상황에 의아해하며 이제 막 도착한 형사를 붙들고 물었다.

"네? 뭐가요?"

"오는 길에 구급차를 만난 겁니까?"

"정 형사님이 응급 상황 대비해서 구급대원과 함께 오라고 지시하지 않으셨습니까?"

"제가요?"

"예, 그 법의관님한테 직접 전달받은 사항입니다."

정현은 형사의 말에 등 뒤가 싸늘해 바로 차로 달려갔다. 후들거리는 손가락을 겨우 진정시키고 세현에게 전화를 걸었지만 받지 않았다. 그녀가 지친 몸을 침대에 뉘고 잠들어 있는 거라 믿고 싶었다.

"네, 여보세요. 저 어제 새벽, 316호에 입원했던 정정현 형사입니다. 급한 일이라 그런데 지금 병실에 계신 법의관님께 전화 연결 좀 부탁드리겠습니다."

세현을 믿지 못해서가 아니었다. 다만 그녀가 어떤 사람인지 인정하고 받아들이기로 했기 때문에 예측할 수 있는 결과라 더 불안했다.

"서세현 환자분이요? 그분 오늘 같이 나가신 거 아니었어요?"

* * *

세현은 가만히 서서 저물어 가는 해를 바라보았다. 지는 해 주변으로 붉은빛이 짙게 펼쳐져 있었다. 근사한 낙조였다. 다시 이곳에 오기까지 참 먼 길을 돌아왔다. 시간이 꽤 흘렀는데 듬성 듬성 심어진 가로등을 제외하고는 24년 전과 별반 다를 게 없었다. 세현은 갯벌을 향해 이어진 콘크리트 길 위로 걸음을 내디뎠다. 누가 버려두고 간 부서진 배를 지나 길의 끝에 다다르자 세현의 숨소리에 게들이 구멍 속으로 숨었다. 범죄 현장을 목격한 수천 마리의 증인이 여전히 이곳을 지키고 있었다.

세현은 가만히 앉아 손가락 끝으로 갯벌을 눌러보았다. 부드럽게 감싸는 느낌에 다시 손가락을 밖으로 빼내자 금세 펄이 말라붙어 퍼석거렸다. 세현은 자리에서 일어나 천천히 뒤를 돌아봤다. 이 길었던 여정의 동행자가 저 멀리서 절뚝거리며 걸어오는 게 보였다. 세은이 주기적으로 염색해 줬던 건지 흐른 세월에도 흰머리 한 가닥 찾아볼 수 없었다. 그러나 몇 걸음 떨어져 객관적인 시선으로 바라본 조균은 생각보다 더 나이가 들어 보였다. 굽은 허리 때문에 안 그래도 그렇게 크지 않은 신장이 더 작아 보였다. 조균은 낭떠러지에서 굴러떨어지고도 목숨을 건졌지만 꺾인 양팔과 뒤틀린 발목까지 구제받을 만큼 운이 좋지는 않았는지 여기까지 오는 데도 한참이나 걸렸다.

그는 참 신기하게도 쉽게 과거를 잊고 더 쉽게 새로운 인생을 살았다. 제 아비의 시신에 흙이 제대로 배기도 전에 용천을 떠나 이곳으로 도망 나온 것처럼, 낭떠러지 아래에서 구출되어 또 여자를 만났고 또 딸을 받은 것이다. 그러나 아내도 딸도 없는 지금 그에게 남은 것은 예전만큼 날쌔지 못한 낡은 몸뚱이뿐이었다.

세현이 알아본 바에 의하면, 몸을 회복한 조균은 다시 범죄를 저지르다 꼬리가 밟혀 절도죄로 벌금 선고를 받고 풀려난 적이 있었다. 그날 세현의 생각이 절실했던 그는 세은을 개조하기로 다짐했을 것이다. 세현에게 했던 것과 똑같이 세은을 가르치며 기회를 노렸겠지.

세은의 실력은 날이 갈수록 성장했지만 절대 메워지지 않는 빈틈이 있었다. 단 한 번의 실수도 용납할 수 없었던 조균은 그럴 때마다 세현을 그리워했을 것이다. 그의 간절한 바람 때문이었는지 어느 날 하늘이 내려준 선물처럼 눈앞에 세현이 나타났을 거다. 한동안 방송 출연에 욕심내던 염산 테러 사건 때였을까. 조균은 세현을 용천으로 불러들일 덫을 파고 지독하게 숨을 죽이며 살아왔을 게 분명했다. 조균의 걸음에는 어떤 긴장도 없었다. 그는 모든 것을 달관한 표정으로 망설임 없이 세현에게 전진해 왔다. 세현은 나지막한 목소리로 물었다.

"여긴 변한 게 없지?"

24년 전, 봄의 문턱에서 세현은 조균과 함께 갯벌에 엄마를 묻었다. 그러면서 이건 엄마를 다시 고향 땅으로 돌려주는 좋은 거라고 설명했다. 그것이 조균의 진짜 첫 살인이었다. 조균은 용천으로 떠나기 전날 밤에도 갯벌을 보러 왔었다. 멀리서 본 그의 어깨가 잘게 떨리기에 그가 울고 있을 거라고 착각한 사람들도 더러 있었겠지만, 갯벌에서 돌아온 조균의 눈은 무섭게 불타올랐다. 그는 용천에 살면서도 다시 그 갯벌로 돌아가고 싶어 했다.

"나만 기억하고 있으면 어쩌나 걱정했어."

세현은 말을 마치고 주머니에서 메스를 꺼냈다. 메스를 드는 건 세현이 가장 잘하는 일이었다. 조균은 그런 그녀를 지그시 바라보았다. 둘은 계속 그렇게 서로를 마주 보았다. 썰물이 휩쓸고 지나간 곳에는 아무것도 남아있지 않았지만, 세현은 어디선가 찰랑거리는 물소리를 들은 것 같기도 했다. 조균을 익사시킬 물이 휘몰아쳤으면 하고 헛되이 바랐다.

둘은 누가 먼저라 할 것도 없이 서로에게 달려들었다. 세현은 어디를 어떻게 찔러야 가장 치명적일지 알고 있었고, 이날을 위해 머릿속으로 천 번도 넘게 연습해서 가망 있는 싸움이라고 생각했다. 그런데 조균에게 메스가 닿기도 전에 세현이 먼저 바닥으로 나가떨어졌다. 얼굴이 불에 덴 듯이 아파서 만져 보니 그의 팔꿈치가 코뼈에 내리꽂힌 건지 되직한 피가 흘러나왔다. 세현이 정신을 차리기 위해 고개를 젓고 있는데 조균의 두꺼운 손이 한 번 더 세현의 얼굴을 강타했고 바로 입술이 터졌다. 그다음 조균의 손은 세현의 목으로 향했다. 그는 무자비하게 목을 졸라 댔고, 죽음의 위협을 감지한 세현의 몸은 뻣뻣하게 굳어갔다.

공포감이 세현을 덮쳤고 이대로 조균의 손에 죽겠다는 생각에 버둥거리다 손에서 메스를 놓쳤다. 세현은 간신히 주머니에 숨겨놓았던 주사기를 빼냈다. 그리고 조균의 팔뚝에 있는 힘껏 내리꽂았다. 바늘을 타고 약물이 혈관 속으로 파고 들어갔다. 세현은 몸부림치며 조균의 손에서 떨어져 나갔다. 하도 기침을 한 탓에 눈에는 그렁그렁 물기가 서려있었다. 그때 조균이 팔을 붙들고 발작을 하기 시작했다. 세현은 자신의 어깨에 손을 뻗는 조균을 있는 힘껏 밀쳤다.

조균은 팔을 붙잡고 바닥에 늘어져 고통스러워했다. 세현은 가쁜 숨을 몰아쉬며 그 모습을 지켜보았다. 조균은 비명을 지르며 몸을 웅크린 채 세현에게 도움을 청했다. 세현은 땅에 떨어져 펄이 범벅 된 메스를 다시 주워 들었다. 목이 시큰한 걸 보니 조금만 더 늦었다면 진짜로 그의 손에 목뼈가 부러질 뻔했다.

"이름도 바꾸고, 소염진통제 처방받으러 병원도 꼬박꼬박 다니고 그동안 진짜 열심히 살았더라.”

세현은 갈라지는 목소리를 가다듬으며 주머니를 뒤졌다. 조균은 몽롱해져 가는 정신을 붙잡으려고 계속 눈을 깜박였다. 세현은 주머니에서 곱게 빻아진 가루를 꺼내 그의 눈앞에 내보였다. 조균의 이마는 고통으로 구겨져 있었다.

“이상하지 않았어? 아무리 약을 먹어도 팔이 저리고 근육 통증 때문에 욱신거려서 새벽에 잠도 깼잖아.”

세현은 남은 약봉지를 뜯어 그의 얼굴 위로 뿌렸다. 빈 봉지 몇 개가 습기를 머금은 바람에 갯벌로 날아갔다. 세현은 펄에 뒹굴고 있는 봉지 하나를 집어 들어 조균의 눈앞에 가져다 댔다.

“약국에서 산 고혈압약이야. 처방받은 진통제랑 같이 먹으면 유해 반응이 오거든.”

낮에는 실내 온도가 35도까지 찍는 열악한 화물칸에서 그가 세현에게 베푼 유일한 친절은 물이었다. 이런 것도 가족이라고 탑차에서는 물병 하나를 열어 세 명이 돌려 마셨다. 그는 컵에 따라 먹는 걸 귀찮아해서 입구에 침을 잔뜩 묻히며 마셨고 세현은 몰래 그 물에 직접 빻아서 준비한 혈압약을 탔다. 그가 맛의 변화를 느끼지 못하게 조금씩 미묘하게 양을 늘려 천천히 그의 몸을 죽여갔다. 혈액 내 수분을 소변으로 배출해서 혈압을 낮추는 약 때문에 세현도 수시로 드는 잔뇨감을 참아내느라 꽤 고생했었다. 조균이 극심한 고통을 참지 못하고 온몸을 긁느라 피부 여기저기에 깊게 손톱자국이 패였다.

"아까 팔에 인대 강화 주사를 놨어. 가격이 좀 나가는데, 내가 처음이자 마지막으로 하는 효도라 생각하고 큰맘 먹고 산 거야."

그가 자꾸 듣기 싫은 목소리로 악을 질러대자 세현은 메스를 편하게 고쳐 잡으며 고통에 몸부림치는 그에게 다가갔다.

"근육이 긴장하면 자극이 더 많이 가니까 아까 나한테 했던 것처럼 힘을 주면 안 됐어."

세현은 안타깝다는 표정으로 조균의 소매를 잡아 들어 올렸다. 밖에 걸친 긴 팔소매를 메스로 자르고 찬찬히 옷을 뜯어냈다.

"염증이 가시기 전까지는 계속 고통스러울 거야. 그러니까 그냥 아무것도 하지 말고 가만히 있어."

세현은 어릴 적부터 자신과 닮은 그의 속이 어떻게 생겼을지 궁금했다. 그래서 조균의 발악이 끝나면 그에게 배운 방식대로 그를 열어볼 작정이었다. 먼저 배를 가르고 가슴을 찢고 다리뼈를 분리할 것이다. 해부 순서를 머릿속으로 차분히 정리했다. 발버둥 치는 조균의 옷에 펄이 지저분하게 튀었다. 그의 버둥거림은 잠잠해져 가는데 세현은 움직일 수 없었다. 무엇을 망설이나. 세현은 이날이 오기만을 꿈꾸며 살았다. 그런데 조균을 바라보고 있으니, 그간의 다짐이 전부 없었던 일처럼 희미해졌다. 다시는 이런 기회가 오지 않는다는 것을 누구보다 더 잘 알고 있으면서도 몸이 말을 듣지 않았다.

그때, 세현의 주머니에서 핸드폰 진동이 울려대기 시작했다. 그렇게 몇 번을 울리던 진동이 다시 잠잠해졌다. 세현은 발신자를 확인하려다 순간 느껴지는 진동에 핸드폰을 놓쳐 바닥에 떨어트렸다. 갯벌에 범벅이 된 핸드폰이 희미하게 빛을 내고 있었다.

[세은이 괜찮아요.]

세현은 핸드폰창이 꺼지기 전까지 그 위에 써진 글자를 몇 번이고 반복해서 읽었다. 그리고 다시 조균의 힘없이 늘어진 손목을 바닥에 고정하고 메스를 고쳐 잡았다. 그의 몸 안에 살아 움직이는 피부터 전부 밖으로 빼낼 작정이었다. 부들거리며 떨리는 손 때문에 세현은 메스의 방향을 바꿔 쥐었다. 도대체 무엇을 망설이나.

세현은 가만히 눈을 감고 스쳐 지나간 계절을 반추했다. 혼자 남겨진 세현은 외로웠다. 끔찍할 정도로 고독했다. 저주받은 삶의 무게에 짓눌리며 매일 지는 싸움을 반복했다. 그래서 이 지독한 굴레에서 자신을 건져줄 누군가를 기다리며 하루하루를 견뎌왔었다. 노트 맨 마지막 장 틈 사이에 낀 그림을 보기 전까지는 정말 그렇게 생각했다.

그림 속에는 손을 맞잡고 있는 여자아이 두 명이 그려져 있었다. 세현이 태어나서 처음으로 그린 유일한 가족사진이었다. 그 위로는 삐뚤빼뚤한 글자로 이렇게 적혀있었다.

나 그리고 세진 언니.

세현은 갑자기 몸을 벌떡 일으켜 갯벌을 향해 멀리 메스를 던졌다. 밑에서 올라오는 토기에 속을 전부 게워내고 싶었지만, 먹은 게 없어서 마른침만 나왔다. 세현은 허리를 일으켜 세워 갯벌에 반쯤 잠긴 메스를 멍하니 바라보았다.

"언니 사망신고 안 해준 건 정말 고마워."

세현은 무심한 말투로 입을 열었다. 지하철에서 노트에 끼워둔 그림을 발견하고 세현은 무의식 속에 숨어있던 세진의 존재와 마주하게 되었다. 기억의 파편이 공백 사이로 맞아 들어가면서 왜곡된 과거가 바로잡혔다. 아무 일도 없었던 것처럼 잊고 지낸 세월을 용서받고 싶었지만, 자격이 없다는 걸 알아서 세현은 계획을 세웠다.

먼저, 세진과 닮아 보이는 자신의 증명사진을 들고 주민센터를 찾아가 세진의 흉내를 내어 그녀의 주민등록증을 재발급받았다. 자신의 사진이 담긴 세진의 주민등록증을 보고 있으니 어릴 적 기억이 새록새록 떠올랐다. 그때의 세진은 처음으로 만든 주민등록증을 자랑하며 대학에 가면 꼭 같이 제주도에 가보자고 했었다. 비행기를 타고 싶다는 세현의 말을 마음에 담아뒀던 것이다.

세현은 세진의 주민등록증으로 가족관계증명서를 뗐고, '부'라고 적힌 항목에는 오래전 오두막에서 훔쳐본 그 증명 서류처럼 조균의 이름이 올라가 있었다. 조균은 괜한 꼬투리가 잡히기 싫었던 건지 딸인 세진의 사망신고를 하지 않았고 뻔뻔하게 자신의 이름만 바꿔서 멀쩡한 가족의 가장 행세를 하며 살아왔다.

세현은 그가 살아있다면 몸이 멀쩡할 리 없다고 추측해 바뀐 조균의 이름으로 병원 진료 기록을 조회했고, 마침내 그의 얇고 끈질긴 생의 발자취를 찾아냈다. 그때부터 세현은 조균에게 잡힐 치밀한 계획을 세웠다. 예상치 못한 상황도 더러 있었지만, 어쨌건 계획은 성공했고 조균의 목숨줄은 이제 세현의 손에 달렸다. 세현은 눈을 감았다. 시원한 바람이 불었다. 짠 냄새가 났다. 저물어가는 태양은 눈이 시리도록 밝은 빛을 냈다. 세현은 감았던 눈을 떴다. 무한할 것만 같던 고통을 이제는 놓아줘야 할 때가 왔다.

"언니가 전해달래. 태어나게 해줘서 고맙다고."

세현은 세진의 유언을 한마디씩 내뱉을 때마다 자신의 살점이 뜯기는 기분이었다. 세현은 분노로 떨리는 몸을 주체하지 못하고 조균의 목을 발로 짓이겼다. 당장이라도 그의 숨통을 끊어버릴 수 있었다. 그러나 세진이 세현에게 그랬던 것처럼 세은 역시 바람직한 보살핌을 받아 마땅한 존재였다.

"나도 그래. 태어나게 해줘서 고마워. 근데 행복한 건 아직 더 시간이 필요할 것 같아. 일단 감옥에 가있어. 좋은 일 생기면 자랑하러 한 번쯤 들를게."

조균이 무어라 말을 하려고 입을 벙긋거렸지만, 이제 세현은 그의 말에 귀 기울일 정도로 어리지 않았다. 세현은 핸드폰에 묻은 펄을 대충 옷으로 닦고 통화 버튼을 눌렀다. 세현은 귓가에 메아리치는 수신음을 들으며 차분히 주변을 둘러보았다. 조균은 세현이 자신과 다를 바 없는 존재라며 끊임없이 말해왔지만, 세현에게는 세진이 있었다. 그리고 앞으로 세은의 곁에도 세현이 있을 것이다.

"아빠는 안녕."

8월 18일

정현은 라디오의 볼륨을 조절했다. 올해 여름은 작년보다 덥지 않았지만, 시도 때도 없이 태풍이 찾아와 결국 더 기다리지 못하고 세탁소에 이불 빨래를 맡겼다. 여름의 묘미는 끝나지 않는 낮이라고 생각했는데, 오후에 또 비가 와서 늦은 시간이 아닌데도 도로는 금방 어둑해져 형형색색 빛나는 전조등으로 가득 찼다. 정현은 아직도 날짜를 확인할 때마다 깜짝깜짝 놀라곤 했다. 그날 세현의 이름이 액정에 떴던 순간이 엊그제처럼 생생해서 벌써 3주나 흘렀다는 게 실감이 나지 않았다.

조균은 경찰에 인계되기 전 먼저 병원으로 보내졌고 세현은 자진해서 경찰서로 동행했다. 검찰은 수사에 혼선을 주었다는 이유로 세현에게 공무 집행 방해죄를 적용해 공판에 넘기는 것만큼 우스운 꼴이 없다는 걸 알고 있어서 조균을 잡아들인 일로 정상참작을 해 신속하게 기소 유예 처분을 내렸다. 세현은 7월이 끝나기 전 다시 국과수로 복귀했고 신기하게도 한동안 조균보다 세현의 이름이 뉴스 헤드라인에 더 많이 등장했다. 시사 프로그램에서도 세현의 법의관 자격을 놓고 갑론을박하며 한동안 논란이 끊이지 않았고 세현의 인터뷰를 따내겠다고 방송국 차량이 국과수 앞에 진을 치기 일쑤였다.

정작 당사자인 세현은 오히려 유명해져서 좋다며 대수롭지 않게 반응했다. 그녀가 그토록 바랐던 승진은 결국 물 건너갔지만, 세현은 어떻게 보면 서울에 남아있는 게 더 잘 풀린 거라며 전화로 말해주었다. 세현은 조균이 검찰로 송치되던 날 곧바로 용천 집에서 짐을 정리하고 서울로 올라갔다. 정현도 다시 강력팀으로 복귀했고 사건이 해결되자 다들 안정을 찾은 건지 팀 분위기는 언제 살벌했냐는 듯 금세 풀어졌다. 그런데 문제는 긴 기간은 아니었지만, 종일 같이 붙어있고 연락하던 세현의 부재가 정현에게 생각보다 더 크게 다가왔다는 점이었다.

정현은 세현에게 인적 사항 정보를 어떻게 빼낸 것인지 알아내겠다는 핑계로 먼저 연락을 넣었다. 세현은 브리핑하러 갈 때 엘리베이터에서 주워들은 정보이니 그만 의심하라며 단호하게 대답했다. 정현이 민망한 마음에 횡설수설 전화를 끊으려 하자 세현은 대뜸 그동안 거짓말해서 미안하다고 말했다. 대신 엘리베이터에서 들었다는 건 거짓말이 아니라며 믿어도 된다고 덧붙였다. 말꼬리를 흐리며 넘어가긴 했지만, 어찌 됐든 세현에게

서 처음으로 받은 제대로 된 사과였다. 그 연락을 시작으로 정현은 지금까지 세현과 개인적인 친분을 유지하고 있다.

8월이 되고 또 어마어마한 태풍이 밀려온다는 소식에 세현의 이야기는 그렇게 사람들의 기억 속에서 서서히 잊혀갔다. 가끔 범죄 시사 프로그램에서 일명 '재단사 사건'이라고 불리는 윤조균의 범죄를 집중 조명하면 다시금 사람들의 입방아에 오르곤 했다. 언제나 세현에 관한 이야기는 빠지지 않았고 그녀가 여전히 법의관으로 일하고 있다며 대놓고 부정적인 의견을 피력하는 방송도 있었지만, 다행히 세은에 관한 이야기는 아직 한번도 직접 언급된 적이 없었다. 그러기 위해서 정현과 용천경찰서 강력팀이 조균의 조서를 작성할 때 무진장 애를 먹었다. 그래도 이렇게 사건이 재조명받으며 다시 화제가 될 때면, 그 고생이 올해 잘한 일 중 다섯 손가락 안에 들지 않겠냐며 팀원들과 너스레를 떨곤 했다.

라디오에서 오늘 낮 서울광장에서 피해자를 기리는 추모제와 함께 경찰의 부실 수사를 규탄하는 시위 소식이 흘러나왔다. 시위 덕분에 자연스럽게 여론이 조성되면서 경찰 내부에도 초동 수사부터 실질적인 용의자 특정과 피해자 보호에 집중해야 한다는 분위기가 조성되었다. 정현은 시위 중에 비가 오지 않아서 다행이라고 생각했다.

목적지에 다 도착했는데 주차할 곳이 없어서 정현은 같은 장소를 한 바퀴 더 돌았다. 멀리 떨어진 유료주차장에 겨우 주차하고 우산을 챙겨 부랴부랴 달려갔다. 유리문 너머로 보이는 세현의 눈꺼풀은 어김없이 반쯤 감겨 피곤하다는 신호를 보내고 있었고, 오늘은 뭐가 그렇게 마음에 안 드는지 미간까지 찌푸린 채 점원과 대화를 이어나갔다. 그 옆으로는 세은이 구김 없이 깨끗한 셔츠를 걸치며 기분 좋은 얼굴로 거울을 들여다보고 있었다. 정현은 황급히 문을 밀고 안으로 들어갔다.

"죄송해요. 늦었습니다. 차가 너무 막혔어요."

세은은 손바닥을 펼쳐 보이며 정현에게 인사를 건넸다. 세현은 정현에게 시선 한번 주지 않고 난감해하는 점원에게 계속 질문을 던졌다.

"세현 씨 무슨 일 있어요? 오늘 진짜 기분 안 좋아 보이네요."

정현은 세은에게 다가가 조용히 말을 걸었다. 세은은 두어 걸음 뒤로 물러나 옷이 잘 보이게 팔을 넓게 펼쳐 보았다.

"어때요?"

"잘 어울려요."

"근데 너무 헐렁해 보인다고 싫대요."

정현은 피식하고 웃음을 터트렸고 정현의 웃음에 세은도 덩달아 따라 웃었다. 그 모습을 본 세현은 심기가 불편한지 더 퉁명스럽게 말했다.

"그냥 적당하게 맞춰 입어. 딱 봐도 커 보이는데."

"어차피 내년까지 입어야 하고 키가 더 클 수도 있으니까 그런 거지."

정현은 말다툼의 원인을 단박에 파악했다. 세현이 그렇게 큰 키는 아닌데 세은은 그런 세현보다 한 뼘은 더 작았다. 사실 키는 그다지 중요한 문제가 아니었을 것이다. 아직 서로 그렇게 편한 관계가 아니다 보니 세은은 여전히 세현에게 부탁하는 게 서툴고 세현은 그런 세은을 대할 때 무딘 면이 많았다. 세은은 만약 키가 커서 다시 교복을 사야하는 상황을 염려해서 한 사이즈 더 크게 사려 했을 것이고, 세현은 원체 그런 고민 자체를 하지 않는 사람이라 세은이 또 고집을 부린다며 불만을 표했을 것이다. 그때 세현이 가소롭다는 듯이 웃으며 툭 내뱉었다.

"우리 집 유전자 몰라? 넌 그게 다 큰 거야."

세은은 자신의 엄마는 키가 컸다며 중얼거리면서 버티다 결국 셔츠를 벗어 옷걸이에 걸어두었다. 신기하게도 둘의 다툼은 항상 이런 식으로 싱겁게 끝났다. 점원은 드디어 두 자매의 치열한 공방에서 해방되었다는 생각에 안도의 한숨을 내쉬었다. 그리곤 계산대에서 튼튼한 플라스틱 가방을 꺼내 교복을 담아 세은에게 건네주었다. 정현이 냉큼 가방을 받아 들고 풀이 죽어있는 세은에게 메뉴 선정권을 넘기겠다며 장난스럽게 위로했다.

"명찰은 세 개 맞으시죠?"

점원이 그사이 제작한 플라스틱 명찰을 세현에게 내밀어 보였다. 세현은 계산하려고 카드를 내밀다 멈칫하며 명찰을 받았다. 하얀색 배경에 초록색으로 포인트를 준 명찰에는 '서세은'이라고 정갈하게 쓰여있었다.

"정말 이걸로 괜찮겠어?"

세현은 세은의 손에 명찰을 건네며 물었다.

"응, 마음에 들어."

세은은 밝은 미소로 화답하며 새로 산 가방에 보란 듯이 명찰을 달았다. 그리고 정현을 거울 앞으로 데려갔다. 세은은 가방을 자랑하겠다며 제자리에 서서 한 바퀴 빙글 돌았다. 정현은 그 옆에서 뭐가 그렇게 좋은지 활짝 웃으며 세은에게 연신 엄지손가락을 추켜세웠다. 가만히 그 둘을 바라보고 있던 세현은 점원에게 세은이 입고 싶어 했던 치수를 하나 더 챙겨달라 부탁했다. 카드를 건네받은 세현은 붕대가 감긴 오른손을 바라보았다. 잘린 새끼손가락 때문에 모양새가 허전했지만 대수롭지 않다는 듯 웃으며 둘을 향해 걸어갔다.

사랑 타령을 좋아하는 나는 언제나 사랑에 관한 이야기를 쓰고 싶었다.

그날은 범죄심리학 강의를 듣고 운동장을 빙 돌아 기숙사로 향하고 있었다. 강의에서 다뤘던 가해자의 삶보다 자신의 의지가 아닌 채 끝나버린 피해자의 생을 처음으로 곱씹어 보았다. 뉘엿뉘엿 지는 일몰이 억척스럽게 타오르던 가을이었다.

종종 사람들은 범죄가 왜 일어난 건지 그 이유를 가해자가 아닌 피해자에게 달려와 물었다.

'왜 그런 일이 일어난 것 같아?'

그런데 내가 배운 범죄 피해란 걸어가다 땅이 꺼지는 사고와 같았다. 마치 싱크홀처럼 말이다. 둘의 차이점은 범죄 피해자를 수렁에서 건지는 일에는 사람들이 그다지 관심이 없는 것처럼 보인다는 거였다. 사람들은 피해자를 궁금해하다 그냥 가버렸다.

이처럼 익숙해지고 싶지 않은 상황들이 점점 쌓여갔다. 범죄를 공부하는 건 경고등을 달고 사는 것과 같은 말이었다. 일어나버린, 아직 일어나지 않은 혹은 일어날 수도 있는 예고 없는 두려움에 시달린다는 뜻이기도 했다. 나에게 그 공포는 하나의 답으로 귀결되었다. 경계하고 외면하며 조심스럽게 살아가는 법을 터득한 것이다.

세현은 그 혼돈 속에서 태어났다. 역경에 빠져도 개인의 능력으로 보란 듯이 기어 나오는 주인공의 이야기를 쓰고 싶었다. 그렇게 시작한 글이었다. 글을 쓰는 시간 동안 세상도 그에 맞춰 흘러갔다. 그사이 이해할 수 없는 일이 더 많이 일어났다. 어떤 사건은 며칠 동안 깊은 좌절에 잠기게 할 정도로 파괴적이었다. 나의 생각이 틀렸다는 무력감에 허우적대고 있을 때, 정현을 닮은 사람들을 만났다. 그들에게 모순덩어리인 현실에 지지 않는 방법을 배웠다. 따뜻한 마음으로 부단히 나아가는 것. 그들은 그러한 마음의 힘이 얼마나 강한지도 함께 가르쳐 주었다.

친절과 망설임, 포용과 상처, 긍정과 외로움, 배려와 포기, 실수와 용서. 이 모든 역설은 결국 사랑으로 모아졌다. 엄지는 뾰족하게 아래를 향하고 남은 손가락을 동그랗게 말아 양손을 포개어 하트 모양을 만들어 본다. 나의 사랑도 이렇듯 완만하고 날카롭다. 찢기고 상처받은 영혼의 편에 서지 못했다는 죄책감을 끌어안고 피해자의 아픔이 어김없이 반복되는 혹독한 세상을 떠나지 않으며 배회하는 미련함이다. 그런 의미에서 이 글은 내가 믿는 사랑에 관한 이야기이기도 하다.

쌓이는 수정 작업에도 여전히 고쳐야 할 것투성이의 원고를 받을 때마다 쥐구멍에 숨고 싶었다. 마지막까지도 들이닥치는 부끄러움에 빳빳하게 정리된 원고를 몇 번이고 들춰보았다.

부족한 글이 책의 모습으로 나오기까지 많은 분의 도움이 있었다. 첫 시작부터 지금까지 변치 않는 믿음과 응원을 보내준 H와 S. 다음 페이지를 약속한 Y. 미숙한 글을 아낌없이 가꿔주신 M 편집자님, 아무것도 없던 나에게 기회를 주신 K 피디님까지 지면을 빌려 그동안 감사했다는 말을 전하고 싶다.

마지막으로 언젠가 이 글을 읽게 될 가족들에게, 오랫동안 말하지 못해 미안합니다. 기다려 줘서 고맙고요. 항상 건강 챙기세요.

길고 긴 여정이었다. 무모하고 겁 없이 쓰던 대학 시절의 글을 부서지고 겸허해진 모습의 직장인이 되어 마무리 지어보려 한다.

2023. 10.
사랑을 담아, 최이도.

메스를 든 사냥꾼

초판 1쇄 발행 2023년 11월 13일
초판 2쇄 발행 2024년 4월 23일

지은이 최이도
펴낸이 김문식 최민석
총괄 임승규
책임편집 명지은
기획편집 이혜미 조연수 김지은
　　　　　김민혜 신지은 박지원
마케팅 조아라
디자인 배현정

펴낸곳 (주)해피북스투유
출판등록 2016년 12월 12일 제2016-000343호
주소 서울시 성북구 종암로 63, 5층 (종암동)
전화 02)336-1203
팩스 02)336-1209